ジェームズ・ロリンズ／著
遠藤宏昭／訳

アイス・ハント（上）

Ice Hunt

扶桑社ミステリー
1329

デイヴ・ミークに捧げる。
必ずやきみは、地平線上に輝く次の星となるだろう。

謝辞

一冊の本が著者のみの力で完成することはまずない。多数の人々が協力しその努力が結実したところで初めて本が出来る——それが普通なのだ。この小説もまた例外ではない。ここに協力者の名を記し、衷心より謝意を表したいと思う。まずはじめに、スティーヴ・プレイの名を挙げるべきだろう。スティーヴは、この作品のチーフ・エンジニアおよびプランナーとして、多大な貢献をしてくれた。アイスステーションの図面はスティーヴの労作である。その仕事から著者は多くの示唆を受け、実際、再三、物語の構成に変更を迫られたほどである。更に著者は、物語を支える細部の構成において、諸言語のエキスパートたちから助言を受けた。キャロリン・ウィリアムズ、ヴィジリー・デレベンスキー、ウィリアム・チャイコフスキーは、ロシア語の面で手を貸してくれた。加えて、キム・クロカット、それにNunavut.com の助力なしでは、イヌイット語翻訳を担当してくれたエミリー・アングラリックとの出会いはあり得なかった。そしてまた、ヘルス・ニュース・ネットワークのジョン・オヴァートンにも感謝しなければならないだろう。ジョンには、この小説で使われた歴史的記述の考証でお世話になった。

更に、第一稿を現在の形にまでする過程で助けてくれた友人、家族の名を挙げ、謝意を表したい。キャロリン・マックレイ、クリス・クロウ、マイケル・ギャロウグラス、リー・ギャレット、デヴィッド・マレー、デニス・グレイソン、ペニー・ヒル、リン・ウィリアムズ、ローレル・パイパー、レイン・サレル、メアリー・ハンリー、デイヴ・ミーク、ロイヤル・アダムズ、ジェイン・オリーヴァ、クリス・ザ・リトル・スミス、ジュディとスティーヴ・プレイ、キャロライン・ウィリアムズ。この作品で使用された地図に関しては、『CIAワールドファクトブック、二〇〇〇』を参照させていただいたことを申しそえる。そして最後に、忍耐強く著者に付き合ってくれた四人の人物にも感謝を捧げたい。編集者のリッサ・コイシュ、エージェントのラス・ギャレンとダニー・バーラー、それにパブリシストのジム・デイヴィスの四人である。そして末尾ながら、ぜひとも次のことを強調させていただきたい。すなわち、それは、作品内の記述になんらかの誤謬《ごびゅう》があった場合、それはひとえに著者であるわたしの責任であるということである。

160
140
120
100
80
60
40
20
極　海
アラート
エルズミーア島
カーナーク
クイーンエリザベス諸島
バフィン湾
レゾリュート
バンクス島
ヴィクトリア島
バフィン島
ケンブリッジベイ
リパルスベイ
北　極　線
エコーベイ
グレートベア湖
グレートスレーブ湖
ランキン・インレット
イエローナイフ
ヘイリバー
カ　ナ　ダ
ハドソン湾

北アメリカ

80
160
チェルスキー
東シベリア海
ロシア
ペヴェク
北
アナディリ
チュクチ海
180
プロヴィデニヤ
ベーリング海峡
バロー
60
ボフォート海
ノーム
プルドーベイ
ブルックス・レンジ
ベーリング海
アメリカ合衆国
マッキンリー山
(北米最高標高地点、
6194m)
ベセル
フェアバンクス
イヌヴィック
アラスカ山脈
アンカレッジ
ドーソンシティ
バルディーズ
コディアック
160
アラスカ湾
ホワイトホース
ワトソンレイク
ジュノー

グレンデル・アイスステーション

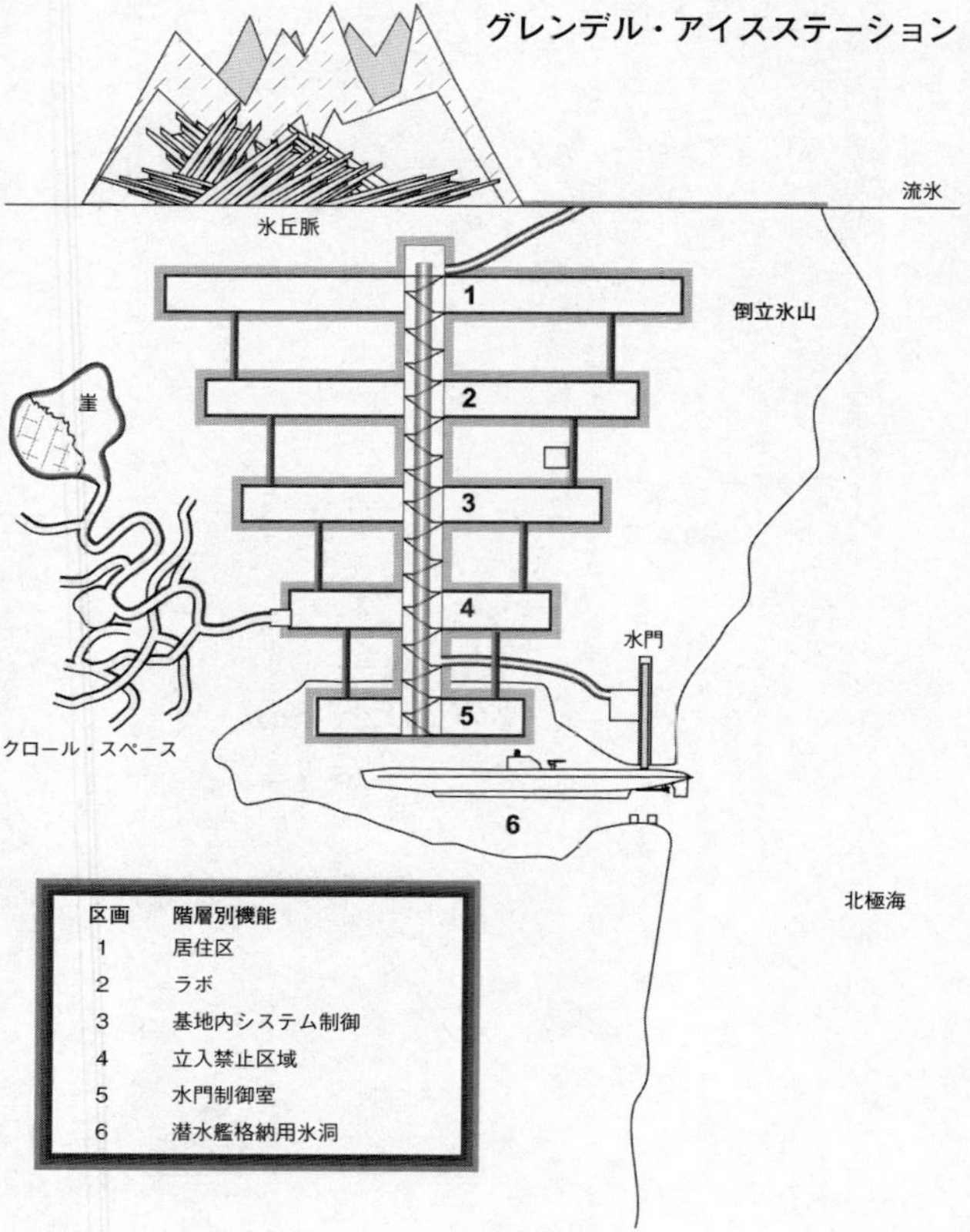

区画	階層別機能
1	居住区
2	ラボ
3	基地内システム制御
4	立入禁止区域
5	水門制御室
6	潜水艦格納用氷洞

アイスステーション・グレンデル
フロアプラン

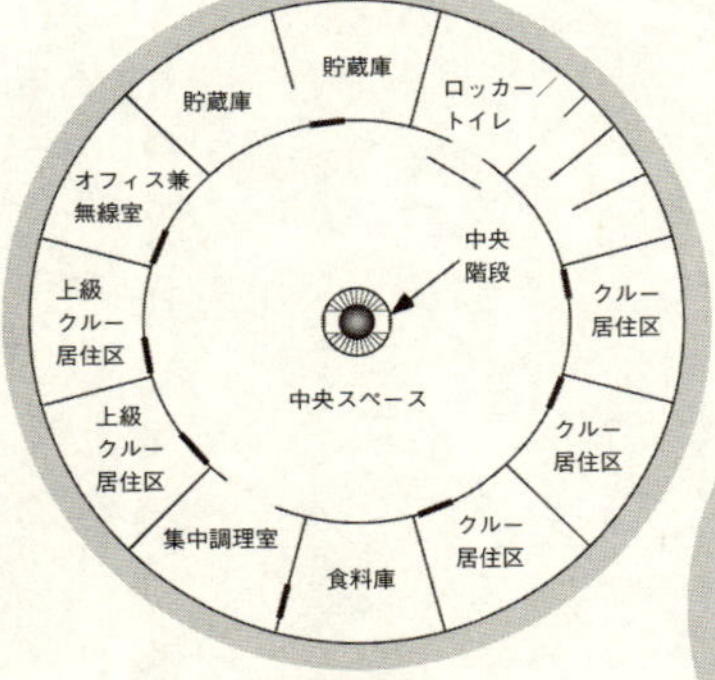

第1階層

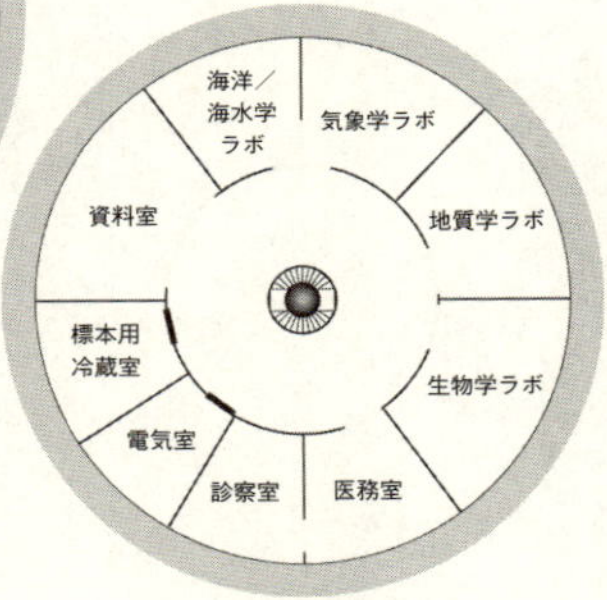

第2階層

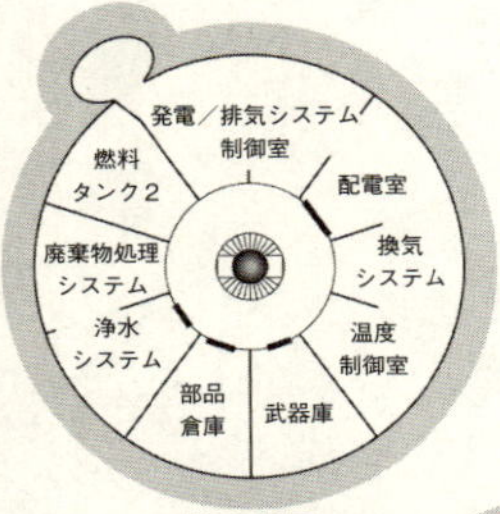

第3階層

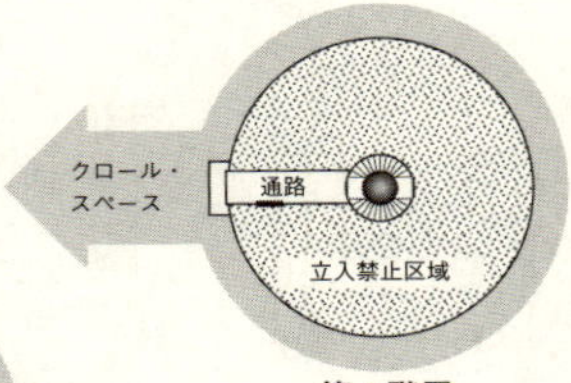

第4階層

第5階層

保管文書
1937年11月23日
トロント・デイリー・スター紙

エスキモーの村、忽然と消える

カナダ連邦警察《RCMP》 罠猟師の証言を確認

スター紙特約

〈レイク・テリトリー発。11月23日〉現地から本日帰庁したRCMPの捜査官は、北部湖水地域において、エスキモーの村が消滅した事実を確認した。罠猟師のジョー・ラベル氏が、不可解な事件をRCMPに通報したのは、十日前のことである。ラベル氏が罠を仕掛けながら、アンジクニ湖岸の人里離れた村落に入ったところ、女性、子どもを含むすべての住人が、住居からも倉庫からも、姿を消していたという。「何があったか知らないが、かわいそうに、ひとり残らず、着の身着のまま、慌てふためいて出ていったようだったな」

本日、チームとともに帰庁したRCMPのピエール・メナール捜査官は、調査の結果、ラベル氏の話が、事実であると判明したと語り、村の放棄のされ方がきわめて異常であることを指摘した。「捜査中に見つかった、食料、衣類、貯蔵品には、いずれも異常がなかった。ただ住民の姿だけが忽然《こつぜん》と消えている。それも、足跡も轍《わだち》も、ひとつとして残さずに、消えてしまったのだ」。同様に姿を消していた橇《そり》引き犬は、雪の下から餓死状態で発見された。加えて、事件の最もおぞましい特徴が、会見の最後に明らかにされた。村にある先祖の墓が掘り起こされ、空にされていたというのである。

RCMPは捜査の継続を確約したものの、現在のところ、村人の運命は杳《よう》として知れない。

アイス・ハント（上）

登場人物

マット・パイク ――――――アラスカ魚類野生動物庁監視員
ジェニファー・アラツーク ――ヌナミウト族とイヌピアト族の保安官
ジョン・アラツーク ―――――ジェニファーの父
クレイグ・ティーグ―――――シアトル・タイムズの記者
ベニー&ベリンダ・ヘイドン――ウルトラライト観光オーナー
アマンダ・レイノルズ博士――アメリカ人地球物理学者
オスカー・ウィリグ博士 ―――スウェーデン人海洋学者
ヘンリー・オグデン博士―――アメリカ人生物学者
リー・ベントリー博士 ――――NASAの材料科学者
コナー・マクフェラン博士――スコットランド人地質学者
エリック・グストフ博士 ―――カナダ人気象学者
レイシー・デヴリン ―――――地質学専攻の大学院生
ジョージ・ペリー――――――アメリカ海軍大佐。ポーラー・センティネル艦長
ロベルト・ブラット―――――アメリカ海軍少佐。ポーラー・センティネル副長
ケント・レイノルズ―――――アメリカ海軍提督。太平洋潜水艦隊司令長官
ポール・スーエル ―――――アメリカ海軍少佐。オメガ守備隊長
セリーナ・ウォッシュバーン ――アメリカ海軍大尉
ミッチェル・グリア ――――――アメリカ海軍大尉
フランク・オドネル――――――アメリカ海軍伍長
トム・ポマウツーク ―――――アメリカ海軍少尉
ジョー・コワルスキー ―――――アメリカ海軍上等水兵
ヴィクトル・ペトコフ ―――――ロシア海軍提督。北方艦隊司令長官
アントン・ミコフスキー ―――ドラコン艦長

プロローグ

二月六日、午前十一時五十八分
北極線の北五百三十八キロメートル
北極氷床下四十尋《ファゾム》（約七十三メートル）

米海軍潜水艦、ポーラー・センティネルは、暗い海中を滑るように進んでいた。ブロンズ色のスクリュー二基がほとんど音もなく海水を攪拌《かくはん》し、氷の天井の下、チタニウムと炭素被覆高張力鋼製の複殻式船体を持つ、海軍最新鋭の調査潜水艦を前進させている。突然、接近警報が艦内全体に響きわたった。

「驚いたな、まるで化け物だ」潜水制御《ダイビング》ステーションにいる副長が呟《つぶや》いた。腰を屈《かが》めて、小さなビデオモニタを見つめている。

艦長、グレゴリー・ペリー大佐は、副長、ブラット少佐の呟きを聞くや否や、真意を確認することもなく、コントロールルームの潜望鏡台に上がった。接眼部に両目を押しつけると、ペリーは艦の先に広がる海中の様子をじっと見つめた。真昼であっても、北極海が冬の最中にあることは変わらなかった。太陽の姿を最後に見てから、もう何箇月にもなる。周囲の海は昼でも暗いままだった。頭上の氷床は、視界のかぎり、黒く広がっている。氷の薄い部分が、表の世界から微かな月光を呼び込んで青緑の色を見せることもあるが、それもほんの時折のことだった。北極圏における氷床の厚さは、平均すると十フィートにすぎない。しかしそうは言っても、艦の頭上に横たわる世界が、常に均一であるということにはならない。それこそそこら中に氷丘脈《プレッシャ・リッジ》があり、ときには八十フィートにも及ぶ突起が鍾乳石のように垂れ下がっているのである。しかしそれも、北極海の深みに落ち込んだ倒立氷山を目にしては、何ものでもなかった。潜水艦はゆっくりと、頂上の周囲を回った。

「こいつは、下に一マイルは伸びていそうだ」ブラット少佐は言った。

「ええ、一・四マイルあります」計器に取り囲まれた当直指揮官が、トップサウンディング・ソナーのモニタ上を指でなぞりながら言った。トップサウンディング・ソナーは、氷の輪郭を捉えるための高周波装置である。

ペリーは潜望鏡から目を離さなかった。モニタより自分の目を信じているのだ。親指でキセノンライトのスイッチを入れ、氷山の表面を照らし出す。黒い壁が、コバルトブルーとアクアマリンの色に染まった。艦は、ソナーが警報を発するほど接近したまま、氷山の周囲をゆっくりと回った。

「やかましいな。誰かあの警笛を切ってくれないか」ペリーがぼそぼそと文句を言った。

「アイアイ、サー」

艦内はたちどころに無音と化した。誰ひとり喋《しゃべ》らない。聞こえるのはくぐもったエンジン音と、酸素発生器の囁《ささや》くような吐息だけだった。他の潜水艦と同じく、小型原潜であるポーラー・センティネルもほとんど無音で航行できるように設計されていた。この艦は、他の調査艦と比べて半分の大きさしかない。冗談交じりに、オタマジャクシ級とも呼ばれるポーラー・センティネルだが、ここまで小型化し得たのは技術革新の賜物であった。ハイテクのおかげで少ない基幹定員による操艦が可能になり、住居区画が節約できることに加えて、純粋に調査艦として建造されているために、火器がいっさい装備されていないのだ。その分、科学機器や調査員を乗せるスペースにゆとりが生まれたのである。だが、艦から戦闘用装備のことごとくが排除されているからといって、そのことにあっさり騙《だま》される者は、誰ひとりいなかった。すなわち、ポーラー・センティネルは、次世代攻撃型潜水艦のプロトタイプでもあるのだ。より小さく、より速く、そして、より獰猛《どうもう》な潜水艦を造るための叩き台なのである。

公式には、オメガ漂流基地《ドリフトステーション》の所属で、いまだに試運転の段階ということになっていた。この基地は、北極の氷床上に建設された米国の半恒久的研究施設である。政府機関横断的ジョイントベンチャーの産物で、米国科学財団、米国商務省海洋大気局も参加している。

クルーは先週一週間を浮上して過ごした。流氷のあいだや、氷湖《ポリニヤ》と呼ばれる薄く氷の張った湖を抜けて航行したのだ。艦に与えられた任務は、気象観測用機器を氷上に設置し、基地でモニタできるようにすることだった。ところが一時間前に、このひっくり返った氷のエベレストに出くわしたのである。

「氷山てのは、もう少し可愛いもんだと思ってたが」ブラットはヒューと口笛を吹いた。

新しい声が加わった。「正確には、氷島《ひょうとう》と呼ぶべきでしょう」

ペリーが潜望鏡から目を離し、声のほうを一瞥《いちべつ》した。

白髪で、顎鬚《あごひげ》をきちんと刈り込んだ男が、腰を屈めてハッチを抜け、艦首側の研究区画からコントロールルームに入ってきた。オスカー・ウィリグ博士だ。スウェーデンの海洋学者である。少尉がひとり付き添っている。かなりの年輩ながら、屈強にして眼光鋭いこのスウェーデン人科学者はモニタに向かって、これではだめだと言うように手を振ると、ペリー艦長に向かって顎をしゃくった。「キュークロープスから眺めたら、断然迫力が違いますぞ。実は、レイノルズ博士が、あなたに来ていただけんものかと言っていましてね。いささか興味深いものを見つけたもので」

しばらく考えたあと、ペリーは頷《うなず》き、潜望鏡のレバーを畳んだ。油圧コントロールのダイアルを捻《ひね》ると、ステンレス製のポールが接眼部ごと下の収納部に降りていった。

「ブラット少佐、操艦指揮を頼む」ペリー艦長は潜望鏡台を降り、ウィリグ博士に歩み寄った。

ブラット少佐はゲジゲジ眉毛の片方を上げながら、ペリーの脇を抜けた。「艦長、本当に行くんですか、キュークロープスに？　たいした度胸ですね。おれなんかとは、タマの出来が違うんだ」

「そう、おれのは金じゃなくて」ペリーは拳でコツコツと壁を叩いた。「チタニウムだからな」

ブラットは、にやりと笑った。

ペリーの傍らで、ウィリグ博士が目を輝かしていた。「あんなにすごい氷島を見るのは、生まれて初めてでなんでね」

ペリーは、赤毛を刈り込んだ頭をかき上げたあと手を通路に向け、年長の博士に先を促した。

博士は頷き、身体をそちらに向けたが、まるでストックホルム大学で講義でもしているかのように、早口で喋りつづけていた。「氷島っていうのは、そもそも珍しい存在なんだ。こいつが出来るのは、元の氷河から巨大な氷山が分離したときでね。分離のあと、海流が浮遊している山々を氷床に向かって押し流していく。そうすると、そいつらが合わさることになる。それから長いこと、解ける、固まるを繰り返して、最後にはその山々が、独立したひとつの氷床になるわけだよ」ウィリグ博士は、ハッチを登りながら、ペリーをちらりと見やった。「まあ、チョコレートバーに入ったアーモンドみたいなもんだと思えば分かりやすいかもしれない」

ペリーは、博士に続き、六フィートの長身を屈めてハッチをくぐった。「しかし、こういう発見の、どこがそんなに魅力的なんです？　レイノルズ博士は、なんでまた我々に、あのアーモンドの寸法を測らせたいんだろう？」

ウィリグ博士はハッチからぴょこんと頭を出し、中央通路に出ると、研究区画を通り抜けていった。「氷島というのは、それ自体が珍しいもんだが、それに加えて氷河から切り離されたということで、非常に古い氷を含んでいる。氷だけじゃない。巨礫《きょれき》や陸の一部さえ入っていることがあるんだ。太古をそのまんま冷凍したようなものなんだよ。信じられん話だろう？」

ペリーは前を行く博士を急《せ》かすように、歩を速めた。

「我々としては、こんなチャンスを逃すわけにはいかないんだ。こんな例には、二度とお目にかかれんだろうからね。北極の氷床はアメリカ国土の二倍の広さがあるんだ。その上表面が、冬の強風で削り取られたり夏の気温上昇で解けたりすると、氷島との境目が見えなくなってしまう。そうなったらＮＡＳＡの衛星からだって、氷島をピンポイントで捕捉することはできなくなる。この山に出くわしたのは、科学者に向けた神からの贈り物だよ」

「神うんぬんは別として、確かに興味深いですね」ペリーは頷いた。ペリーがポーラー・センティネルの艦長に任命されたのは、その経歴と北極圏に抱く関心が理由だった。父親は米潜水艦ノーティラスに乗務していた。ノーティラスは極点下を通過して北極海を横断した最初の潜水艦である。一九五八年のことだった。海軍の最新鋭艦を指揮し、父親の残した記録に新たな一ページを加えるのは、ペリーにとっても名誉なことだった。

ウィリグ博士は通路の突き当たりにある、密閉されたハッチを指差した。「さあ、行きましょう。是非、自分の目で見てもらいたい」

ペリーは、博士の肩越しに前を見ながら、手を振って先を急がせた。ポーラー・センティネルはふたつの区画に仕切られている。コントロールステーションの艦尾側はクルーの住居区画と機関関係に充てられ、ブリッジ前方に研究区画がある。だが、更にその前方、ヴァージニア級潜水艦なら、通常、魚雷室とソナー室に充てられるはずの艦首に、海軍潜水艦随一のユニークな変更がなされていた。

「お先にどうぞ」ハッチのところまで着くと、博士が言った。

ペリーはハッチを開け、身体を押し込むようにして部屋に入った。艦内の薄暗い照明に慣れていたせいで、部屋のあまりの明るさに目が眩《くら》み、ペリーは思わず手をかざした。

元は魚雷室だった艦首上部は、厚さ一フィートのレキサン・ポリカーボネート製風防《キャノピー》に交換されている。湾曲したプラスチックのカバーが前方と頭上をすっぽりと覆い、そこから周囲の光景がそっくり目に入ってくる。まさに、海を望む窓だった。外から見れば、レキサンの天蓋は、まるでひとつ目の義眼のようだった。ニックネームのキュークロープス（ギリシャ神話に登場するひとつ目の巨人）はここに由来する。

ペリーは、壁際にいる科学者たちを無視し、装置とモニタを覗き込んだ。海軍軍人たちが、直立不動の姿勢を取り艦長に向かって会釈する。ペリーはそれに答礼したものの、キュークロープスがもたらす光景から目を離すことができなかった。

前方の眩《まぶ》しい光の中から声が聞こえた。「ちょっとしたものでしょう？」

ペリーは目を慣らそうと瞬《まばた》きをした。部屋の中央に、アクアマリンのライトを浴びた細身の身体が立っていた。「レイノルズ博士？」

「ここからの眺めには、抵抗できなくって」柔らかい微笑《ほほえ》みを含んだような、女性の声だった。アマンダ・レイノルズ博士、名目上とは言え、オメガ・ドリフトステーションの責任者だった。ケント・レイノルズ提督、海軍潜水艦隊の司令官の娘で、父親の薫陶《くんとう》よろしく、ダブルドルフィン徽章《きしょう》をつけたプロに負けず劣らず、潜水艦には強いのだった。

ペリーは博士に歩み寄った。アマンダに初めて会ったのは二年前、海軍大佐の線章を受けたときで、提督が開いた内輪の祝賀会でのことだった。散々な晩だった。ペリーは、うっかりとは言え、アマンダの作ったポテトサラダをけなし、ちょっとダンスをしたと思えば、その足をしたたかに踏みつけ、おまけに、カブスが次の試合でサンフランシスコ・ジャイアンツに勝つと言い張って、それに十ドルを賭けたのだ。要するに、まあ、おおむね楽しい夜だったということになる。

ペリーは咳払《せきばら》いをしたあと、アマンダが自分の方に視線を向けているかどうかを確認した。「で、キュークロープスはどんな具合かな?」ペリーははっきりと口を開けて喋った。交通事故のせいで十三のときに聴力を失ったアマンダが、唇を読めるようにとの配慮だった。

アマンダ・レイノルズは、身体を少し艦首側に回しながら、頭上を見上げた。「父が夢に描いていたものと、寸分違わない出来栄えよ」

アマンダは、キャノピーの真下に立っていた。まわりを北極海に取り囲まれ、その身体が海中に浮かんでいるように見える。やがてアマンダは片手を腰に当て、舷側に身体を向けた。長い黒髪が揺れた。動きやすさを考えてか、一本に束ねられている。服装も海軍支給の青い作業服だった。きちんと折り目がついている。

ペリーはアマンダのそばに寄り、ふたりして海の下から歩み出た。クルーがこの部屋に不安を持つのも、プロの潜水艦乗りとしてはよく分かる。潜水艦にとって一番怖いのは火災だが、一フィートの厚さがあるとは言え、所詮《しょせん》はプラスチックであるキャノピーが、チタニウムと炭素被覆高張力鋼の二重外被の代替となりうるとは、にわかに信じられないのだ。とりわけ、周囲にこれだけの氷があるときには尚更である。

ペリーは頭を抱えて逃げ出したい衝動を辛うじて抑えたが、北極海全体がプラスチックのキャノピーにのし掛かっているという感覚は、どうしても拭い去ることができなかった。

ペリーはアマンダの腕に軽く触れた。視線が自分に向けられた。ペリーは訊《き》いた。

「なぜ、ぼくをここに？」

「これを見てもらいたいと思って……だって、すごいでしょう？」声が興奮で震えている。アマンダは、見て、と言うように、片方の腕を前に伸ばした。キュークロープスの先で、ライトに照らし出された氷壁が艦首脇をゆっくりと通過していく。そこに立っていると、氷壁はじっと動かないでいるように見えた。だが氷島は、巨大な独楽《こま》のように、ぐるぐると絶え間なく回転しているのだ。ここまで近づくと、キセノンのスポットライトに照らされた壁面がそっくり見渡せる。氷の塊は上下にどこまでも続いているように見えた。

これが、見る者を圧倒し、純粋な恐怖を与える光景であることは、間違いなかった。だが、ペリーは、いまだに自分が呼ばれた理由を掴《つか》みかねていた。

「新開発の深層透視《ディープアイ》ソナーシステムをテスト中なの」アマンダが説明を始めた。

ペリーは頷いた。アマンダのリサーチ・プロジェクトについては知っていた。ポーラー・センティネルは、アマンダがテスト中の氷中探査システム――氷塊用のエックス線システムとでも呼ぶべき、透過式ソナー――を装備した、最初の潜水艦なのだ。この装置の元となったシステムは、アマンダ・レイノルズ博士本人が設計したものだった。アマンダは、地球工学、それも北極圏研究を専門としていた。

アマンダは続けた。「この氷島を対象にテストを行って、内部にある巨礫や陸地構成要素が識別できるか調べたいと思っていたのよ」

「で、何か見つかったのかい？」そう訊《たず》ねながらも、ペリーは、ゆっくりと向きを変えていく氷壁から、目を離せずにいた。

アマンダは、壁際で電子装置に向かっているふたりの男に歩み寄った。「最初の二周では、何も掴めなかったわ。でもこれは、タマネギの皮を剝《む》くような作業で、少しずつ、慎重にやらなくてはならないの。ディープアイの超音波は、氷塊に微細な振動を発生させるから、通常はわずかながら熱を持つわけ。だから、一度にひとつの層だけを対象にして、氷島をスキャンしていかなくてはならなかったのよ。ゆっくり、丁寧にね。そうしたら、やっと——」

ペリーは、相変わらず、キュークロープスの視野を捉えられる範囲に立っていた。緩やかな円軌道を描いている艦に、分厚い氷の隆起が接近する。最初に危険を察知したのは、ペリーだった。前方に、バスケットボール大の氷塊がいくつも浮遊し、跳ねるように氷壁を登っている。逆向きの山崩れだった。それだけではない。氷壁に、みるみる亀裂が走っていく。突然、巨大な氷塊が剝がれ落ち、低速航行を続ける艦の方に向かって倒れ込んでくる。このままでは、衝突は避けられない。

驚愕《きょうがく》に息を呑《の》んで、ペリーはインターコムをつかんで怒鳴った。「艦長だ!」

「了解してます、艦長」ブラット少佐が緊張した声で応答した。「急速注水!」

直後に非常用タンクが何千トンもの水に満たされる。艦が下向きに引っ張られるような、いつもの感触があった。

ポーラー・センティネルは、急角度で潜航した。

ペリーは瞬きもせず、キュークロープスからじっと外の世界を見つめていた。氷の巨大な板が、青い斧《おの》のように降っている。衝突を回避し得たのか、まだ確信が持てないでいた。こうなると、落ちてくる氷塊の浮力と、緊急バラストの重量との競争だった。ポーラー・センティネルが艦首をぐいと下げた。皆、手摺《てすり》を握りしめる。ノートが一冊、傾いた床を滑っていく。

小さな叫び声が上がったが、ペリーはそれを無視した。何もできない。ただ外を見つめ、待つしかなかった。ここで衝突したとなれば、結果は悲惨だろう。半径数マイルに浮上できるような水域はない。ポーラー・センティネルが北極圏の過酷な条件を考慮して設計されているとは言え、自ずと限界はあった。

降りかかる氷が視野いっぱいに広がっていた。艦は急速潜航を続け、凍てつく深みに向かっていった。急激な圧力変化に、外被《シ》の継《ー》ぎ目《ム》が軋《きし》み、悲鳴を上げる。

そのとき、ゆっくりと剝離《はくり》する氷板の真下に、開けた水域が見えた。ポーラー・センティネルは、そこを目指して潜航していった。

氷山の底部が、頭のほんの数インチ上を掠《かす》めていった。ペリーは頭を反らし、それがレキサンの向こうを通り過ぎていくのを見守った。ペリーの目に、氷山の底部に貼りついた海藻が見えた。それが絵文字なら、読めそうな距離だった。ペリーは息を止め、艦体が上げる叫びと、けたたましい警報を待った。だが聞こえてくるのは、酸素発生器が漏らしつづける落ち着いた小さな吐息だけだった。

長い三十秒間だった。ペリーは止めていた息を大きく吐き出し、インターコムに向かって言った。「艦長からコントロールルームへ。ご苦労、見事だった」

ブラット少佐が応答した。安堵《あんど》と自賛が入り交じった口調だった。「注水停止。排水を開始します」艦は水平姿勢を回復した。やや沈黙があったあと、少佐がつけ加えた。「どうか、これきりということで」

「了解した」ペリーも同じ気持だった。「とは言え、ゆっくり周回して、状況確認をする必要はあるだろう。充分に距離を取ってな。ディープアイ・ソナーが、落盤を引き起こした可能性が高いと思う」ペリーは、アマンダの方にちらりと目をやった。新型ソナーの振動誘発作用と発熱効果に関して、本人が心配していたのを思い出したのだった。「記録用に写真を撮っておく必要もあるだろう。なにしろ、テスト中の装置だからな」

ブラット少佐は了解し、クルーに指示を出した。「操舵手、取り舵いっぱい、微速前進。周回して元の位置に戻る」

ポーラー・センティネルは氷山をそろそろと離れ、距離を取ってゆっくりと周回した。ペリーはモニタの並んでいるところに歩み寄った。「亀裂箇所をアップすることはできるかな？」

技術員のひとりが答えた。「はい、できます、艦長」

アマンダが口を開いた。どことなく覚束ない口調だった。動揺のせいか、発音が不明瞭になっている。「破壊の危険を想定すべきだったわ」

ペリーはアマンダの手を軽く叩いた。「だからこその試運転《シェイクダウン》だ。一回や二回の失敗《シェイクアップ》がなかったら、仕事をしたことにならないさ」

ペリーの下手な洒落《しゃれ》に気づかなかったのか、アマンダは硬い表情を崩そうとしなかった。

そのとき、耳元で呼ばれて、ペリーの心臓はまた縮み上がった。技術員がレバーを操作しながら、外部カメラの焦点を亀裂箇所に合わせている。ペリーはモニタに身を乗り出した。氷壁の大きく破壊された部分が、光を受けて鮮明に映し出された。

「あれは何？」アマンダが訊ねた。画面上に映った黒っぽい傷痕のようなものを指差している。ちょうど、破壊された箇所の中央辺りに位置していた。「もっとアップできる？」

技術員は頷くと、ダイアルのひとつを回した。その部分が拡大され、傷痕のようなものが、より鮮明に、より立体的に映し出された。それは氷でも岩でもなく、何かもっと奇妙なものだった。周回する艦の照明が、その箇所を照らし出す——黒い多角形。明らかに人工のものだった。

更に艦がそれに近づいたとき、ペリーは、その正体を見極めた。潜水艦の艦尾だった。アイスキャンディについた棒のように、氷の中に突き刺さっているのだ。ペリーはキャノピーの先端まで行き、じっと外を見つめた。氷の外に突き出した部分が見て取れる。古い、大昔の艦だった。

ポーラー・センティネルは安全距離に脱した。

「あれは、ひょっとして……？」ウィリグ博士が言った。びっくりしたのだろう、力の抜けた声だった。

「潜水艦です」ペリーは頷いた。潜水艦なら、一瞥しただけで、その型が分かる。「第二次大戦期の艦です。ロシアIシリーズの」

アマンダはふたりの研究員と一緒に立っていた。顔色がいくらかよくなっている。

「前に発見したものがあったんだけど、これで筋が通るわ。艦長に来てもらったのも、そのせいなの」

ペリーはアマンダの方に向き直った。「いったいなんのことだい？」

アマンダは別のモニタを指差した。「ディープアイが作成した映像を記録しておいたの」画面には氷島の三次元画像が映し出されていた。その解像度は驚嘆に値するものだったが、ペリーはその画像のどこが重要なのかを測りかねた。

「艦長にお見せして」アマンダはそう言うと、技術員の肩に手を置いた。

技術員がいくつかキーを叩くと、氷島の画像が輪郭を失いはじめた。映し出されたのは氷島の内部らしかった。何本もの通路と、いくつもの階層が設けられている。島の頂点に向かって、複数の階が延びていく形になっている。
「なんなんだ、これは？」
技術員が答えた。「氷島内部に作られた基地だと思います。すでに放棄されている
でしょうが」技術員はまたいくつかキーを叩いた。ひとつの階が拡大される。複数の
部屋と廊下があるように見える。間違っても、自然に出来たものではない。
「あの潜水艦が艦長の言うとおりのものなら、これはロシアが氷の中に造った基地だ
ということになるわ」片方の眉を上げ、ペリーの方を見ながら、アマンダがつけ加え
た。「あの潜水艦は、一番下の階に格納されていることになるわね」
ペリーは、画面のあちらこちらに点在している黒い物体を指差した。「ということ
は、これは要するに……？」
技術員は、その物体のひとつにカーソルを当て、キーを叩いた。その物体がアップ
になった。見紛えようもない形のものだった。
「艦長、人間の——」技術員は答えた。「死体です」
画面の隅で、一瞬何かが動き、すぐに消えた。ペリーは眉根を寄せながら、アマン
ダたちに目をやった。「見えたか？」
アマンダの目が大きく見開かれている。「もう一回再生して」
技術員はテープを巻き戻し、わずかに画面を拡大したあと、動きらしきものがあっ

た場所まで早送りし、そこからスロー再生した。一番下の階で、何かが動いたかと思うと、すぐに氷の深部へと消えていった。ソナーの感知圏外に出たということだった。見えたのは一瞬きりのことだったが、疑問の余地はなかった。

アマンダが呟いた。「なんだか分からないけれど、生きているものがいる……」

第一部　スノーフライト

ᐊᐳᓐᒥ　ᑎᖕᒥᓱᖅ

第一章　血の誘惑　ᐃᐅᕐᑲᒨᑦ ᒥᒃᑭᑐᓐ

四月六日、午後二時五十六分
アラスカ州、ブルックス・レンジ

母なる自然には、常に崇敬の念を抱くべし……その自然が、体重四百ポンドで、かつ、子連れだった場合には、尚更のことである。

マット・パイクは五十ヤード離れたところにいる灰色熊《グリズリー》と対峙《たいじ》していた。巨大な牝《めす》熊が睨《にら》み返してくる。微風に乗った鼻息が聞こえた。生後一年ほどの仔熊が、ブラックベリーの小枝に鼻先を突っ込んでいる。だが、ベリーの季節にはまだ早かった。仔熊はベリーの藪《やぶ》で戯れているだけで、西日の中、冷や汗を浮かべ立ち尽くしている、身長六フィート二インチの魚類野生動物庁監視員には、気づいていなかった。いずれにせよ、母親に見守られている仔熊には、そもそも何も怖いものなどない。母熊の筋肉質の巨体、それに四インチもある爪と黄色い歯とが、確実に身を守ってくれるからだ。

マットは汗ばんだ掌を、ホルスターに収めたペパースプレーの缶に置いていた。もう一方の手が、肩に掛けたライフルにゆっくりと移動していく。〈襲いかかろうなんて思うなよ、おばさん……面倒はもうたくさんだ。今日は本当にひどい一日だったんだよ〉事実マットは今日、犬どものおかげで散々な目に遭っていた。だから、奴らをキャンプに置いてきてしまったのだ。

母熊の耳がゆっくりと垂れ、頭に貼りつくのが見えた。後肢を揃《そろ》え、前肢に少し体重を移動させている。敵を追い払おうというときの典型的なポーズだった。

マットは呻《うめ》き声を上げたい気持を辛うじて抑えた。駆けだしたかった。だがそんなことをしたら、追いかけてこいと言っているに等しい。小枝が折れて音を立ててしまわぬよう気をつけながら、危険を承知で、ゆっくりと一歩退いた。幸い、ムース革の古いブーツを履いている。別れた妻の手縫いだった。イヌイットの父親に伝えられた技術だった。別れて三年になるが、この時ばかりは、前妻の技術に感謝したい気持だった。柔らかい靴底のおかげで足音がしないのだ。

マットは、ゆっくりと少しずつ、後退していった。

通常なら、荒野で熊に出くわした場合の最もよい防御手段は、大きな音を立てることだ。叫び声でもいいし、ブーイングでもいいし、口笛でもいい。なんであれ、たいていは餌を求めているだけだから、戦闘意欲のない熊に警告を与えればいいのだ。だが、坂道を登りきろうとするときに子連れの牝熊に出くわしたとなると、話は違う。学名ウルサス・アルクトス・ホリビリス、つまり、グリズリーと面と向かう羽目になって、ぴくりとでも不自然な動きを見せたり、変な音を立てでもしたら、母性本能の塊になっている牝熊が猛然と襲いかかってくるのだ。アラスカで熊に襲われる例は、毎年、何千件と発生し死者も数百に達する。ほんの二箇月前にも、マットは同僚の監視員とともに、予定期日になっても戻らないふたりのいかだ乗り《ラフター》を求めて、カヤックでユーコン川支流を捜索したが、結局見つけたのは、身体の半分を食いちぎられたふたつの死体だけだった。

要するに、マットは熊というものを知悉《ちしつ》しているのだった。だから、野山を歩くときには、せっせと熊の新しく残した痕跡を探した。まだ柔らかい糞《ふん》、めくれ上がった草、爪痕のついた木の幹などを見つけようとするのだ。首から熊よけの笛を掛け、ベルトにはペパースプレーを吊している。そしてもちろん、少しでも脳味噌のある人間なら、ライフルなしでアラスカの奥地に入ろうとするわけもない。だが、この地の公園と山野に勤務して十年、マットが思い知ったのは、予期せぬことが起こって当たり前なのがアラスカなのだ、ということだった。テキサスより広いこの州では、ほとんど遠くへ行くにも、水上飛行機が必要である。アラスカの原野と比べれば、本土四十八州のそれは、ディズニーのテーマパークに等しい。なにしろ、動物は飼いならされているし、人はいっぱいいるし、商業化されてもいるからだ。しかしここアラスカでは、自然が、その純然たる野生そのものを謳歌《おうか》しているのである。

もちろん今は、その野生に少しおとなしくしていてほしい局面だった。マットは相変わらず、慎重に後退を続けていた。母熊は元の場所から動かないでいる。そのときだった。小さな坊やのほうが——百五十ポンドの毛皮と肉で出来たボールを、小さいと呼べるかどうかには疑問の余地があるとして——とうとう、近くに不審者がいることに気づいてしまったのだ。仔熊は後肢で立ち上がり、マットを見た。腰を揺らし、頭を反らす——牡の威嚇《いかく》行動だが、けっこう愛嬌《あいきょう》のある動作だ。そしてそのあと、マットの祈りとは裏腹に、仔熊は四つ足になってマットの方に駆けだした。別に攻撃しようとしているわけではなく、ただ面白がっているだけなのだ。だからと言って、殺人的破壊力を秘めていることに変わりはない。

が、一歳の仔熊のほうは、なんとかなるとマットは考えていた。ペパースプレーをかければ、間違いなく止められる。だが、母熊の反応となると、話は別だった。杭打ち機並みのパワーで襲いかかられたら、ペパースプレーなど味つけの役にしか立たない。頭を銃撃しても無駄だろう。マーリン社製のスポーツライフルでは、あの分厚い頭蓋骨に弾丸が跳ね返されてしまうのが落ちだ。心臓を正確に撃ち抜くという手もあるが、それすら安全策とは言えない。うまく命中しても、死に至らしめるのに十分はかかるだろう。それでは撃ったこちらが熊の餌食になる。グリズリーを殺すのに唯一現実的な方法は、まず四肢を狙い、その巨体を倒してから、弾の尽きるまで撃ちつづけることだった。

　だが、危機的状況にもかかわらず、それだけはしたくなかった。グリズリーは、マットにとって、単なる動物以上の存在《トーテム》だった。この土地の象徴だった。個体数が二万五千頭以下まで減少してきてもいる。そのうちの一頭を殺すことなど、自分にはできない相談なのだ。事実、マットが余暇の時間を使ってまでブルックス・レンジにやって来たのは、国立公園に棲息《せいそく》するグリズリーの個体リストを作成し、DNAマッピングを行う活動に参加するためなのだった。グリズリーが冬籠《ふゆご》もりから覚めて、外に顔を出したばかりのこの時期は、その絶好の機会なのである。今日ここに来たのも、公園内の原野中に仕掛けた体毛採取用の罠からサンプルを回収し、悪臭を放つ熊寄せ用の餌《セント・ルアー》を新しいものと交換するためだった。その最中に、苦境に陥ったというわけなのだ。

　だが今は、殺すか殺されるか、という事態だった。仔熊が楽しそうに跳ねながら、こちらに向かってくる。母熊が警告の唸《うな》り声を上げた。マットには、その警告が仔熊に向けられたものなのか、自分に向けられたものなのか分からなかった。どちらにせよ、後退の足取りは速まった。片方の足をもう片方の後ろに繰り返し運び、よろよろと後じさっていく。マットは身をくねらせてライフルを肩から外し、ペパースプレーをホルスターから取り出した。

スプレー缶の蓋を外そうと、悪戦苦闘している最中、背後から獰猛《どうもう》な唸り声が聞こえた。マットの背後、斜面を少し下ったところから、尾を突き立てた黒い影が突進してくる。

それが何かを悟ったマットの瞳が大きく開かれた。「ベイン！　来るんじゃない！」黒い犬が斜面を跳ねるようにして、駆け上がってくる。頸部の毛《ハックル》を立て、喉の奥からゴロゴロと低い唸り声を上げている。犬の鋭い嗅覚が、熊の匂いを、いや主人の危険を察知したにちがいない。「つけ！《ヒール》」マットは大声で命じた。

まさに忠犬の鑑《かがみ》であるベインは、突進を中止すると、後肢を揃え前肢でブレーキをかけて、主人の傍らに停止した。ひと声大きく吠《ほ》えたあと、歯を剝《む》き出しながらうずくまる。ベインは狼との交配種だ。肩幅が広く、体重は百ポンドをわずかに切る。首からは、嚙《か》み切られた革紐がぶら下がっていた。マットはベインを、他の三頭と一緒に急拵《ごしら》えのキャンプに置いたまま、近くに設置した体毛採取用罠のセント・ルアーを交換に来たのだった。セント・ルアーは、牛の血、魚の腐敗した内臓、それにスカンク・オイルを混ぜたもので、これを嗅いだ瞬間に犬は正気を失う。それを思い知ったのは、今朝、グレガーが混合したてのルアーの中をのたうち回っているのを見たときだった。匂いを取るために、グレガーを何度も風呂に浸けた。午後にまた、こんなことを繰り返すのは真っ平だったから、犬は置いてくることにしたのだった。しかし、いつも相棒を務めているベインだけは、引き紐を嚙み切り主人の嗅跡を追ってきたのだ。

ベインがまた吠えた。

マットは二頭の熊に目をやった。親子とも、大きな犬がいきなり出現したことに戸惑い、同じ場所に凍りついたままだった。母熊が空気の匂いを嗅いだ。ブルックス・レンジに棲息している以上、狼の匂いは知っているはずだった。それに怖れをなして、逃げ出してくれるだろうか？

仔熊は母親より近く、十五ヤードほどのところにいる。立ち上がって、少し踊るような仕草を見せた。それから頭を反り返らせると、こちらに向かってくる。なんの脅威も感じていないのだ。こうなると、親に選択の余地はない。母熊が大きく口を開けて吠え、身体を低くし攻撃の体勢を取った。

マットは素速く考えを巡らせた。ペパースプレーをホルスターに突っ込み、ルアーの詰まったゼリーの瓶をバックパックのサイドポケットから摑《つか》み出すと、身体をしならせ肩と腕に力を込めて、それを思いきり放り投げた。拳大《こぶし》の瓶は、ヤンキースのピッチャーが投げたようなスピードとコントロールで飛んでいき、斜面の三十ヤードほど先に生えたポプラの幹に命中し、砕け散った。血と腸《はらわた》が飛び散る。通常、ルアーの取り替えに要するのは、せいぜい親指の先ほどの量で、それだけあれば、半径数マイルに棲息する熊を呼び寄せることができる。それが、丸ごとひと瓶、空になった。濃縮された臭気が直ちに広がり、周囲の大気に満ちていった。

仔熊が歩みを止め、じっと動かなくなった。鼻を高く上げ、さかんに空気の匂いを嗅いでいる。頭をレーダ・アンテナのように回し、おいしそうな匂いの元を感知しようとする。母熊さえ襲撃を中断し、ルアーの飛び散ったポプラの方に視線を向けている。仔熊は回れ右をし、坂道を駆けだした。冬籠もりから出てきたばかりの、腹を空《す》かした仔熊にとって、その匂いは、ブラックベリーの小枝や犬を連れた不審者より、千倍も興味をそそられるものだったにちがいない。弾むような足取りで駆けていくその後ろ姿は幸せそうだった。母熊のほうは、息子を守ろうと相変わらず用心深い目を向けていたが、やがて尻を地面につけたまま、じりじりと後じさりを始めた。仔熊は、母親の脇を通り過ぎ、ポプラの方に駆けていった。

マットは、一目散に逃げるなら、この時をおいてほかにない、と判断した。「落ち着くんだ、ベイン」マットは囁《ささや》いた。ベインの鼻が空《くう》を向いている。ルアーの匂いを嗅いでいるのだ。マットは手を下ろし、千切れた引き紐を摑んだ。「嗅ぐんじゃない。ルアーのことなど忘れるんだ、いいな」

マットは、熊が思いがけぬ贈り物に気を取られている隙に、来た方に向かって斜面を後退した。母熊が気を変えて追いかけだしたときの用心に、片目で下の道を、もう片目で上を見ながら、相変わらず、後ろ向きに歩を進めた。だが熊はその場を動こうとしなかった。そして四分の一マイルほど離れたところで、マットは正面に向き直り、キャンプまで二マイルの道のりを歩きだした。

キャンプは比較的大きな流れのそばに設営してあった。まだ春浅く、水面にはところどころ氷が張っている。だが、暖気到来の兆しはすでに明らかで、そこかしこに野の花が咲きはじめている。青いハナシノブ、黄色のヤナギラン、深紅の野バラ、そして紫のスミレ。凍った流れのまわりにさえ、ヤナギとハンノキが茂り、その岸にはドクゼリの花が咲いている。

マットにとっては、好きな季節のひとつだった。〈北極圏の扉〉国立公園が冬眠から覚める時でありながら、旅行者やラフターが待ってましたと押し寄せるには、少々早すぎる時期なのだ。もっとも、繁忙期でさえ、八百万エーカー、つまり、バーモント州とコネティカット州を合わせた面積を持つ広大な土地を訪れる人の数は、そう多くはない。勇気を奮って自然の塊のようなこの公園にやって来ようという人の数は、一年で、三千人にも満たないのである。

なんにせよ、差し当たっては、この土地すべてを独り占めできるわけだった。

キャンプでは、いつものとおり、キャンキャン、ワンワンの不協和音が、マットたちの安全な帰還を祝福した。糟毛《かすげ》の牝馬《ひんば》がマットに向かって嘶《いなな》き、鼻面を上げながら、一本の足で地面を叩く。発情期の行動だった。この馬は、アラブ種とクォーターホース（四分の一マイルレース用競走馬）の雑種だ。ベインは一目散に仲間のところに駆けてゆき、身体をぶつけ、鼻面をすり寄せている。犬の友情表現だ。マットは、他の三頭、グレガー、サイモン、バットヘッドの引き紐を外してやった。四頭は輪になって走りだした。鼻を鳴らし、舌をだらりと垂らし、前肢を上げる。犬が嬉《うれ》しいときによくやることだった。ベインは何食わぬ顔で戻ってきて、マットの傍らに座り、若い犬たちを見守っている。体表はほとんど漆黒に近いが、内側からほんのわずか銀色の毛が覗き、顎の辺りには白い星がある。

マットは、ベインに向かって顔をしかめて見せた。叱ってやろうかとも思ったが、諦めて首を振った。そんなことをしても、効き目はないだろう。ベインは橇犬たちの中でずば抜けた存在である。命令には即座に従うし、敏捷《びんしょう》に動く。しかし、この雑種犬には自分の意思があり、すこぶる頑固なのだ。

「分かるか？ あれで、ルアーがひと瓶、丸ごとパーになった」マットは愚痴った。

「キャロルなら、おれたちの血を使って次のやつを作りかねないぞ」キャロル・ジェフリーズは、州内にある人口数十の町ベトルズの外れで、熊のDNA調査プログラムをやっている研究グループのリーダーだった。今度のことには、ひどく腹を立てるだろう。あとひと瓶しか残っていないということは、罠の半数にしか新しいルアーを置けないということなのだ。つまり、仕事を果たさぬまま撤収し、その影響でキャロルの研究は丸ひと月遅れてしまうのである。キャロルの怒りは容易に想像できた。マットは、これなら体重四百ポンドのグリズリーと格闘していたほうがましだったかと、溜息《ためいき》をついた。

マットはベインの脇腹を軽く叩き、後頭部の厚い毛を乱暴に撫《な》でた。ベインの尻尾が上がり、マットの手を打つ。「そろそろ夕飯の支度でもするか」無駄な一日を過ごしたときは、慰めに熱いご馳走を食うのもいい。まだたいした時刻ではなかったが、空模様が怪しくなっていた。それに、ここまで高緯度になると、日暮れは早いのだ。暗くなる前に、ひょっとすると、ひと雨、いや、ひと雪、来るかもしれない。

今夜は火がいる。ならば、今から準備するしかない。

マットは肩を捩《よじ》らせて上着を脱いだ。肘にパッチを当てたアーミー・パーカで、もともと緑だったものが今は灰色に変色している。内側にボタン留めのアルパカ製ライナーがついている。それを脱いでも、ざっくりしたウールのシャツと厚いズボンという恰好《かっこう》だったから、充分に暖かかった。ましてや、長距離を歩いただけでなく、あれだけアドレナリンを分泌したあとでは尚更だった。マットはバケツを手に川まで行き、流れの端から氷を割ってそのバケツに入れた。流れからただ水を汲《く》むほうが簡単なのだが、氷のほうがずっと不純物が少ないのである。いずれにせよ火を焚《た》くのだから、氷もあっと言う間に解けるのだ。

慣れたものだった。マットは着々と野営の段取りをこなしていく。森を独り占めにできるのは嬉しかった。薪《たきぎ》を集めながら、思わず口笛が出るほどだった。が、その直後、辺りがいきなり奇妙に静まり返った。理由はすぐに分かった。犬が吠えるのをやめたからだ。そう言えば、ヤナギの木にいたムナグロまで囀《さえず》るのをやめている。そして最後に、マット自身の口笛も止まった。

そのとき、マットの耳にも聞こえたのだ。

飛行機のエンジン音だった。

最初は柔らかい音を立てていた単発エンジンのセスナが、峰を越え、谷間に向かいはじめた頃から、大きな音を立てるようになった。マットは緊張に身体を固くした。マットには、機影を目にする以前に、何か異常があることが分かった。エンジン音が均一ではない。何か咳《せき》き込むような音が聞こえるのだ。

機体がロールしていた。高度も不安定で、上昇と下降を繰り返している。パイロットは着陸する場所を探しているにちがいない。この辺りを飛ぶ小型機が皆そうであるようにフロートを具《そな》えているので、着水するのに充分な幅がある川さえ見つかれば、なんとかなるはずだ。だが、飛行機が向かっている方にそれがないことを、マットは知っていた。キャンプのそばを流れる小川は、やがてアラトナ川に合流する。国立公園の中央を流れるあの川なら、この辺りの流れよりは広い。だが、優に百マイルは離れている。

マットは、セスナが酔っぱらい運転のような航跡を描いて飛んでいくのを見つめていた。やがてガリガリというようなエンジン音を立てながら、セスナはよろよろと次の尾根を越えた。背筋の凍るような光景だった。てっきり、米松《ベイマツ》の梢《こずえ》に衝突すると思ったのだ。しばらくしてセスナは山の陰に姿を消した。

マットは、機の消えた方角から目を離さなかった。その運命を伝える音が聞こえてくるのではないかと、耳をそばだてた。そしてその音は、すぐに聞こえた。墜落し機体が砕ける音が、遠雷のように近くの谷に谺《こだま》した。

「なんてことだ」マットは、呻くように呟《つぶや》いた。

山の稜線をしばらく見つめていると、雲の垂れ込めた空に一筋の油煙がくねくねと昇り、何が起きたかを告げた。

「今日は厄日だな。そんな気がしてたよ」マットはキャンプの方を振り返った。「さあ、支度しろ。晩飯はお預けだ」

マットはアーミー・パーカを摑むと、参ったと言うように頭を振り振り、馬のところまで行った。世界のどこであれ、他の土地でなら、この種のことは稀だろう。だがアラスカという奥地では、命知らずの飛行機乗り《ブッシュ・パイロット》にまつわる神話は、今なお健在である。〈ぎりぎりどこまで突っ込めるか、やってみようぜ〉などと本気で言って、意味もない危険を冒す、向こう見ずのマッチョがいるのだ。アラスカの原野には、一年に二百の小型機が墜落する。機体の回収に雇われるサルベージ業者は、ほぼ一年十二箇月、常に予約を抱えた状態にある。その上、いまだに成長産業と見なされているのだ。年々、落ちる飛行機は増える。「金を掘ろうって奴の気が知れねえ」そうマットに言った業者がいる。「掘ることたねえじゃねえか。空から降ってくるってのによ」

マットは馬に鞍を乗せた。飛行機の墜落と人間の生き死には別問題だ。生存者があった場合、救助が早いほど救命の可能性は高まる。アラスカは、弱者や負傷者に優しい土地ではない。そのことは、今日、四百ポンドのグリズリーと睨み合ったときに、再認識させられた事実だった。ここは、食うか食われるかの土地なのだ。

マットは馬具の固定具合を改めて確認し、救急用品が入ったサドルバッグを鞍に掛けた。一台しかない携帯無線機は置いていくことにする。送受信圏外に足を踏み入れてからすでに三日になる。

ムース革のブーツを鐙《あぶみ》に押し込み、マットは馬上の人となった。犬たちはキャンプのまわりで跳ね回っている。いざ出陣と感じ取っているのだ。「出発だ。おまえたち、恰好いいところを見せてやれよ」

セヴェロモルスク海軍総合基地
ロシア、ムルマンスク州

ヴィクトル・ペトコフは、分厚い茶のオーバーコートと毛皮の軍帽に身をくるみ、四番埠頭に立っていた。赤い肩章と帽子の額に、金の星が四つ、ついている。階級を表すものと言えば、それだけだった。

ペトコフは葉巻を吸っていた。キューバ産の高級品だ。だが、口にものをくわえていることすら、ペトコフは忘れていた。背後にはセヴェロモルスク海軍総合基地が広がっている。ペトコフの故郷であり、領地だった。有刺鉄線とコンクリートの防壁に囲まれたこの小さな閉鎖都市には、ロシア北方艦隊の司令本部が置かれ、巨大な造船所、乾ドックや整備工場、それに武器庫が建設されている。基地は北部海岸の眼前に北極海を臨む厳寒の地にあり、残酷な冬と対峙する宿命を負っていた。ここで造られるのは、強力な軍艦だけではない。強靭《きょうじん》な人間もまた、この地で生まれるのだ。

灰色の瞳が見つめているのは、海ではなく埠頭《ふとう》の先端で繰り広げられている、慌ただしい動きだった。潜水艦ドラコンが間もなく、停泊位置から曳航《えいこう》されていくのだ。電力ケーブルはすでに外され、水際に固定されている。

「ペトコフ提督」若い艦長が、直立不動の姿勢で言った。「ドラコンが出航します」

ペトコフは、時計に目をやりながら頷《うなず》いた。「乗艦したら、出航前に陸上との極秘回線を確認しておいてくれ」

「了解しました。こちらへ」

埠頭から舷側へと案内されているあいだ、ペトコフは、艦長、ミコフスキー大佐の様子を観察した。ドラコンは大佐にとり、指揮官として乗務する最初の艦だった。足取りも誇らしげだ。ミコフスキー大佐は、新型アクラⅡクラスの試験航海を無事終了して戻ったばかりなのだが、今回、任を帯びた北方艦隊総司令官を乗せるという大役を命じられたのだ。提督の任務はいまだに極秘で、詳細は当事者以外知る者はなかった。三十歳の大佐は、大股で意気揚々と埠頭を歩いていく。三十歳と言えば、ペトコフの半分にも満たない。

〈おれも、こいつ並みに阿呆だったのか？〉舷門板に到着したとき、ペトコフはそんなことを考えていた。退役まであと一年、自分にも若い頃があった、自信に溢れていた時期があった、ということ自体をよく思い出せなくなっていた。ここ二、三十年で、世界は昔ほど確たるものではなくなってしまったのだ。

先に舷門板を渡った大佐が大声で提督の到着を告げたあと、振り返った。「提督、出航の御許可をお願いします」

ペトコフは頷くと、足下の海に葉巻を弾き飛ばした。

大佐が次々と命令を発しはじめた。それを、司令塔の上に陣取った当直将校が、ハンドマイクを使って埠頭にいるクルーに伝達する。「舷門板撤去。一番ロープ収容。二番ロープ収容」

クレーンが舷門板を吊し上げ、運び去った。係留担当のクルーが、繋船柱《ボラード》とロープのあいだを忙しく走り回っている。

ミコフスキー大佐は司令塔の金属梯子《ばしご》を上がっていった。登りきったところで、当直の士官と下士官に最後の指示を与えたあと、ペトコフを艦内に案内した。

潜水艦に足を踏み入れるのはほぼ二年ぶりだったが、ペトコフはこの艦の構造に関して、ネジ一本、板一枚に至るまでを知悉していた。もともと、潜水艦乗りであったペトコフの助言と確認を求めて、オフィスまで設計図が回されてきていたのだ。そうではあったが、案内を断ることもなく、ペトコフはミコフスキー大佐のあとに続いて、コントロールステーションの喧騒《けんそう》の中を歩き、艦長室へと向かった。航海のあいだ、艦長室を自室として使うことになっていた。

周囲の目がペトコフに注がれている。目が合うと、遠慮がちに視線を逸《そ》らす。自分がどんなイメージを持たれているか、本人にはよく分かっていた。潜水艦乗りとしては背が高く痩せていて、ひょろっとした体型である。豊かな髪はすっかり白くなっているが、軍人には珍しく、襟にかかるほど長い。これに、冷淡な態度と氷のように冷たい灰色の目が加わって、ひとつのあだ名が出来た。奥の方でそれを囁く声が聞こえる。

〈白い幽霊〉

やっと、自室の前に着いた。

「ご指示どおり、外部への回線はまだ繫《つな》がっています」戸口に立ったまま、大佐は言った。

「研究棟から持ってきた荷物は？」

「ご命令どおり、部屋に運んでおきました」大佐は開いたままになっているドアを手で示しながら言った。

ペトコフは、部屋の内部にちらりと目をやった。「よろしい」毛皮の帽子を取る。

「ご苦労だった、大佐。あとは艦のことに集中してくれ」

「了解しました、提督」大佐は回れ右をし、立ち去った。

ヴィクトル・ペトコフは部屋のドアを閉め、後ろ手に錠を掛けた。私物はベッドの横にきちんと重ねられ、小さな部屋の奥にはチタニウム製の箱が六つ、積まれていた。ペトコフは、部屋の奥に進んだ。一番上の箱に、赤いバインダが載せられている。一本の指を滑らせ、封印にいじられた形跡がないかを調べる。異常はなかった。バインダの表紙には、一語、こう印刷されていた。

ГРЕНДЕЛ

ある伝説から採られた名前だった。

〈グレンデル〉

ヴィクトル・ペトコフはバインダの上で拳を握った。この任務の名称は、北欧英雄叙事詩『ベオウルフ』に由来する。グレンデルは、北欧の海岸地方を震撼させた伝説の怪物であり、これを退治したのが英雄ベオウルフである。だが、ペトコフにとって、この名前はそれ以上の意味を持っていた。それは心の中に飼いつづけてきた悪鬼だった。苦痛と恥辱と悲嘆の源であり、今日のペトコフを作ったものだった。ペトコフは、拳に力を入れた。

〈これほど長く待つとは……もう六十年にもなるのだ……〉ペトコフの目には、真夜中に銃を突きつけられ連行されていく父親の姿が、焼きついていた。まだ六歳の頃だった。

ペトコフは、息を詰めたまま、積み上げられた箱を見つめた。ひとつ深呼吸をし、ペトコフはその場を離れた。緑に塗られた壁に沿って、シングルベッド、書棚、洗面器、更に通信用ユニットが設置されている。ユニットには、ブリッジからの連絡を伝えるスピーカ、ビデオモニタ、そして電話機が備わっている。

ペトコフは手を伸ばし受話器を取った。早口で喋《しゃべ》ったあと、口をつぐむ。通話は所定の回線にまわされ、暗号化されたのち、再接続される。ペトコフは待った。やがて馴染みのある声が聞こえた。雑音が入っている。「レパードです」

「現状は？」

「標的は処理しました」

「確認は？」

「今やっています」

「命令は分かっているな」

一瞬の間があった。「全員の死亡を確認すること」

最後のひと言については、念を押す必要もなかった。ヴィクトル・ペトコフ提督は会話を打ち切り、受話器を置いた。いよいよ開始だった。

午後五時十六分
アラスカ州、ブルックス・レンジ

マットは馬をせき立て、尾根伝いに進んでいった。ここまで登ってくるのはひと苦労だった。周囲の渓谷は、キャンプ地より千フィート高い。この標高では、地面にまだ雪が残っているし、木陰ともなると、けっこうな厚さに積もっている。四頭の犬は、鼻をうごめかし耳をそばだてながら、すでに前方を元気よく走っている。マットは、犬たちがあまり離れぬようにと、口笛を吹いた。

マットは尾根から次の谷を覗いた。立ち昇っていた煙は消えつつあった。煙で墜落地点の特定はできたが、米松とハンノキの森に遮られて、機体は見えなかった。マットは耳を澄ました。人の声は聞こえない。悪い兆候だった。眉根を寄せながら、両の踵《かかと》で馬の脇腹を蹴る。「さあ、行こう、マライア」

マットは氷雪に注意しながら、斜面を下った。森を通るほんの小さなせせらぎ沿いに進んでいった。糸のような流れに、薄霧がかかっている。あまりの静けさに、気が萎《な》えそうだった。だが腹の立つことに、まわりを飛ぶ蚊だけは、ブンブンとうるさい。

雪の表面に出来た氷を蹄《ひづめ》が踏み抜くたびに、ガサガサッという音が聞こえた。

犬たちでさえ、やや元気を失ってきていた。互いの間隔を詰め頻繁に立ち止まっては、空気の匂いを嗅いでいる。

路上斥候役のベインが、馬の五十歩前を進んでいる。狼譲りの黒い体表が木の影に紛れ、ほとんど見えない。魚類野生動物庁監視員の随伴犬として、ベインは救助犬の訓練を受けていた。嗅覚の並はずれて鋭いベインは、すでにマットの目指している場所を察知しているようだった。

谷底に降りてから、足取りが速まった。マットにも、油の焦げる臭いが感じられた。地形の許すかぎり、なるだけ真っ直ぐ臭いのする方に向かったが、墜落地点に辿り着くまでには、なお二十分を要した。

森が開け、草地になっていた。パイロットは、なんとか森の切れたところに機を着地させようと、この草地を目指したのだろう。もう少しのところだったはずだ。レンゲが密生する草地のど真ん中を突っ切るように、一本の溝が走っている。だが、いかんせん、滑走路が短すぎた。

左前方に、米松の森に衝突したセスナ一八五・スカイワゴンが、機尾を上げた恰好で横たわっていた。機首から木立にぶつかり、両翼がひしゃげ、もげたようだった。潰《つぶ》れたエンジン部から煙が上がり、谷間を燃料の臭いが満たしていた。山火事の怖れがある。

マットは草地を横切った。頭上に厚い雲が低く垂れ込めている。今回ばかりは、雨にやって来てほしい。が、雨雲より更に歓迎できるものがあるとすれば、それは生存者の存在だった。

機体からほんの数ヤードのところまで来ると、マットは手綱を引き、馬から下りた。改めて、じっと残骸を見つめる。死体なら、これまでも見たことがあった。見飽きるほど、見たことがある。グリーンベレーに六年、ソマリアと中東に派遣されたあと除隊して、復員兵援護法《GIビル》を利用し大学を終えたのだ。だから、マットが歩を止めたのは、びくついたためではない。それでも、死というものを前にすると、ひとりの人間として、マットは心がひどくかき乱されるのだ。残骸の散らばる中に、さっさと足を踏み入れていこうなどという気には、到底ならないのである。

ひょっとして生存者がいるかもしれない……

マットはセスナの残骸に近づいた。「助けに来たぞ！」ばかげていると知りつつ、マットは大声で言った。

返事はなかった。当然だった。

マットは曲がった翼の下に潜り込み、亀裂の入った安全ガラスを叩き壊した。機首が潰れたときに、他のガラスは粉々になっていた。前方のエンジンからは、相変わらず、もくもくと煙が出ている。息が詰まり、目が痛んだ。ガソリンが足下を流れている。

マットは口と鼻を片方の腕で覆った。ドアを開けてみようとしたが、潰れたまま固着して動かない。身体を伸ばし、横の窓から頭を入れる。人がいた。

パイロットはシートベルトをつけたままだった。首が妙な角度で曲がり、胸には構造材の一部が刺さっている。死んでいることは間違いなかった。操縦席の隣には、誰もいなかった。リアシートをチェックしようと、首を回しかけたとき、パイロットが誰であるかを悟り、マットは衝撃を受けた。もじゃもじゃの黒い髪、貧弱な顎鬚《あごひげ》。そして今は生気を失って、ガラス玉のようになった、青い瞳。

「ブレント……」マットは呟いた。ブレント・カミングだった。マットとジェニファーがまだ一緒に暮らしていた頃、よくポーカーをした仲だった。ジェニファーは、イヌイットのヌナミウト族とイヌピアト族の保安官《シェリフ》を務めており、広い管轄区域をカバーするために飛行機の操縦を覚えて、やがて腕のいいパイロットになった。そういう事情で、パイロット仲間とも付き合いがあったのだが、その中にブレント・カミングもいたのである。家族ぐるみでサマーキャンプをしたこともあった。子どもたちも一緒に、飛び回って遊んだものだった。ブレントの妻、シェリルには、なんと言って伝えよう？

マットは衝撃を振り払おうとするかのように頭を振り、後部の窓に顔を寄せ、ぼんやりと座席を見た。仰向けで、大の字になって横たわっている男がいる。この男もまた、動かなかった。が、マットが溜息をついた瞬間、突然男の両腕が上げられた。両手で銃を摑んでいる。

「動くな！」

マットは腰を抜かした。銃のせいと言うより、いきなり大声を聞かされたせいだった。

「おれは本気だ！　動くんじゃない」男は起きあがった。顔色が悪かった。緑の目が大きく見開かれている。左側頭部に血に染まった金髪が固まっている。頭を窓枠にぶつけたのだろう。だが、手は震えていなかった。「本気だぞ！」

「撃てよ」マットは静かな口調で応じた。ほんの少し、機首方向に体重をかける。

相手が、この態度に面食らったのは間違いない。男は眉根を寄せた。真新しいエディー・バウアーのアークティック・パーカから見て、この辺りは初めてにちがいない。それでもこの男には、どこか見くびれないところがある。墜落直後だというのに、動転している様子が全くない。その辺りはたいしたものだと認めないわけにはいかなかった。

「その信号拳銃《フレアガン》を下ろしてくれたら」マットは言った。「この救助任務を最後までやらんでもないが」

男は銃を上げたまま大きく深呼吸をし、それから腕を下ろして、また仰向けになった。「も……もうしわけない」

「謝ることはないさ。なにしろ、空から落っこちてきたばかりだからな。そういう滅多にない状況に出くわした場合には、礼儀の欠如に関しては大目に見ることにしているんだ」

疲れた笑みが返された。

「怪我は？」マットは訊《き》いた。

「頭をひどく切ったようだ。それに、脚が挟まっている」

マットは窓から身をこじ入れた。背伸びをしなければならなかった。前席がひしゃげたせいで、右脚が副操縦士席と自分の席のあいだに挟まれている。窓から引っ張り出すのは、諦めなくてはならない。

「パイロットは……」言いかけた男を、マットが遮った。

「死んだ。今、この男にしてあげられることは、何ひとつない」マットは再びドアを引っ張った。ただ馬鹿力を出しただけでは、到底開きそうもなかった。マットは片方の拳で、機首をコツコツと叩きながら、考えを巡らせた。「ちょっとそのまま待っていてくれ」

マットは、元いたところまで歩いていき、手綱を摑むと、マライアを機体のそばまで引いてきた。マライアは頭を上に向けて抵抗した。レンゲのご馳走から引き離されるのは嫌に決まっているが、焦げたエンジンオイルの臭いに怯えたことも確かだろう。

「大丈夫だよ。いい子だから、落ち着くんだ」マットはマライアを宥《なだ》めた。

寝そべったまま動かないでいた犬のうち、ベインが耳を立てて起き上がったが、マットは手を上下に振り、そのままでいろと命じた。

充分に近づいたところで、マットは、鞍から伸ばしたロープをドアのフレームに繋いだ。把《と》っ手では強度が心配だった。それからマライアのところに戻り、前にせき立てた。マライアは喜んで指示に従った。油煙の不愉快な臭いから離れることができるわけで、これは当然だった。だが、ロープが伸びきったとたんにマライアは停止した。マットは手綱を引き、なんとか引っ張らせようとしたが、牝馬は頑固だった。マットは尻の方にまわると、怒鳴りつけながら、尾を摑んで尻の上まで引き上げた。こんなことはやりたくなかったが、とにかく、ロープを引かせないことにはどうにもならなかった。マライアは嘶き、片方の後肢で蹴り上げてきた。マットは、尾を離し、背中から倒れ込んで攻撃をかわした。マットは頭を振り振り考えた。なぜ、自分と女族は、いつまで経《た》っても、心を通わせることができないのだろう？

そのときベインがやって来た。マライアに吠えかかり、蹄に嚙みつく。マット相手には敬意を払わないマライアだが、狼の血が相手となると話は別である。それは、先祖から受け継いだ本能に深く根ざした事柄なのだ。牝馬は前に大きく跳び出し、ロープを引いた。

後ろで金属の軋《きし》む音が聞こえた。マットは身体を転がし機体の方を見た。傾いたセスナの機首が、丸ごと斜めに引っ張られている。中から悲鳴が上がった瞬間、コーラの缶を開けたときのような音とともに、ひしゃげたドアが外れた。

マライアは後肢で立ち上がった。マットが宥めに走る。鞍のロープをほどき、ベインには離れていろと合図して、マライアをそのまま歩かせ、草地の脇に連れていった。脇腹を優しく叩いてやる。「いい子だ。よくやった。ご褒美に今夜はいっぱい食わせてやるぞ」

マットは機体のところに戻った。男はすでに、身体をほぼ機外に出していた。座席の隙間に挟まれたままの脚を少しずつずらして、開いたドアのところまで移動してきたのだ。そして男はようやく、完全に脚を抜いた。

マットは男に手を貸し、地上に降ろしてやった。「脚はどうだ?」

男はおそるおそる脚を調べた。「打撲だと思う。ひどい筋肉痛があるが、折れているところはないようだ」こうして機外で見ると、男は最初の印象よりだいぶ若かった。せいぜい二十代後半だろう。

男に肩を貸して、機体から離れていきながら、マットは手を差し出した。「マット・パイクだ」

「クレイグ……クレイグ・ティーグだ」

機体から充分に離れたところで、マットは男を倒木の上に座らせ、男の匂いを確かめにやって来た犬を追いやった。マットは乱れた服を直しながら、機体と死んだ友人の方を見やった。「で、何が起こったんだ?」

男は、しばらく口を開かなかった。喋りはじめたとき、その口調は囁くようだった。

「分からないんだ。デッドホースに向かっていたんだが――」

「プルドーのか?」

「そう、プルドーベイだ」傷ついた頭部をそっと触りながら、男は頷いた。デッドホースは、プルドーベイの郡区と油田向けの空港だった。アラスカの最北端にあたる。ノーススロープ油田は、北極海に面しているのだ。「パイロットがエンジンに故障があると報告してきたのが、フェアバンクスを出て、だいたい二時間ぐらいだったと思う。燃料がなくなりそうだとかなんとか言うんだ。あり得ない話だよ。フェアバンクスで満タンにしてきたんだから」

辺りの空気には、いまだに燃料の臭いが漂っている。燃料切れでなかったことは明白だった。それに、ブレント・カミングは、整備を決しておろそかにしない人間で、エンジンは常に完璧な状態だった。そもそも、ブッシュ・パイロットになる前は、メカニックだったのだ。セスナの三百馬力エンジンの扱いなら熟知していたろう。夫であり、またふたりの子どもの父であるブレントにとって、あのセスナは、家計を支える収入源というだけではなく、物資調達の命綱でもあった。だから、まるでロレックスの精度調整でもするかのように、エンジンを整備してきたのだ。

「エンジンが咳き込みはじめたとき、なんとか着陸できる地点を探そうとしたんだが、その頃にはもう山の中に入っていて……。パイロットは無線で助けを求めようした。だが、無線もうまく繋がらなかった」

　マットにもそれはよく分かった。ここ一週間、磁気嵐が頻発していたのだ。これが起こると、北極圏ではあらゆる通信網が混乱する。マットは、再び機体に目をやった。最後の瞬間は想像するだにおぞましかった。ブレントは、混乱し絶望し、信じられない思いを抱いたまま死んでいったのだ。

　男の声が、わずかにひび割れている。唾を呑《の》み込み、やっと話を続けた。「ここに着陸を試みるしか、手はなかったんだ。だが……だが……」

　マットは手を伸ばし、男の肩を叩いた。あとは聞かなくても分かることだった。

「いいんだ、いいんだ。この地域からは出られるようにしてやる。だが、まずは傷の様子を診なければ」

マットはマライアのところまで行き、救急キットを取り出した。実際のところ、救急と言うより、本格的なキットに近いものだった。グリーンベレーでの経験を生かして、自分で各種医療品を組み合わせたものだ。包帯、バンドエイド、アスピリンといった定番品のほかに、少量ながら、下痢止め、抗生物質、抗ヒスタミン、抗原虫剤といったところを揃えていた。更に、縫合用器具、局部麻酔剤、注射器、固定用副木《そえぎ》といった外科用品、おまけに聴診器まで入っている。マットはオキシドールの瓶を取り出し、男の傷口を消毒した。

マットは手を動かしながら言った。「それで、クレイグ、プルドーでの仕事ってのはなんなんだい？」質問しながら、マットは相手の様子を観察した。クレイグと名乗る男は、どう見ても石油掘りには見えない。あの手の男たちはもっと強面《こわもて》だし、その指や掌の皺《しわ》には、黒い油が、入れ墨のように染みついているものなのだ。この男の場合、それとは正反対で、掌に皮膚肥厚も見られず、爪にも割れがない。いや、それどころか、きちんと切り揃えてある。ひょっとして、技術者か地質学者なのだろうか？　確かに、風貌には教養が感じられる。今こうしているときも、周囲を観察し、犬や馬に目をやり、草地や山を見つめているが、その視線には鋭いものがある。それでも、後ろに横たわる機体には、あえて視線を向けようとしないようだった。

「プルドーベイが目的地というんじゃないんだ。そこで燃料補給をして、氷床上にあるリサーチセンターに行く予定だった。オメガ・ドリフトステーションというところだ。サイセックス・リサーチグループのひとつなんだが」

「サイセックス？」マットは抗生物質の軟膏《なんこう》を傷に塗布し、テフロンコートのガーゼを載せて、包帯を巻いた。

「科学的氷上探検《サイエンティフィック・アイス・エクスペディションズ》の頭文字、S、C、I、C、E、Xだ」マットが包帯をしっかり固定するのをこわごわ見つめながら、クレイグは説明した。「米海軍と民間研究者たちの五年に及ぶ協力の成果なんだ」

マットは頷いた。「そう言えば聞いたことがある気がするな」グループは海軍の潜水艦を使って、北極海で前人未踏の海域にまで入り込み、十万マイル以上に及ぶ航海を行って細かなデータを収集する、というような話だった。マットは眉間に皺を寄せた。「でもそれは、一九九九年に完了したって話だったような」

その言葉が、クレイグの関心を引いた。マットに向けた目が、わずかながら驚きに見開かれている。

「こう見えてもね」マットが説明する番だった。「おれは魚類野生動物庁の役人なんだ。立場上、北極圏のリサーチプロジェクトでそこそこ大きなものについては、だいたい知っているんだよ」

男は警戒するような視線で、マットの顔を眺めた。計算しているような目だった。

やがてクレイグは大きく頷いて見せた。「そう、ある意味、そのとおりなんで、サイセックスは終わっている、公式にはね。だが、ひとつの基地、つまりオメガだけは、基地を設営した氷床が漂流した結果、接近困難ゾーン《ZCI》に入り込んだままになってるんだ」

〈人が知らぬ、人を知らぬ土地《ノーマンズランド》〉、ZCIは氷に覆われた極地で、最も遠い場所だった。最も達しがたい場所であり、最も孤立した場所なのだ。

「ZCIの研究にはもってこいの機会だと、このサイセックス基地にだけは延長して資金が提供されることになったんだ」

「つまり、きみは科学者ってことなのか、クレイグ？」マットは治療用キットを片づけながら言った。

男は笑った。温《ぬく》もりの欠片《かけら》もない笑いだった。「いやいや、科学者じゃない。新聞の仕事で来たんだ。シアトル・タイムズ。政治部の記者さ」

「政治部の記者？」

男は肩をすくめた。

「じゃ、どうして——」マットが言いかけたとき、飛行機のブーンというエンジン音が聞こえた。マットは空を仰いだ。厚い雲が垂れ込めている。エンジン音が大きくなってくると、少し離れたところでベインが、喉の奥から絞り出すような唸り声を上げはじめた。

クレイグは、なんとか立ち上がった。「また飛行機が来た。パイロットの切迫した声を、誰かが聞きつけたのかもしれない」

雲の中から、小型機が姿を現した。渓谷の上で降下態勢を取っているが、まだかなり高度がある。マットは飛行機が通り過ぎていくのを見守った。やはりセスナだった。違いは、ブレントのより、やや大きいということだけだった。二〇六か二〇七の、八人乗りスカイワゴンだろう。

マットは口笛を吹き、マライアを近くに呼ぶと、サドルバッグから双眼鏡を引っ張り出し、それを空に向け首尾よく機影を捉えて、焦点を合わせた。真新しい機体だった。あるいは塗り替えられているのかもしれない。この辺りでは滅多にないことだった。なにしろ飛行機には過酷な環境なのである。

「我々に気づいたかな？」

セスナは翼を傾け、渓谷上空を旋回しはじめた。「煙が上がっているから、見逃すほうがむずかしいさ」

そうは言ったものの、マットは一抹の不安を感じていた。過去一週間、一度も飛行機を目にしなかった。それが、今日にかぎって、二機も見たのだ。それに、あのセスナは、どう考えてもきれいすぎるし、白すぎるのだ。機尾のカーゴハッチが上に開くのが見えた。あのサイズでこういう工夫がされているのは、スカイワゴンの長所のひとつだった。この地域では、怪我人を周辺の医療施設に搬送するのに、こういう小型機が使われている。機尾にあるカーゴハッチは、ストレッチャーを――最悪の場合は棺を――積み下しするときに重宝なのだ。しかし、スカイワゴンのリアハッチには、もうひとつ役に立つ、一般的な使い方があった。

カーゴベイから、ひとつの人影が躍り出た。そしてその直後にもうひとつ。スカイダイバーだ。双眼鏡でふたりの姿を追うのはむずかしかった。なにしろ落下のスピードが速い。だが間もなく、パラシュートが開き、速度が落ちて、追跡はぐっと楽になった。ただのパラシュートではない、パラグライダーだ。狭い土地に、正確に着地するために使われることの多いパラシュートである。ひと組のダイバーが縦に並び、身体を前後に振りながら、草地を目掛けて降りてくる。

マットは人間に焦点を合わせた。飛行機やパラシュートと同じく、ふたりの装備も真っ白で、なんの印もなかった。背中にライフルを背負っているが、その型までは分からない。

マットは、ふたりの姿をじっと観察しつづけた。背筋に冷たいものが走った。血の凍る思いをしたのは、ライフルのせいではない。スカイダイバーたちの下にあるもののせいだった。オートバイの背に跨《また》がっているのだ。タイヤにはスパイクが植わっている。スノーチョッパーだ。まさにマッチョなバイクで、これほど過酷な山奥であっても、疾風のごとく駆け抜け、どんな獲物にも追いつく性能を備えている。

マットは双眼鏡を下ろし、じろじろと政治記者の姿を見つめたあと、咳払いをして言った。「乗馬が得意だといいがな」

第二章　猫と鼠　ᐃᖕᓂᖅᒐ ᓯᑭᒐ

四月六日、午後五時三十六分
氷原ZCI区域
オメガ・ドリフトステーション

〈おれはもうこのまま、冷たくなってしまうんじゃないだろうか……？〉

ペリー艦長はオメガ・ドリフトステーションに向かって、氷雪を踏み鳴らしながら歩いていた。風がヒューヒューと鳴っている。心の隙間に入り込み、纏《まと》わりつくような音だった。ここは世界の果てであり、風は生き物だった。絶え間なく吹き荒れ、飢えた獣のように氷原を貪《むさぼ》り食う。執拗かつ無慈悲な、究極の肉食獣だった。イヌイットの古い諺《ことわざ》にもこうあるのだ。「寒さは半殺し、風は丸殺し」

ペリーは吹き荒れる風の牙に向かって、一歩一歩進んでいった。背後の大きなポリニヤには、ポーラー・センティネルが浮かんでいる。ポリニヤの形状が安定しており、海軍潜水艦の出入りが容易であるという理由から、オメガ・ドリフトステーションはその湖畔に建設されていた。この安定性は、ポリニヤを輪のように取り囲む、高さが建物二階分、深さはその四倍にも及ぶ分厚い氷丘脈の賜物である。氷塊で出来たこの胸壁は、絶えず押し寄せる流氷の攻撃から湖を守る役割を果たしている。ステーションは、岸から四分の一マイル離れた比較的平らな氷原の上に建てられている。四分の一マイルと言っても、華氏零下（摂氏マイナス十七・八度未満）の中を歩くには、長い道のりである。

ペリーは、部下のクルーとともに歩いていた。上陸許可は四つのシフトに分けて行われるが、その最初のグループだった。部下は何やらお喋りをしていたが、ペリー自身は、海軍仕様のパーカにくるんだ身体をすぼめたまま、押し黙っていた。毛皮のライナーがついたフードの端が、顔に貼りついてくる。ペリーは北東の方角をじっと見つめた。その方角に、二箇月前に発見されたロシアの氷下基地があるのだ。現在地から、たった三十マイルのところだった。悪寒が背筋を走る。だがそれは、寒さとは全く無関係の震えだった。

〈あれほどの死者が……〉ペリーはロシア人の死体を思い浮かべていた。氷下基地の古い住人たちだった。薪の束のように積まれた、死体の山。まるで、凍てつく墓から掘り出され、解凍されたかのようだった。三十二人の男と、十二人の女。全部の死体を片づけるのに、二週間を要した。餓死したと思《おぼ》しき者もいたが、もっとひどい死に方をした者もいた。ある部屋には、首を吊っている死体があった。こちこちに凍ったロープが、手を触れただけで砕け散った。〈だが、そんなことは序章にすぎなかったのだ……〉

ペリーはその禍々《まがまが》しき絵図を脳裡《のうり》から追い払った。

氷に足を強く踏み下ろし、足場を固めながら斜面を登る。ドリフトステーションが視界に入った。赤い半月型建造物《ジェイムズウェイ・ハット》十五棟が並ぶ小さな集落だ。その姿は、氷に十五滴の血を落としたようにも見える。各棟から立ち昇る湯気のせいで基地全体に霞《かすみ》がかかり、一見蒸し暑そうな印象を与える。二十四台の発電機から出る唸りに空気が振動し、辺りには軽油と灯油の臭いが立ちこめている。この半恒久施設に、ひとつ、ぽつんと掲揚されているアメリカ国旗が、風がひときわ強まるたびに冷気を叩きつけ、鋭い音を立てる。

基地の外周部には、スキードゥー（前がスキー、後ろがキャタピラの雪上車）数台と有蓋のキャタピラ式雪上車《スノーキャット》二台が、それぞれ距離を取って置かれている。基地に居住する科学者その他が移動するための車両だ。双胴式のアイスボートも一艘《いっそう》あり、これはステンレス製のレールの上に載せられている。

斜面を登りきると、ペリーは地平線を見つめた。氷上をくねくねと轍《わだち》が続いているのが見える。オメガからロシアのアイスステーションに向かって続いているのだ。発見後、ここの連中が、利用可能なあらゆる移動手段を使って、氷床上を往復した跡だった。現在、オメガの人口の四分の一が氷床下に埋まったアイスステーションに移動し、倒立氷山の中で暮らしている。

ペリーはそのまましばし、同じ場所を見つめていた。轍ははっきりと見えた。この区域の氷は、波状雪《スキャロップト・スノー》の層に覆われている。サスツルギと呼ばれるもので、風食作用がもたらす、先端が反り返った固い雪に覆われているのだ。「レモンメレンゲの表面に似ている」と、副官のひとりが言ったことがある。だが、スノーキャットとスキードゥーが拵えた轍は、レモンメレンゲのサスツルギをぺしゃんこにし、延々と続く氷の波頭にくっきりとその痕跡を残していた。

ここで働く男女が興味を抱くこと自体は、よく理解できた。好奇心旺盛な科学者なら当然のことだ。だが、アイスステーションに一番乗りしたのは、科学者ではない。オメガから氷上三十マイルを飛ばして、最初に死の基地に入ったのは、ペリーだったのだ。アイスステーションの中心部で、ペリーと少数の部下たちが何を見たのか、それを知る者はいない。ペリーが即刻箝口令《かんこうれい》を敷き、武装した監視兵を配置して、オメガ関係者がアイスステーション中心部へ立ち入ることを禁止したからである。オメガのメンバーで、ペリーが発見したものについて知っているのは、アマンダ・レイノルズ博士ただひとりだった。最初に駆けつけた中に、博士もいたのだ。この強靭な精神力と独立心を誇る女性が、心底震える経験をしたのは、おそらく初めてのことだったろう。

ディープアイ・ソナーのモニタ上に現れたもの、録画された動くものの映像は、それがなんであったにせよ、まだ見つかっていなかった。もしかすると、電波ノイズによるゴーストだったのかもしれないし、潜水艦自体の揺れによる幻影だったのかもしれない。あるいは、屍肉《しにく》を狙った肉食獣、例えば北極熊のようなものが、基地を出ていく姿だったのかもしれない。もっとも、最後の場合である可能性は低かった。その獣が出入口を探し当てないかぎり、あり得ない話だからだ。実のところ、あの箇所に直接続く出入口はまだ見つかっていなかった。一箇月前ペリーたちは、テルミット(化学反応を利用した高熱発生剤)を使って外壁を解かし、むりやり中に入ったのだ。そのとき以来何回か、テルミットとC-4爆薬を使って、そばに人工ポリニヤを造り、ポーラー・センティネルが接岸できるようにしたのである。

斜面を降りながらペリーは、あんな基地など、ただ沈めておけばよかったのだ、と考えていた。これからも、ろくなことはないだろう。ペリーはそれを確信していた。だが、命令には従わなくてはならない。吹きつけた強風に、ペリーは身震いした。

施設の方から叫ぶ声が聞こえて、ペリーは我に返った。青いパーカを着た人影がこちらに向かって、早く来いと言うように大きく腕を振っている。ペリーはその人影に向かって、斜面を横切るように降りていった。男は急ぎ足で近づき、寒さに身をすくませながらペリーを出迎えた。

「艦長」男はエリック・グストフだった。カナダの気象学者で、ノルウェー系のがっしりとした体格の大男だ。白っぽいブロンドの髪と長身が特徴なのだが、このときばかりは、紫外線よけゴーグルの奥にあるふたつの瞳と、霜の降った白い口髭だけしか見えなかった。「きみに衛星電話がかかっているよ」

「誰から？」

「レイノルズ提督だ」グストフは空に目をやりながら言った。「急いだほうがいい。大嵐がこっちに向かっている。それに例の磁気嵐も相変わらず通信システムを混乱させているしな」

ペリーは頷くと、同行の副官に目をやった。「連中を解散させてやれ。二〇〇〇時まで自由行動を許可する。そのあと、次のチームが上陸する手筈《てはず》になっている」

一同からウォーという歓声が上がった。部下たちが、三々五々、散っていく。食堂に向かう者もいれば、リクリエーション施設に向かう者もいるし、中には、女性との逢瀬《おうせ》を楽しみに、住居区画に向かう者までいる。ペリーはエリック・グストフの後ろについて、ジェイムズウェイ・ハットが三つ、棟続きになっている営舎に向かった。

オメガ・ドリフトステーションの司令本部である。

「レイノルズ博士が、急いで連れてくるようにと、ぼくを迎えに寄越したのさ」グストフは説明した。「本人は今、親父さんと話している。もっとも通信回線がいつまで持つか、見当がつかないんだが」

ふたりは本部入口に着くと、ブーツから雪と氷を蹴り落とし、腰を屈めて戸口を抜けた。厳寒の中から入ると、室内の暖かさは苦痛そのものである。ペリーは手袋を振り落としパーカのファスナーを下ろしてから、フードを頭の後ろにやった。鼻先を撫でて、もげていないかを確かめる。

「ちょいとばかり、寒かったかい?」グストフが言った。いまだにパーカを着たままだった。

「寒くはなかった。蒸し暑いくらいだったよ」ペリーはもごもごとした口調で言い返し、パーカがずらりと掛かった壁に自分のを吊した。下にはまだ、ポケットに名前がプリントされている青いジャンプスーツを着ている。ペリーは帽子を畳むと、それをベルトの隙間に突っ込んだ。

グストフは入口まで戻った。「海軍衛星通信ステーション《NAVSAT》へはひとりでも行けるよな。今夜嵐がやって来る前に、外の機材をチェックしておかなくちゃならないんだ」

「オーケイ。それじゃあな」

グストフはにこりと笑うと、ドアを押し開けた。ほんの一瞬のことだったが、それでも、外から風が騒ぐ音が届くと同時に冷気が勢いよく室内に侵入して、ペリーの頰《ほお》を張った。グストフは慌ててドアを閉め、出ていった。

ペリーは少しのあいだ、手を擦り合わせながら、身を震わせていた。〈こんなひどい所に、二年間も住もうって奴らはどういう神経をしているんだ?〉

ペリーは玄関ホールに相当するその部屋を横切り、司令室に続くドアに向かった。

司令室には、管理部門といくつかの研究室がある。この営舎に限って言うなら、主要な調査任務は、極地氷塊の季節による成長と浸食を観察し、北極圏における熱収支を測定することだった。だが、他の営舎に課せられた任務を含めるとなると、これは驚くほど広範囲に及ぶ。海床下から錐芯試料《コアサンプル》を採取するために大がかりな掘削を行うことから、海中実験船を使って氷床下の動植物プランクトンの健康状態を研究することまで、実にさまざまだった。継続を前提とする調査だった。北極海流の流れにしたがって、基地自体が毎日ほぼ二マイル漂流するのに合わせて、調査研究を続けるのだ。

机で仕事をする者、あるいはコンピュータと睨めっこの者。皆、見慣れた顔である。ペリーはその顔に向かって頷きながら、減圧室のように複数のドアが設けられた通路を抜け、隣接する棟に入っていった。

この棟は、とりわけ厳重に防御されており、予備の発電機も二基備わっている。オメガを外界と繋ぐ唯一の生命線だからだ。通信システムも完備していて、氷上で活動するチームとは短波通信システム、基地に派遣される潜水艦とは極長波《VLF》と極低周波《ULF》、そしてNAVSATと、用途に応じて使い分けられるようになっていた。棟はがらんとしていて、いるのはアマンダ・レイノルズだけだった。

　ペリーが近づくと、アマンダはTTYを見下ろしていた目を上げた。TTYはキーボード付の電話端末で、マイクを通して相手に喋り、返事はLCD画面にテキストとして表示されるという仕組みだ。耳の聞こえないアマンダがNAVSATを使うには、必須の装置だった。

　アマンダは頷いてみせたが、その言葉のほうは父親のレイノルズ提督に向けられたままだった。「それは分かっているの、パパ。そもそも、パパは望んでいなかった、わたしがここに来るのを。でも――」

　話を遮られたらしい。アマンダは身を乗り出してTTYを読んでいる。顔が紅潮してくる。間違いなく、険悪な雰囲気だった。そして様子から察するに、だいぶ根深い問題のようだった。提督は、娘がこの任務に就くことを、最初から歓迎していなかった。娘のこと、特に娘の抱える障碍《しょうがい》について心配したのだ。アマンダは父親に立ち向かい、細かな経緯は分からぬものの親離れを宣言して、ここにやって来たのだった。

　しかし、この諍《いさか》い自体、父親を、というより、むしろ自分を納得させるためのものではないのか――ペリーにはそんなふうに思えた。アマンダは、あらゆる機会にあらゆる点で、自己の能力を証明しようと躍起になっている。これほどまでに挑戦的な女性を、ペリーはほかに知らなかった。

そして今、その付けが回ってこようとしていた。

ペリーは、アマンダの瞳に、打ちひしがれた色が宿っているのを見た。目の下には隈《くま》が出来ている。このふた月で、十歳も年老いたように見える。弱みを見せまいとする人間ほど、こうなるのだ。

アマンダがまた、マイクに向かって話しはじめた。声に熱がこもっている。「この件については、またあとで。ペリー大佐が見えたわ」

アマンダは下唇を噛んだまま息を詰めて、父親からの返事を読んでいた。「もういい、分かったわよ」アマンダはついに痺《しび》れを切らし、ヘッドセットを乱暴に外すと、それをペリーに向かって勢いよく差し出した。「どうぞ!」

ペリーはヘッドセットを受け取った。アマンダの指先が震えていた。怒りからか、苛々《いらいら》からか、あるいは、その両方からなのか? ペリーは声が入らぬよう、マイクのヘッドを掌で覆って言った。「提督は、いまだに例の情報に鍵をかけておくつもりなのかな?」

アマンダは嘲《あざけ》るような笑いを浮かべながら、立ち上がった。「鍵をかけておくどころの話じゃないわ。暗号から声紋判定、網膜認識まで動員して、がっちり守っているわよ。連邦金塊貯蔵所《フォートノックス》だって、これほど厳重には守られていない、と思うくらいよ」

ペリーはアマンダに微笑《ほほえ》みかけた。「お父さんはお父さんで、ベストを尽くしているんだ。官僚組織ってのは、どうしても動きが鈍い。提督の下にいる連中もそうなんだ。こういうデリケートな問題では特にそうなる。外交チャンネルを使うにも、細心の注意が要求されるからね」

「それでも分からないわ。これって第二次大戦時に遡《さかのぼ》ることでしょう？　そんなに古いことなら、一般の人々にだって知る権利があると思うけれど」

「五十年間待ったんだ。あとひと月やふた月余分に待ったって構わないだろう。アメリカとロシアは、すでに緊張関係にある。情報を公開するに先だって、油の注《さ》せる箇所には注しておかねばならないってことだ」

アマンダは溜息をつきながら、ペリーの瞳を覗き込み、やがて首を振った。「パパと同じようなことを言うのね」

ペリーはアマンダに顔を寄せた。「それなら、この行為はきわめてフロイト的だということになるね」そう言いながらペリーはアマンダにキスした。

アマンダは俯《うつむ》きがちに呟いた。「キスの仕方も、パパそっくりだわ」

ペリーは笑いたいのを我慢して、顔を離した。

アマンダがヘッドセットを指差した。「提督をあんまり待たせないほうがいいわよ」

ペリーはヘッドセットを装着すると、マイクを口許に持っていった。「ペリー大佐です」

「大佐、娘の面倒は、ちゃんと見てくれているんだろうね」声がやや途切れ途切れだった。

「はあ……頑張っております」ペリーは片手を伸ばし、アマンダの手を握った。そもそも互いに対する好意は、以前から隠しようもなかった。だがこの二箇月で、その好意がもっと深い感情に変わっていた。もちろん、公私のけじめをつけ、感情を吐露するのはプライベートな時間に限っていたので、父親である提督ですら、ふたりの関係がここまで進展していることには、気づいていなかった。

「艦長、端的に言おう」提督は続けた。「昨日ロシア大使と接触し、きみの書いた報告書を渡した」

「こちら側から接触することはない、と理解していましたが。少なくとも――」

アマンダのときと同様、提督は相手を遮ってきた。「選択の余地がなかったんだ。基地の発見に関する情報がモスクワに漏れていた」

「分かりました。しかし、こちらにいる我々にとって、どんな影響があるとお考えですか？」

長い沈黙があった。ペリーは一瞬磁気嵐によって回線が途絶えたのかと不安になった。提督が再び口を開いた。

「グレッグ……」

ファーストネームで呼びかけられた瞬間に、ペリーは何か深刻な問題があるのだと悟った。

「グレッグ、別のことなんだが、ひとつきみの耳に入れておきたいことがあるんだ。西海岸に張りついている身ではあるが、わたしもこの稼業は長いんでね、ワシントンで何やらきな臭いことがあれば、それに気づく——あっちで何かが起こっているようなんだ。国家安全保障局《NSA》とＣＩＡが、今回の問題で夜中にまで会議を開いているんだよ。中東を歴訪中だった海軍長官が召還されたし、イースターの休暇中だというのに、全閣僚が呼び戻されたんだ」

「いったい何が？」

「いや、そういう状況だということだけで、それ以上はわたしにも分からない。指揮系統の上部で何かが起こっている。わたしの立場より高いところでね。まだ、何も漏れてきていないんだ……もっとも、これから先も分からんが。何か今度のことに関して、政治的な動きがあるんだろう。ワシントンは、この問題を徹頭徹尾、秘匿しようとしている。今までにはなかったことだ」

恐怖がペリーの背筋を這《は》い上がった。「分かりませんね。なぜなんです?」

提督の声が、また雑音で乱れた。「本当に分からんのだ。だが、わたしとしては、きみにもこちらの状況を知っておいてもらいたいと考えたんだ」

ペリーは眉を顰《ひそ》めた。よくある政治的駆け引きのひとつだと思えたのだ。提督の不安は心に留めておくにせよ、自分にそれ以上の何ができるだろう?

「大佐、もうひとつ言っておくことがある。ちょっと変な話が漏れてきた。実は次官の取り巻きから仕入れたんだがね。たった一単語なんだが、どうもこいつが騒動の元凶らしいんだ」

「どんな単語です?」

「グレンデル」

心臓が止まりそうだった。

「おそらくはコードネームか何かだろう。船の名前か何かかもしれんが、よくは分からん」提督は続けた。「何か心当たりはあるかね?」

ペリーは目を閉じた。〈グレンデル……〉スチールのプレートが見つかったのは、まさに今日のことだった。氷と霜の下にあったせいで、これまで見逃されてきたのだ。発見されたのは、氷床上にあるメイン・エントランス付近だった。

ЛЕДОВАЯ СТАНЦИЯ ГРЕНДЕЛ

「グレッグ?」

動転はまだ収まらなかった。〈どうしてワシントンが知っているのだ……〉オメガにいる通訳と、ポーラー・センティネルに乗り込んでいる言語学者が、プレート上の言葉、特に最後の単語をどう翻訳するかについて議論を続け、やっと意見の一致を見たのだった。

それは氷床下に建設されたあの基地の名前だった。グレンデル・アイスステーション。

「もしもし、もしもし、ペリー大佐?」

「はい、提督」

「で、何か心当たりがあるのかね?」

「ええ、あります。心当たり以上のものが」ペリーの声は強張ったままだった。プレートに彫り込まれたもののほかに、ペリーは同一のキリル文字列を、別の場所で見ていたのだ。あの基地で、あるドアに掲げられていたのだった。ペリー自身が武装したクルーを見張りに立たせたあの場所で……

ГРЕНДЕЛ

今日まで、あの巨大なドアに印刷された語の意味が、ペリーには分からずにいた。

今は、分かる。

だが、ペリーより先に知った者がいるのだ。

午後六時二十六分

アラスカ州、ブルックス・レンジ

マットは、マライアの手綱を引きながら、急斜面を歩いて登っていった。馬に乗っているのはクレイグだった。背中を丸め、鞍の先に摑まっている。ふたり乗りは避けることにしたのだ。できれば下り坂、そうでなくともせめて平坦な道になるまでは、やめておいたほうがいいという判断だった。馬を早くから酷使するのはまずいのだ。

前方では、四頭の犬が尾根の頂上に達しようとしていた。厳しいが、急斜面を登り、尾根越えのルートを取るしかなかった。ベインだけは主人の不安を感じ取っているようで、耳を立てながら近くを走っている。

マットは、後ろをちらりと振り返った。スカイダイバーたちは、間違いなくもう着陸しただろう。だが、バイクの騒々しいエンジン音はまだ聞こえない。追ってくる気配がないのだ。だが、米松とハンノキの鬱蒼《うっそう》とした森が視界を阻んでいる以上、なんとも断言はできない。

すでに夕暮れのほの暗さが谷間を覆っていた。太陽が、尾根の向こう、厚い雲の中に姿を隠そうとしている。四月だった。闇に包まれた冬から夏の白夜に向かって、日が長くなってくる季節だ。

肩越しに横目で、マットは後ろを見た。だが、何が起こっているかは分からなかった。マットは眉を顰めた。自分が間違っているのかもしれない……。人気《ひとけ》のない森にいるせいで、神経質になりすぎているのだろうか……

クレイグが、マットの不安な表情に気づいたにちがいない。「あの連中、救助隊じゃ？　逃げる理由なんてないのかもしれない」

マットが返事をしようと口を開けかかったとき、爆発音が響いた。ふたりは斜面の下の方を振り返った。谷底の薄暗がりから、空に向かって火の玉が上がるのが見えた。爆発音が谺する。

「飛行機だ……」クレイグがもごもごとした口調で言った。

「連中が破壊したんだ」マットの目が、衝撃に大きく見開かれている。ブレント・カミングの遺体が焼かれていく様子が目に浮かんだのだ。

「なぜ?」

マットは、横目でクレイグを見つめながら、考えた。理由はひとつしか考えられない。「自分たちの痕跡を消すためさ。もしあの飛行機になんらかの破壊工作が行われていたとしたら、その証拠を消す必要がある。目撃者を含めてだ」それに、墜落現場からここまで、蹄と靴の跡と犬の足跡がくっきりついているにちがいない。だが、足跡を消している暇はなかった。

下の方から森を切り裂いて、チェーンソーのような音が聞こえてきた。バイクのエンジンが唸り声を上げはじめたのだ。唸り声が、やがて、低く落ち着いた声に変わる。そしてすぐに、二台目の音がそれに加わった。

ベインが、エンジン音に合わせて低く吠えはじめた。喉の奥でゴロゴロと唸っている。

マットは黄昏《たそがれ》の空に目をやった。雲は相変わらず低く垂れ込めている。夜のうちに、かなりの雪が降るだろう。自分に分かることは、相手にも分かっていると思ったほうがいい。要するに連中は、日没前に片をつけようとしてくるだろう。

「どうすればいいんだ?」クレイグが訊いてきた。

答える代わりにマットは手綱を引き、尾根の頂上に向かった。なんとか相手の攻撃を遅らせることだ……少なくとも、日のあるうちは……

「隠れる場所はないのか？」クレイグの声は震えていた。岩場を苦労して登るマライアの上で、ますます背中を丸めて鞍にしがみついている。

マットは取り敢えず、クレイグの質問を無視した。マットの心を占めているのは、とにかく夜の闇がやって来るまで、生き延びることだった。自分たちが不利であるのは、はっきりしている。馬が一頭に、男がふたり。追いかけてくるふたりは、それぞれスノーチョッパーに乗っている。到底勝ち目はない。エンジンの音が大きくなってきている。すでに敵は近づきはじめているのだ。

マットは尾根の頂上までマライアを引いてきた。南西の方角から、突風が吹き抜けた。雪や霙《みぞれ》の到来を告げる、凍えそうに冷たい風だった。ためらうことなくマットは、キャンプに向かって斜面を降りはじめた。この辺りに隠れる場所はない。ほかの選択肢を考えなければならない。洞窟がいくつかある。しかしどれも遠すぎるし、隠れたとしても、絶対見つからないと言えるほど安全ではない。別の策が必要だった。

「ひとりで馬に乗っていられるか？」マットは訊《たず》ねた。

クレイグは弱々しく頷いた。だが、目には恐怖の色が宿っている。

マットは手を伸ばし鞍の後部からライフルを引き抜くと、弾薬を何発かポケットに押し込んだ。

「何をやろうって言うんだ？」クレイグが訊いた。

「何も心配することはない。ちょっとあんたを囮《おとり》に使おうってだけだ」マットはそう言うと、腰を折って犬に話しかけた。「ベイン」

ベインの耳がそばだち、目がマットに向けられた。

マットは腕を斜面の下に向け、鋭い声で命じた。「ベイン、ゴー、キャンプ！」

ベインは身体を素速く回し、斜面を下った。他の三頭もベインを追いかける。マットはマライアの尻を叩き、犬のあとを追わせた。自分も何歩か並んで駆け足をしながら、クレイグに声をかけた。「犬のあとを追え。そうすればおれのキャンプに着く。なるだけ物陰に身を隠していろ。何かのときには、薪の積んであるところに斧《おの》がある。それを使え」

クレイグの顔からは、血の気が引いていたが、取り敢えず頷いた。なかなかの度胸だった。

マットは足を滑らせながら停止した。馬とクレイグと犬たちが、森に囲まれた岩場を駆け下りていく。間もなく、鬱蒼とした森に消えていくだろう。

マットは向き直り、来たコースを戻ると、頂上の二十ヤード手前で止まった。そのあと、軟らかい土の上に続く蹄の跡を辿り、そこから花崗岩《かこうがん》の露出した部分に飛び移ると、更に岩から岩へと、蛙のように跳び移った。新しい足跡を残したくないのだ。

往きに通ったコースから充分に離れたところでマットは米松の下に入り、枝の陰に身を隠しながら幹の後ろに潜んだ。尾根がよく見渡せる。追っ手がコースさえ変えなければ、尾根を越え谷を下ろうとする一瞬に、その姿が空にシルエットとして浮かぶだろう。

片膝をつくと、マットはストラップを手首に巻き銃床を肩に押しつけた。銃身の先を尾根に向ける。これだけ近ければ、ひとりは排除できる。だが、ふたりとも、となると、それは分からなかった。

尾根の向こうから、ふたつのエンジン音が急速に近づいてきた。必死に獲物を追う、二頭の獣がやって来たのだ。

膝をついたまま狙いをつける。耳の中で血管が脈打っている。マットは昔を思い出していた。もう十年前になる。全く別の人生だった。ソマリアで廃墟のような建物に身を潜めていた。そこら中で銃声が聞こえた。暗視ゴーグル越しに見る世界は、緑の影と線に覆われていた。皆、消耗していた。それは銃撃戦のせいではなく、ひたすら運命を待つことに疲れたせいだった。

唇を開き、ゆっくりと息を吸った。リラックスすることだ。ゆったり、しっかり構えるのだ。射撃は、腕より集中力がものを言う。マットは息を吐き、精神を集中した。ここはソマリアじゃない。ここはおれの森だ。膝の下にある折れた枝が、清々しい匂いを発している。そう、ここはおれの森なのだ。マットは神経を研ぎ澄ました。この森のことなら、誰よりよく知っている。

尾根から聞こえるバイクの音がいよいよ高まってきた。辺りに猛烈なエンジン音が響いている。スパイクタイヤが、落ちた大枝を踏む音が聞こえた。〈すぐそこだ……〉用心鉄《トリガーガード》から指を離し、引鉄《ひきがね》に指をかける。照準に顔を近づけ、銃床を頬に当てた。

待つときは終わった。寒さにもかかわらず、右のこめかみから汗の粒が滴り落ちた。危うく片目を閉じそうだった。常に両目を開けて撃て――マットにそれを叩き込んだのは父親だった。アラバマに鹿狩りをしに行ったときのことだった。そして、軍の基礎訓練キャンプで、再び同じことを教え込まれたのだ。マットは鼻から浅く呼吸をし、じっと前を見つめていた。

〈さあ、来い。来るんだ……〉

その声が聞こえたかのように、一台のバイクがフルスロットルで尾根を飛び出した。そのあまりの勢いに、マットは驚いた。用心深く斜面を登ってくるものと予想していたが、このバイクは尾根目掛けてまっしぐらにやって来て、タイヤを空中に浮かせながら、尾根を高く飛び越えたのだ。

マットは腰を回し、銃口でバイクを追った。引鉄を絞った。発砲とほぼ同時に、銃弾が金属に当たる甲高い音が聞こえた。

バイクは後部を左右に振りながら、空中を飛んだ。弾が後部のタイヤガードに当たったのだ。バイクはライダーを乗せたまま地面に向かって斜めに落下し、一度跳ね返ったあと横転した。ライダーは投げ出され、斜面を転がって鬱蒼とした藪に入っていった。

「しくじったか」尾根の方をじっと見つめながら、マットは呟いた。さっきのライダーが、無傷でいるのか、怪我をしているのか、あるいは死んだのか、その点に関しては見当がつかなかったが、尾根から目を逸らすわけにはいかなかった。追っ手はもうひとりいるのだ。マットはボルトハンドルを引き、空薬莢《からやっきょう》を排出すると、次の弾を装填した。グリーンベレー時代に使った、M-16オートマティックが懐かしかった。

マットは、尾根全体を見渡した。銃声とバイクのクラッシュ音のせいで、聴覚に混乱を来していた。二台目のエンジン音が耳の中で反響して、そこら中から聞こえる気がするのだ。左側で動きがあった。マットは銃口を振った。二台目のバイクが、最初のバイクとは少し離れたところを飛び越えていくのが見えた。

マットは、しゃにむに狙いをつけ、引鉄を絞った。今回は金属音さえしなかった。バイクは何事もなかったように着地し、ライダーはハンドル中央に上半身を預け、しっかり前傾姿勢を取っている。あっと言う間に、バイクは大きな岩の陰に消えていった。

マットは米松の陰に退却した。再び空薬莢を排出し、新しく弾を装填する。連中はアマチュアではない。待ち伏せを想定していたのだ。猛スピードで尾根を越える一台にこちらの注意を向けておき、そのあいだに、もう一台が迂回してやって来るという作戦だったのだ。

〈ビシッ〉

頭の上一フィートのところで、枝が揺れ、木の破片が頭に降りかかってきた。マットは慌ててしゃがみ込み、ライフルを胸の前に抱えたまま、すり足で後ろに下がった。ライフルだ……方向から考えて、最初にやって来たライダーからだ。奴は死んではいなかったのだ。

パニックを辛うじて抑え、マットはその場に留まった。敵は狙って撃ってきたのではないはずだ。もし狙ったなら、自分は確実に殺されていた。あの銃撃は、自分を誘い出すためのものなのだ。二台目のバイクを銃撃した際、相手にも、こちらが潜んでいる位置に関しおおよその見当がついたにちがいない。

「まずいな……」今や、敵ふたりのあいだに挟まれているということだった。ひとりは左下の藪に隠れている。そしてもうひとりは相変わらずバイクに乗ったまま、岩場のどこかにいるのだ。

マットは歯を食いしばり、苦しそうに息をしながら、聞き耳を立てていた。すでに咆哮《ほうこう》めいた大騒音はやんでいたものの、二台目のバイクはまだ規則的な低いエンジン音を立てている。何が起こっているのだろう？　こちらが動くのを待っているのか？　エンジンをかけたままバイクを離れて、もっと適当な場所に移動したのだろうか？

敵の思う壺《つぼ》にはまるわけにはいかない。動かなくてはならないのだ。

押し殺した声で罵《ののし》りながら、マットは仰向けになって、斜面を少しずつ滑り下りていった。米松の針のような落ち葉が厚い層になっていて、移動はむずかしくなかった。頭を低くしたまま落ち葉の上を滑り、近くにある小さな流れまで行った。雪解け水が作った自然の水路で、溝と呼んだほうがいいほど小さなものだ。マットはその水路に滑り込み、取り敢えず身体を隠した。ウールのズボンには水が滲みてくるが、つぎだらけではあるものの、アーミージャケットが本領を発揮して上半身は濡《ぬ》れずにすんでいる。

マットはそのままの姿勢で、少しのあいだ聞き耳を立てた。一台残ったバイクが、相変わらず不気味なアイドリングの音を立てている。だが、他の音はいっさい聞こえなかった。追っ手は見事に息を殺している。どこかの軍の正規兵か、それとも傭兵《ようへい》か、そんなことは知る由もなかったが、ふたりがプロであり、チームで動いていることは確かだった。それは同時に、あの新聞記者に関して言えば、取り敢えず危険はないということを意味した。プロのふたりなら、武装した敵を放っておくわけがない。先に進む前に、自分を片づけようとするだろう。

マットは何が可能かを考えてみた。選択肢はほとんどない。自分だけ逃げて、クレイグはこの連中に任せる、という手がないこともなかった。自分をどうこうするよりクレイグを黙らせることが、こいつらにとっては優先事項だろうし、ひとりで森の中に消えるだけなら、たいしてむずかしいことではない。だが、この手を選択するわけにはいかなかった。

犬のことも考えてやらなくてはならないのだ。

マットは、水路の中を這うようにして下っていった。冷たさがパニックを抑えてくれた。氷水に尻を浸けることほど、心を研ぎ澄ませてくれるものはない。

マットは極力、音を立てずに進んだ。

三十ヤードほど下りたところで、水路に岩棚が突き出て小さな滝のように水が落ちている箇所にぶつかった。長さ七フィートほどの短い急斜面だ。マットは水路の中で身体を裏返し、ライフルが水と泥に触れぬよう用心しつつ、足から先に斜面を降りた。

それが間違いだった。

斜面を降りるときに、銃弾がライフルに命中した。痺れた手から、ライフルが吹き飛ばされる。うかつにも、ライフルを水から守ろうとして高く掲げすぎた。敵から丸見えになって、所在を知られる結果になったのだ。マットは音を立てるのも構わず、バシャンと水に降り痺れた手をさすった。

マットは素速く辺りを見まわした。ライフルはすぐそばの岩場にあった。木製の銃床は砕けて、ほとんどなくなっていた。マットは急いで壊れたライフルを回収した。本体は無事で、やられたのは銃床だけのようだった。マットはライフルを掴むと、短い岩壁に沿って走った。もう見えても構わなかった。藪に跳び込む。足下で枝が折れる音がした。岩壁はすぐに切れて、あとはごつごつした岩場になっている。大昔に、氷河が移動した跡だった。岩が転がり、方々に亀裂が走っている。

後ろを追ってくる音は聞こえなかったが、敵が確実に近づいていることは分かっていた。武器を肩に掛けて斜面を駆け下り、岩壁の端まで来ていることだろう。あとは標的を仕留めるだけという態勢になっているはずだ。

マットは岩壁のそばを離れぬようにして、素速く動いた。太陽が行き過ぎ、雲が山頂を覆うにしたがって、前方が暗くなってきている。だが、夜を待つことはできそうもなかった。マットは岩場の陰に身を屈めた。

背後から狙われる危険は承知の上だった。深まりゆく闇は、今や敵に味方していた。すでに夕闇が地表を覆い隠している。マットは岩壁の端に目をやった。何もない。そう思って視線を外しかけた――危うく見逃すところだった。影が動いたのだ。マットは更に体勢を低くした。誰かが岩壁を降りてくる。岩場が視界を妨げて、全身は見えない。マットが壊れたライフルを構えおえる前に、その人影は岩壁の下に広がる暗闇に消えた。

　マットはライフルを構えたままでいた。銃床なしではむずかしかったが、できるかぎりしっかりと狙いをつけた。腕をいっぱいに伸ばして、銃口を差し出す。銃身が震えた。正確に当てる自信はなかった。

　斜面の上方で、突然、アイドリング状態にあったバイクが、唸り声を立てはじめた。ブーンブーンとアクセルを煽《あお》る音が聞こえる。そして次の瞬間、バイクが動いた。

　マットは耳をそばだてた。もうひとりの敵が左側に向かっているのだ。迂回してマットの後ろにつこうとしている。近づいて来た。もうひとりは、闇に消えたままだ。どこにいるか知れたものではない。ここにいては危ないのかもしれない。

　岩陰に隠れたまま、身体を捻《ひね》って背後を見る。木はほとんど生えていない。灌木《かんぼく》の藪と雑草の茂みがあり、あとはトナカイ苔《ごけ》が生えているだけだった。度々の鉄砲水に押し流された岩が、ここのど真ん中を通っていったせいだ。日が暮れるにしたがって気温が下がり、水路のまわりに霞が立ちこめている。

　マットは低い体勢のまま斜面を駆け下り、水路を目指した。とにかく、すぐ後ろにいるはずの追っ手を振り切らなければならない。マットは大股で水路目掛けて斜面を駆けた。前にも水に浸かっていたせいで、ブーツは泥だらけだった。岩の上にくっきりと足跡が残るだろう。

水路に着くと、マットは水に入った。冷たさに一瞬息が止まった。膝までの深さしかないが、流れは速く、足を取られる。岩の川底は滑りやすかった。マットは身体のバランスを取るのに苦労しながら、上流に向かった。降りてきたばかりのコースを遡るのだ。身を屈め、なるだけ音を立てぬよう水中の足を引きずるようにして、マットは急いだ。

追っ手が近くにいないかを確かめようと、マットは耳をそばだてた。だが、バイクの咆哮と水路の水音以外には、何も聞こえない。

十ヤードほど上流に行ったところで、小さな滝に当たった。水が岩肌を五フィートほど落下している。マットは、この震えっぱなしの長い一日に、わずかな幸運が訪れてくれるよう祈った。冷たい水に痺れた脚を滝に向かって踏み出し、落ちる水の奥に腕を突っ込んだ。この手の滝には、水の陰に空洞があるものが多い。季節によって干満を繰り返す水の流れによって、花崗岩の表面が浸食されてできた穴だ。

マットは指先を動かして中を探った。

この滝も例外ではなかった。

マットは身体を回し、背中から滝を抜けた。凍てつきそうな水が全身を包み、息が詰まる。だが次の瞬間には、岩肌に背中を密着させ、身を屈め両脚を広げて踏ん張っていた。顔の前で、水がカーテンのように落ちている。水は透明で、外を覗くことはできるが、見えるのは歪《ゆが》み霞《かす》んだ世界だった。

ライフルを胸に抱え、マットは待った。流れに逆らうこともなく、ただしゃがみ込んだままの身体に、寒さが滲み込んでいった。歯の根が震えるのを止めようもなかった。苦痛が全身を蝕《むしば》んでいく。間もなく、低体温状態になるだろう。このときばかりは、追っ手が優秀であることを祈る気持だった。そうであれば、長いこと待たずにすむのだ。

寒さに震えるうちに、また過去の記憶が蘇《よみがえ》ってきた。冷たい水路の記憶だった。あのときは、もっと寒く、もっとずぶ濡れだった。三年前のことだった。冬も終わろうとしていた。珍しく暖かい日が続いて、アラスカの人間は誰もが、季節はずれの暖気に誘われて外に出た。マットの家族も例外ではなかった。キャンプに出掛け、氷を割って釣りをし、雪山をハイキングした。ほんの一瞬、目を離しただけだったのに……

悲しみに胸をつかれ、今ある危険を一瞬忘れて、マットは強く目を閉じた。

マットは薪割り用の斧で、川面の氷を割り続けた。自分が低体温状態で死にかけるまで、凍てつく川を探し続けたのだ。だが八歳になる息子は、ずっと川下の方で、二日後に遺体になって見つかった。

〈タイラー……すまなかった……〉

マットはむりやり目を開けた。息子を悼む時ではない。だが、冷たい水が記憶を鮮明に呼び覚ましていた。それから逃げることはできなかった。身体が冷気を、凍てつく水を覚えている。筋肉繊維の一本一本に凍りついた記憶が呼び起こされるのだ。子を失った親でなければ、決して想像できないことだろう。ほんの些細《ささい》な記憶さえ、刃物のように胸に突き刺さり、苦痛と眩暈《めまい》に襲われるのだ。

〈タイラー……〉

外で影が動き、マットは現在に引き戻された。右側に、岩陰から岩陰に動く影がある。見つめているうちに、怒りが蘇ってきた。それに人間は、切羽詰まると恐怖を忘れるものでもあった。

追っ手はマットの残した足跡を追ってきたのだ。だが敵も慎重で、暗がりから出ようとしない。ライフルは肩に掛かったままだが、手にピストルを握っている。白いジャケットはどこかに脱ぎ捨てたらしく、迷彩のユニフォームと黒い帽子という恰好になっていた。見えにくいはずだった。

マットはライフルを上げ、落ちる水を分かつように銃口を差し出した。潜んでいる人影を直接狙う気はない。銃が損傷を受けている以上、目隠しになっている岩のあいだを正確に通すような真似ができるとは思えなかった。そうする代わりに、ほんの数分前に水路に降りた場所辺りの、濡れた岸辺に狙いをつけた。ほんの十ヤードほどだし、邪魔な岩もない。

迷彩服を着た男が岩陰からそろりそろりと抜け出し、その地点にやって来た。低く身を屈め、反対側の岸を窺《うかが》っている。そちら側には濡れた足跡がついていないことを確認したようだ。次に男は、下流側を見つめた。マットには相手の考えが読めた。前に、もっと狭い状態の水路を下っていったぐらいだから、今回も下流に向かったのではないか、と考えたのだ。男は立ち上がり、下流の方を観察した。背の高い男だった。ラインバッカーが務まりそうな体つきだ。

マットは引鉄に指をかけ、前腕部と肩の筋肉を総動員して、ライフルを支えた。男は本能的に何かを感じたらしく、さっと振り向いた。驚いた顔が、闇に青白く浮かび上がった。男がライフルに手を伸ばしたと同時に、マットは発砲した。

狭い穴の中で、銃声が大きく反響した。反動で銃が手から落ちそうになる。耳元を何かがヒューと掠めていった。マットはそれを無視し、標的に集中した。

追っ手の男は背中から落ちた。胸に命中したようだった。手からピストルが飛ばされ、両腕を開くように倒れている。花崗岩の突起にぶつかったあと、激しく地面に尻餅をついたのだ。

男が地面に倒れ込むより先に、マットは外に飛び出していた。空薬莢を排出しようと、ボルトハンドルを引いた。動かなかった。もう一度、強く引く。やはりだめだ。ライフルが受けた損傷は考えていたより深刻だった。撃ったとき、顔の前で暴発しなかっただけ、幸運だったのだ。

マットは男に向かって、流れの中を駆けた。男が倒れたまま、背中のライフルに手を伸ばそうともがいている。競争だった。が、今回、水流はマットに味方した。マットは十ヤードを駆け抜け、岸に向かって大きく跳び上がった。

間に合わなかった。

男の構えたライフルが、ぴたりと胸を狙っていた。

空中でマットは身体を横に捻りながら、壊れたライフルを棍棒《こんぼう》のように振り下ろした。男のライフルが銃声を発すると同時に、金属と金属がぶつかり合う音が聞こえ、肩に焼けるような痛みが走った。

マットは悲鳴を上げながら、全体重をかけて、敵の上に飛び降りた。ブロックの壁に当たったのと同じことだった。敵はマットより、三十ポンドは重い。だがその衝撃で、相手のライフルが飛ばされ、岩のあいだを滑って流れに呑み込まれた。

マットは身体を回転させて男から離れ、顔を狙って足を飛ばした。相手が横に逃げた。胸の傷をものともしないのか――いや、出血すらしていない……

防弾ベスト――高強度ポリマー、ケブラー製だ。

腕を伸ばせば届く位置に、相手がしゃがんでいる。顔が怒りに燃えていた。片手が迷彩服に開いた穴をいじっている。

〈やっぱり痛いことは痛いんだな、ざまみろ、このやろう〉

銀色の光が煌《きら》めき、もう一方の手に握られたナイフが見えた。スイス・アーミーナイフ――人殺し用の武器だ。

マットはライフルを、フェンシング選手のように、前に構えた。肩が痛んだが、そんなことに構ってはいられない。相手に対して横向きになる。攻撃される領域を狭くするためだ。

血に飢えたような目をして、相手がにやりと笑った。凶暴な笑いだ。ぞっくりと揃った白い歯が見える。どこの奴かは知らないが、こいつの国では、歯科医療保険が完備しているにちがいない。

攻撃の素振りも見せず、いきなり男はナイフを突き出してきた。構えが低い。やはり、よく訓練されたプロだ。同時にもう一方の手を上げて、マットのライフルに対して防御の姿勢を取ってもいる。

マットは後ろに二歩跳んだ。開いた手を腰のベルトに置く。ホルスターからペパースプレーを引き抜き、蓋を親指で弾き飛ばして、横ざまに思いきり噴射する。熊撃退用のスプレーだ。二十フィート先まで届く。

戦闘ロボットの顔に、霧がまともに降りかかった。

戦果は、至近距離で大砲を撃ったのと同じだった。

男は膝から崩れ落ちた。頭部は反り返り、ナイフはその存在さえ忘れられていた。全く無反応の一瞬があったあと、喉の奥から吠えるような叫びが発せられた。最早人の声ではなかった。スプレーの噴射と呼吸のタイミングが合ってしまったにちがいない。喉が丸ごと焼けたのだ。男は爪を立てて目と顔を掻《か》きむしった。頬に赤い傷跡が彫られていく。

マットは数歩下がった。熊用スプレーは、警察で使われるペパーと催涙ガスの混合スプレーの十倍効力がある。なにしろ相手はグリズリーであって、ちんぴらではないのだ。すでに男の目は腫れあがっていた。激痛のあまり、男はのたうち回っている。まるで、フィッシングボートの甲板に上がったカジキのようだった。だが、転げ回るその動きにも、ちゃんと目的があった。冷たい流れに飛び込もうとしているのだ。身体を捩らせ、岩場のそこら中に嘔吐《おうと》しむせ返る。男は、流れまで数ヤードのところで、崩れ落ちた。身体を丸め呻いている。

マットはゆっくりとナイフに歩み寄り、それを拾い上げた。男の喉を切り裂こうかとも考えた。だがその日に限っては、そんな優しい気持にはなれなかった。この男はもう脅威たり得ない。これが元で死んでしまう可能性さえあるし、うまく生き延びても、一生後遺症に苦しむだろう。マットはなんの呵責《かしやく》も感じなかった。ブレント・カミングは、セスナの墜落で首の骨を折って死んだのだ。

自分の負った傷を調べながら、マットはその場を離れた。ライフルの銃弾は肩を掠っただけだった。銃創というより火傷に近い。

遠くで、バイクが走っている。エンジン音が低い。速度を落としているのだ。仲間のむせぶ声が聞こえたのだろうか？　いや、聞こえたとして、仲間だと分かったのだろうか？　獲物を仕留めたと思っているのではないか？

敵のライフルを探して、マットは水路を覗いた。押し流されてしまったようだった。探しつづける気はなかった。もうひとりが仲間を捜して、じきにやって来るだろう。長居する理由はない。徒歩でキャンプに戻り、犬と馬と記者を連れて、ある場所に向かうのだ。近くで行けるところは、あそこしかない。招かれざる客であっても、まさか拒絶しはしないだろう。

エンジン音が、再びけたたましく響いた。言うまでもなく、計画遂行上、あのバイクは邪魔だった。マットは斜面を横切り、なるだけバイクの音から離れた。キャンプまでは二マイルある。だが方向としては、今いる岩場の先に当たる。バイクの敵が相棒を見つけるには、ぐるりと迂回してこなくてはならない。それにはある程度時間がかかるだろう。自分たちを追うのはそれからになる。計画どおりにいけば、相手をかなり引き離せるだろう。

その考えを胸に、マットは岩場を引き返し深い森に入ると、駆け足でキャンプに向かった。濡れた服が、砂袋のように重く身体に掛かってくる。だが、ものの数分走っただけで、身体が温まってきた。低体温症の危険は去ったようだった。キャンプに着いたら、すぐに乾いた服に着替えよう。

斜面を駆け下りていくうちに、頭上の雲から雪が舞い降りてきた。雪片がぼってりと厚い。ひどい降りになるだろう。十分後には、その予想が的中しはじめた。降る雪が、米松の森をすっぽりと覆う。数ヤード先はほとんど見えない。だが、マットにとって、この森は庭同然だった。谷底を流れる川の凍りついた岸辺に辿り着いたところで、キャンプを目指し下流に向かう。蹄の跡が、まだ残っていた。

マットを最初に出迎えたのは、ベインだった。キャンプに向かって最後の坂を降りきる前に、ベインは嬉しそうにじゃれついてきた。

「よう、ベイン、おれも嬉しいぞ」マットはベインの脇腹を撫で、その後ろについてキャンプに戻った。

マライアは青草を食《は》んでいる。ほかの犬も駆け寄ってきた。だがクレイグの姿が見えない。「クレイグ？」

　藪の向こうでクレイグが立ち上がった。両手で小さな斧を握っている。顔の隅々にまで、安堵《あんど》の印が刻まれていた。「何が起こったんだか、さっぱり分からなくて……銃声は聞こえるし……叫び声も……」

「あれはおれじゃない」マットは歩み寄り、クレイグの手から斧を取り上げた。「だが、完全に危険が去ったわけじゃない」

　谷間に、相変わらずエンジンの金属的な音が谺している。マットは雪の降りしきる暗い森を見つめた。〈間違いなく奴はやって来る〉

「これからどうするんだ？」クレイグもエンジンの音に耳をそばだてていた。音はすでに近づいている。記者の視線が、彷徨《さまよ》うように、壊れたライフルに向けられた。

　それを手にしていることさえ忘れていた。「壊れちまったよ」マットは呟くように言った。テントに入り、荷物を片っ端からひっくり返して、深夜の逃避行に必要なものを急いで選び出す。持っていくものは、必要最小限に抑えなければならない。

「ほかに銃はないのか？」クレイグが言った。「それに、馬でバイクに勝てるのか？」

　マットは首を振った。両方の質問への答だった。

「じゃあ、どうするんだ？」クレイグが訊いた。

　探していたものは見つかった。マットはそれをバッグに入れた。〈少なくとも、こ

いつには壊れるってことがない〉

「もう一台のバイクはどうなったんだ？」パニックを起こしかけていた。声が裏返っている。

マットはすっくと立ち上がった。「心配するな。アラスカじゃあな、昔からこう言うんだ」

「どう言うんだ？」

「この土地では、強い者しか生き残れない……が、強い者すら生き残れないこともある」

が、この言葉が、シアトルから来た記者の慰めになったとは、到底思えなかった。

午後十時四十八分

ステファン・ユルゲンは暗視ゴーグルを着用していた。バイクのライトがなくとも夜目《よめ》は利いたが、激しい吹雪のせいで視界は十メートルとない。ゴーグルの先は緑に霞んでいた。

ステファンは、寒冷地仕様のバイクをゆっくりと走らせた。ジグザグに続く雪道を踏みしめるように進む。視界を妨げる雪だったが、同時に追跡の手助けもしてくれていた。新しく積もった雪の上に、足跡がくっきりと残っているのだ。馬が一頭、犬が四頭。ふたりの男は、馬に相乗りしている。難所にかかった時だけ、ひとりが馬を降り、手綱を引いて歩いては、また乗っているようだ。

二手に分かれた痕跡はないか、ステファンは用心して見ていたが、足跡はどれも同じコースを辿っていた。

〈いいぞ〉ステファンは、ふたりまとめて捕らえたかった。

凍てついたゴーグルの下には、笑いを忘れた目と、深く皺の刻まれた眉間が隠されている。ミカールは弟だった。一時間前、小さな流れの岸辺で苦しむ弟を発見した。苦痛のあまりに、ほとんど昏睡《こんすい》状態だった。血だらけの顔面は、原形を留めないほど破壊されていた。ほかに方法はなかった。任務を放棄することはできないのだ。それでも引鉄を絞るときには、胸が張り裂けそうだった。だが少なくとも、それでミカールの苦痛は去ったのだ。

それが済んだあと、ステファンは弟の血で、自分の額に印をつけた。この追跡はすでに、在り来りの索敵掃討任務ではなくなっていた。血の復讐《ふくしゅう》を誓ったのだ。あのアメリカ人たちの、耳と鼻を削ぎ落とさなくてはならない。そしてその削ぎ落としたものを、ウラジオストクに住む父の元に届けるのだ。ミカールのために……弟の受けた仕打ちに対して、復讐が為されなくてはならない。それをステファンは、ミカールの血に誓ったのだ。

先刻すでにステファンは、ライフルの暗視スコープで、束《つか》の間ながら、標的の姿を捉えていた。長身で砂色の髪の、雪焼けした顔の男だった。この男が知略に富むことは分かった。だが、ミカールはレパード特殊工作チームでは、駆けだしもいいところだった。歳も自分より十歳も下だ。長年弾の下をくぐって生きてきたおれとは、比べるべくもない。ライオンの親子ほどの差がある。敵の実力を見せつけられた今、ステファンには、相手を見くびる気持などさらさらなかった。弟の血に誓って、あいつは生け捕りにする。そして生きたまま、その身体を少しずつ切り裂いていくのだ。その悲鳴は、我が母なる大地、ロシアまで届くだろう。

森の中で小さな谷を越えようとしたとき、敵の残した足跡がとりわけ鮮明になっていることにステファンは気づき、緊張で身を固くした。敵との距離が詰まっているのだ。百メートルもないだろう。ステファンは、超一流の追跡者だった。アフガニスタンの冬山で訓練を受けたのだ。足跡に関する判断なら、間違えるわけもなかった。

ステファンは慎重にハンドルを操作しながら、ジグザグに続く足跡を追い、やがてスロットルを絞った。バイクを降り、肩をすくめるようにして、ライフルを邪魔にならない位置に持ってくる。そのあと、ステファンはバイクの側面に収められた武器に手を伸ばした。いよいよ本番だった。シベリアの海岸近くで育ったステファンは、寒さというものを知っていた。雪と氷を知っていた。そして、吹雪の中で敵を追跡する方法に関しても、知悉していた。

ここからは歩いていこう……だがまずは最初に、敵を脅かす必要があった。パニックを起こさせて、本能的に行動させるのだ。そうなれば人間も野生動物と同じ、必ずミスを犯す。

ステファンは暗視ゴーグルを額に上げると、その重い武器を掲げた。暗視スコープを覗いて、距離と角度を測る。

これでいい。ステファンは引鉄を絞った。

午後十一時二分

クレイグは震えながら、同じ鞍の前に座っている男にしがみついていた。身体を密着させることで、少しでも暖を取ろうとしているのだ。救いは、魚類野生動物庁監視員の広い背中のおかげで、取り敢えず、風からは守られているということだった。

吹雪の中を進みながら、マットが言った。「いまだに分からないんだが」詰問口調だった。「何か理由があるはずだ。きみの言っていた話と関連があるのか？　それとも、何か全く違う事情でもあるのか？」

「分からないんだ」クレイグは、顔の下半分を覆ったウールのマフラーの下から、もう十回も同じ返事を繰り返していた。クレイグはその件に関して話したくなかった。これ以上寒くなりたくないという思いだけが、クレイグを支配していた。〈とんでもない仕事を引き受けちまった……〉

「連中の狙いがきみだとして、なぜこれほどまで執拗に、きみを排除しようとするんだ？」

「分からない。シアトルで、市会議員選挙の取材をしていたんだ。ワシントン発のAP電を、地方の立場から再分析するような仕事さ。今回の仕事は、編集長を怒らせた罰だ。そりゃ、あの男の姪《めい》と一回デートはしたが、その娘だって二十歳、立派な大人だよ。十二歳の子どもに手を出したって話じゃないんだ。それなのに……」

マットは呟くように言った。「政治記者か。そもそもリサーチセンターが、科学記者でもないきみをなんで呼ぶんだ？」

クレイグは溜息をついた。マットはどうしたって諦めっこない。この議論を打ち切りたい気持が勝ち、クレイグはついに根負けして、口を割りはじめた。「ドリフトステーションで働いている海洋生物学者のいとこってのが、うちの社にいるんだ。その学者が、重大な発見があったという電報を打ってきた。昔の氷上基地みたいなものが発見されたらしいんだ。なんであれ、あそこで見つかりゃ大騒ぎになるんだが、その基地にかぎって、海軍の高官によって箝口令が敷かれたんだ」

「箝口令？　だが結局のところ、その海洋学者だって、秘密を嗅ぎつけたんだろう？」

クレイグは頷いた。「ぼくが派遣されたのは、本当に国益に関わる話か確認するためなんだよ」

マットは溜息をついた。「まあ、確かに、誰かの利益には関わっているようだな」

クレイグはその皮肉に軽く鼻を鳴らしたが、マットが黙って考え事をしはじめたことで、取り敢えず気が楽になった。背後で聞こえたエンジン音が、すっかり遠のいたようだった。追っ手を振り切ったのかもしれない。追跡を諦めて、退散したのかもしれない。

マットは後ろを振り返り、馬の歩を緩めた。

エンジンの音が遠のくとともに、森が更に静まり返り、闇がわずかに深くなったように思えた。雪が木々のあいだを、ヒューヒューと音を立てて吹き抜けていく。マットは手綱を引き、馬を止めた。鐙に足を入れたまま立ち上がり、眉根を寄せて背後の闇を見つめる。

突然、静寂を鋭く切り裂く音が耳に届いた。

「なんだ、今のは――」クレイグが辺りを見まわしながら、口を開きかけた。

マットは背後に手を伸ばし、クレイグの肩を掴むと、そのままの恰好で、馬の背からふたりして身を投げた。積もった雪の上とは言え、一瞬息が詰まった。

クレイグが咳き込みながら言った。「一体全体――」

マットは、半身でクレイグの身体を覆うようにしながら、雪の中に顔を突っ込んだまま怒鳴った。「頭を上げるな！」

爆発音が、深閑たる銀世界を揺るがした。二十ヤードほど先で、雪と泥と木立が真上に吹き飛ばされた。木々の葉が根こそぎむしり取られる。

マライアが跳ね上がり、恐怖のあまり白目を剝き出し、甲高い声を上げた。だが、マットがすでに立ち上がり、手綱をしっかりと握っていた。犬たちが周囲に向かってさかんに吠えている。

クレイグが起き上がろうとしていた。マットが、立ち上がらせようと手を貸す。

「早く立て！」マットは、立ち上がったクレイグを、馬に向かって押しやった。

「いったい――」

「擲弾《グレネード》だ……グレネード・ランチャーを持ってやがる」

耳鳴りも収まったクレイグは、この言葉にたじたじとなり、慌てて鞍に上った。山は静まり返り、エンジンの音もやんでいる。

「歩いてくる気なんだ」マットが説明した。「すぐに追いつかれる」マットは口笛を吹き、爆発音で散っていた犬を集めた。四頭が集まった。だが一頭が足を引きずっている。マットはその犬の怪我を調べた。

クレイグは、そこまで冷静ではなかった。「急ごうぜ……犬なんて置いていけばいい」

マットはクレイグに鋭い一瞥《いちべつ》を放ったあと、マラミュート犬に向き直った。怪我した部位を手でさする。「サイモン、ただの捻挫だ」マットは安心したように犬の耳に向かって囁き、その頭を軽く叩いた。

立ち上がるとマットは手綱を握り、これまで辿ってきた鹿の通り道から外れて、進みだした。

「どこに向かうんだ？」クレイグは相変わらずきょろきょろと辺りを見まわしている。もう一発グレネードが飛んできはしないかと、びくついているのだった。

「あの野郎は、おれたちをびくつかせようとしているだけさ」マットは言った。

クレイグに関して言うなら、敵はまんまと目的を達したことになる。

マットたちは進んでいった。森はますます鬱蒼とし、雪はますます深くなっていく。

クレイグは身を低くして枝をよけた。枝から落ちた雪が、背中に落ちてくる。辛い行軍だった。遅々とした、あまりに遅々とした歩みだ。だが、マットには、しっかりとした計画があるようだった。

「どこに向かっているんだ?」クレイグが、肩の雪を払いながら訊いた。

「いや、この先に友だちがいるはずなんだよ」

午後十一時二十八分

ステファンは足跡の続く雪道のそばにしゃがんでいた。手袋から帽子にいたるまで白尽くめの姿が、すっかり雪に溶け込んでいる。けれども本人にとっては、それは緑色に縁取られた世界だった。暗視ゴーグル越しに、ステファンは足跡を調べていた。標的はいきなり左に曲がっていた。前方でグレネードが爆発したことに怖れをなしたのは間違いない。計画どおりだ。

ステファンも、あとを追って左に曲がった。静かな素速い動作だった。故郷では裏山で狼狩りをしていた。臨機応変に身を隠しながら、音もなく森を移動することなど朝飯前だ。それにチームで培ったノウハウがある。殺し屋として、自分以上の者は滅多にいないはずだ。

とは言え、もう一発グレネードが落ちてくると怖れるのは、標的の取り越し苦労だった。ランチャーはバイクのところに置いてきた。ライフルがあれば充分だ……それにこのハンティングナイフと。これで弟を殺したアメリカ人を切り刻んでやるのだ。ステファンは、標的が二手に分かれていないことを確認しながら、新しい足跡を追っていった。人も馬も犬も、一団となって進んでいるのは間違いなかった。

バイクを離れる前に、ステファンは上司に無線で事態を報告していた。嵐がひどく増援は無理だと言う大尉に、ひとりでできると請け合っていた。日付が替わる前に、標的は確保する。明朝の脱出に関しても、すでに手は打ってあった。

ステファンは左に逸れた足跡を追いつづけた。何か罠が仕掛けてありはしないかと用心して進んだが、グレネード攻撃が効いたらしく、標的はただ逃げることだけを考えているようだった。

四分の一マイルほど先に行ったところに、雪面がかき乱されている箇所があった。凍りついた地面に誰かが落馬した跡のようにも見える。骨の二、三本も折ってくれていたら、言うことはない。

ステファンは素速く辺りを見まわした。ここから先も、二手に分かれることなく進んでいる。足跡は、これまでよりずっと新しかった。蹄によって剝き出しにされた泥が、まだ凍りついていない。五分と遅れていないだろう。あのアメリカ人は相変わらず、馬を引いているのだ。

ステファンは身を固くした。強い腐臭が漂っていた。この近くで死んだ動物がいるにちがいない。いずれ夜が明ける前には、屍肉食いの餌になる奴が更に増えていることだろうが。

赤外線暗視機能を使用する距離に達したと判断し、ステファンはモードを切り換えようと、ゴーグルについたスイッチに手を伸ばした。光量増幅モードから、熱感知式の赤外線モードに切り換えるのだ。緑の輪郭が消え、世界は真っ暗になった。前方をスキャンし、熱源を探索する。好天下で探知距離は百メートル。熱源を隠す雪の中では、せいぜいその半分だろう。それでもゴーグルは、限界距離ぎりぎりの地点に微かな赤い染みを捉えた。

ステファンは口許をほころばせ、目視しつつ標的を追跡できるように、ゴーグルのモードを再度切り換えた。標的を視界に捉えた以上、急ぐに越したことはない。新しい足跡の上を駆けだす。ステファンは、雪の上に張られた細く白い糸を見逃した。ズボンの裾に微かな抵抗を感じ、糸の切れる音が聞こえた。

爆弾か？　ステファンは、横に飛んだ。雪を被った小さな起伏の陰に身を隠す。後ろを振り返る。ゴーグル越しにちらりと見えたのは、小さな点のようなものだけだった。その点が、張り出した枝から落下し、岩に当たって砕け散った。

ステファンは顔を両手で覆い、ゴーグルを下げながら後退した。

何かぐっしょりしたものが、脚にかかった。

ステファンは見下ろした。〈血だ……〉赤い染みが、白いスノースーツから鮮やかに浮き上がっている。心臓が口から飛び出しそうだった。だが、来るはずの苦痛は襲ってこなかった。ステファンは安心した。自分の血ではない。

次に襲ってきたのは、臭いだった。アフガニスタンにいたとき、反乱軍が潜伏する地下道を、這うようにして抜けたことがあった。そこには釘爆弾にやられたと思しき兵士たちの、死体が転がっていた。血、飛び出した腸。蠅《はえ》。ウジ虫。そして夏の暑さ。死体は一週間も腐敗し、発酵しつづけていたのだ。だが、この悪臭はそれよりもひどかった。

反射的に吐き気を催しながら、ステファンは這ってそこから離れようとした。だが、悪臭はどこまでもつきまとい、足下から立ち昇ってくる。胃液が喉に上がってきた。ステファンはむせ返りながら、ひたすら吐いた。

それでもなお、ステファンは歴戦の強者だった。雪に脚を突っ込みズボンの汚れを擦り落とすと、なんとか立ち上がった。目からは涙が流れていた。モノクロの世界、雪と闇だけの世界が、目の前でぐるぐると回っていた。

よろけながら、ステファンはなおも足跡を追っていった。悪臭弾ごときでおれを倒せると考えているなら、それがとんでもない間違いだということを教えてやらなくてはならない。催涙ガスだろうとなんだろうと、その手の攻撃に耐えられるよう訓練されているのだ。ステファンは唾を吐くと、暗視ゴーグルをかけ直しながら雪道を這い登っていった。

　ステファンは、ゴーグルのスイッチに手を伸ばし、再び赤外線モードに切り換えると標的を探した。初めは、暗闇しか見えなかった。ステファンは悪態をつきながら、喉元まで上がってきた胃液を吐いた。確かにいくらかは後れを取ったかもしれない。だが、雪の斜面には、頂上まで木の一本も生えていない。そこに足跡がくっきりと残っているのだ。追いつくのは時間の問題だった。

　ステファンはゴーグルに手をやり、再び暗視モードに切り換えようとした。だが、切り換える直前に、暗闇の中に赤い光が現れた。不意に現れた熱画像《シグネチャ》は明るく鮮明だった。風が降る雪を散らせ、感知距離が伸びたにちがいない。ステファンは思わずにやりとした。もう、すぐそこだ。ステファンはその光源に向かっていった。

　進むに連れて、赤外線シグネチャが急速に大きくなりはじめた。おかしい、いくらなんでも早すぎる。赤い光がゴーグルの中で膨れあがっていく。人間ひとりのサイズにしては大きすぎる。馬に乗って戻ってきたというのか？　あんなちんけな化学兵器まがいのものを使っただけで、おれを制圧できると考えているのか？

ステファンの瞳は怒りに燃えていた。そういうことなら、目にものを見せてくれようじゃないか。ロシアのエリートコマンドを見くびった罰だ。ステファンは勢いよく身体を回した——そのとき、左からもうひとつの赤外線シグネチャが近づいてきた。ステファンは、わけが分からず、前後左右に首を回した。三番目、四番目のシグネチャが近づいてくる。

〈いったいどうなっているんだ？〉

ステファンは中腰になった。猛烈な悪臭が鼻をつく。辺りに漂っているのだ。ゴーグルに映るシグネチャは、最早巨大の一語につきた。こんな太った馬などいるわけがない。五番目と六番目がやって来た。ステファンは完全に包囲された。

やっと正体が分かった。

〈熊だ……それも、この大きさ……グリズリーだ〉

ステファンは、再び赤外線モードから暗視モードに切り換えた。雪が更に激しくなっている。ゴーグル越しに見える森は、緑の霧に覆われているようだ。近づいてくる怪物たちの姿など、どこにも見えなかった。ステファンはまた赤外線モードに切り換えた。怪物たちは更に接近し、すぐそこにいた。

〈匂いだ……この匂いに誘われてきたのだ〉喉から呻き声が漏れた。

ステファンは何度もゴーグルのモードを切り換えた末に、ライフルを構えた。赤い巨大な熱源のひとつが飛びかかってきた。木の枝が弾ける音と雪を踏みしめる音が辺りに谺した。ステファンは、その赤い姿に向かって引鉄を絞った。

銃声が他の熊の動きを止めた。しかし、撃たれた一頭は、耳を劈《つんざ》くばかりの咆哮、血の凍りつくような野性の声を上げ、たじろぐこともなく、のしのしと足音を立てながら猛烈な勢いでステファンに向かってきた。その怒りに満ちた唸り声に応じ、仲間の熊も襲いかかってくる。

ステファンは続けざまに発砲した。が、怪物たちを止めることはできない。息が詰まり、心臓が口から飛び出しそうだった。ステファンはゴーグルを引き剝がし、銃口を上に向けたまましゃがみ込んだ。

咆哮が頭に充満し、すべての思考と感覚が奪われた。雪と闇に囲まれたまま、ステファンは、ぐるぐると身体を回転させた。

〈どこだ……どこにいるんだ？〉

そのとき、雪の中から、黒い身体がいくつも現れた。悪夢の産物としか思えぬ巨大な肉塊たちは、信じられないほど優雅な動きで素速く動いた。グリズリーの集団がステファンにのし掛かる。怒りのせいでもなんでもない。あるのはただ、食うものと食われるもののあいだにある、不可逆の力学だけだった。

午後十一時五十四分

追っ手の悲鳴が谺してきたとき、マットはマライアの横に立ち、手綱を引いていた。悲鳴は続かず、いきなり途絶えた。マットは顔を背け、馬に最後の尾根を越えさせると、下の谷へと向かった。朝までには、この区域からなるだけ遠くまで下り、ブルックス・レンジの丘陵地帯に広がる、なお鬱蒼とした高木の森に姿を消してしまいたかった。少なくともあと二日歩きつづけなければ、目的地には辿り着かない。マットの知るかぎり、地域で唯一の家らしい家だった。半径百マイルで衛星通信が使える場所も、そこだけだった。

クレイグは、青白い顔をして馬に跨がっていた。微かに震えている。尾根を越えたあとになって、やっと口を開いた。「グリズリーか……この辺りに奴らが棲息していると、どうして分かったんだ?」

マットは、前を行く犬たちを見つめながら、気の進まぬように言った。「今日の午後、あの谷でセント・ルアーを一本、無駄にした。だから今頃は匂いに釣られて、あの辺りには、けっこうな数の熊が集まっているだろうと考えたんだ」

「それが分かっていて……ぼくに、あそこを突っ切らせたのか?」

マットは肩をすくめた。「雪は降っているし、真っ暗だからな……ちょっかいさえ出さなけりゃ、熊も放っておいてくれるだろうと踏んだんだ」

「で、別の瓶を木に仕掛けたんだな？」

軍隊での経験から、簡単な罠を仕掛ける技術ぐらいはある。「もう一本、セント・ルアーをな」マットは説明した。「新鮮な奴を撒けば近くにいる熊が寄ってきて、グレネード野郎も忙しくなると思ったんだよ」マットは、後悔するように首を振った。

追っ手の死を悼んでのことではない。熊に怪我をさせてしまったことに関してだった。

マットたちは進んでいった。マットの足取りは重かった。もう何千回も心の中で問いかけていた。あいつらは誰なのだ？　なんのために、おれたちを抹殺しようとしたのだ？　もし時間と機会があったなら、どちらかを尋問したかった。あのふたりは間違いなくプロの兵士だ。だが、正規の軍隊から派遣された奴らなのか、それとも傭兵なのか？

マットは最初の男から取り上げたナイフを抜いた。ペンライトの光を当てて、隅から隅まで調べてみる。徽章《きしょう》もなければ、製造元の刻印もない。特徴のあるデザインでもない。意図的に出所が分からないようにしてあるのだ。奴らのライフルやピストルを調べたとしても、同じことだったろう。このことだけでも、ただの傭兵とは考えづらかった。傭兵は、武器の出所を隠そうなどとはしないものだ。

隠そうとする連中なら、マットにも心当たりはあった。

〈超法規隠密作戦《ブラックオペレーション》チーム〉

マットはクレイグの話を思い出していた。ドリフトステーションに関して、海軍が箝口令を敷いたという。では今回の追跡は、合衆国政府の差し金なのか？　グリーンベレーのエリートチームで八年間を過ごした経験から、国益の名の下に、悲惨な犠牲が伴う無情の選択がなされることがあるのは分かっていた。

それでもなお、マットは信じたくなかった。だが、アメリカでないなら、いったいどこの国が？

「これからどこに行くんだい？」クレイグが訊いてきて、マットは我に返った。

マットは溜息をつきながら、取り敢えずは不安の種を頭から追い払うことにし、雪に覆われた森に目をやった。「更に危険な場所に向かっているのさ」

「なんだって？」

「前の女房のキャビンだ」なんとも苦い口調だった。

第三章　罠の道　ᑭᑲᒍᐃᖅᑐᖅᑳᑦ

四月八日、午前十時二分
〈北極圏の扉〉国立公園

ジェニファー・アラツークは、棍棒を手に罠を跨いで立っていた。クズリが、喉元からヒューヒューと威嚇の音を漏らしながら、睨み返してくる。やっとありついた獲物を逃すまいと尻を持ち上げた体勢を取っている。ジェニファーの父が仕掛けた罠にかかったテンはもう死んでいた。毛皮の黒さが雪と鋭い対照をなしている。首の骨が折れている。ずいぶん前に死んで、すっぽりと新雪に覆われていた身体を、ジェニファーより先に来たクズリが掘り返したのだった。クズリは牡《おす》で、せっかく手にした冷凍食品を諦める気など、さらさらないようだった。

「あっちへ行きなさいってば！」ジェニファーは、ハンノキの棍棒を振り回しながら叫んだ。

クズリは白い顔を向けて歯を剝き出し、前肢でパンチを出すような動きを見せた。翻訳すると、クズリ語で「くそったれ」の意味だった。クズリは、餌のこととなると怖いものなしだった。食料が絡めば狼にすら刃向かうというのは、よく知られた話だ。猛禽類《もうきん》並みの鉤爪《かぎづめ》、敵の骨をも砕くような顎、それに鋭い歯の持主である。

油断せずに睨み返しながらジェニファーは、棍棒で殴ってやろうかとも考えた。頭にしっかり一撃を加えれば追い払えるかもしれないし、そうでなくとも、罠からテンを回収するぐらいの時間はおとなしくさせておくことができるだろう。ジェニファーの父親は集めた毛皮を、アザラシの脂など先住民特産の品物と交換しているのだった。ジェニファーはここ二日間、父親の仕掛けた罠を順繰りに回ってきた。仕掛けた罠を探し出し、獲物がいれば回収して、餌を替えてまた罠を仕掛ける、というのがその仕事である。気の進まない仕事ではあったが、この一年で父の膝がだいぶ悪化していることもあって、森にひとり置いておくのは心配なのだった。

「あんたには負けたわ」ジェニファーは言った。「先に来たのはあんただしね」ジェニファーは腕を伸ばし棍棒の先を使って、ポプラの大枝に繋がれた紐を外した。テンが罠から外れる。ジェニファーはテンの身体を押しやった。

クズリは喉を鳴らしながら、獲物をひったくった。テンの凍った太腿に、鋭い歯が食い込んでいる。クズリはそのまま後じさりし、威嚇の声を上げながら雪の中に消えた。どこかにある巣穴に帰ったのだろう。

ジェニファーは、クズリが獲物をくわえたまま、よたよたと歩いていくのを見守っていたが、やがて、参ったな、というように首を振った。父には内緒にしておくしかない。テンを回収しそこねたばかりか、クズリの毛皮を手に入れるチャンスを逃したのだ。父が知ったら面白かろうはずがない。それにそもそも、ジェニファーは郡保安官であって、罠猟師ではないのだ。毎年二週間しかない休暇の半分を使って、忌々《いまいま》しい罠猟の手伝いをしているだけでも、大変な親孝行ではないか。

ジェニファーは、シェルパ社のスノーシューズを履いた足で雪を踏みしめながら、橇に向かった。罠を仕掛けるために徹夜で橇を走らせるというのは、必ずしも嫌な仕事ではなかった。この三日間で、吹雪は国立公園内に二フィートの積雪をもたらした。本格的に春が来て雪が解けきる前に、もう一度、チームを走らせるのに絶好の機会だったのだ。こういう遠出は楽しかった。自分と犬たちだけの世界を満喫できるのだ。こんな早い時期には、旅行者もハイカーもキャンパーもやって来はしないからだ。国立公園のこの地域をひとり占めにした気分だった。キャビンは丘陵地帯の麓にあたる谷間の低地にある。父親は純血のイヌイットで、一九八〇年に制定されたアラスカ重要国有地保全法によって、国立公園内の一定地域に限定されているとは言え、今でも、必要最小限の狩猟と罠猟を許可されている。ジェニファーが現在、夜昼なく犬橇で駆けまわっているのも、元はと言えば、父が罠猟の権利を持っているからなのだ。

橇に戻ってくると、犬たちがいつもどおり、ワンワン、キャンキャンと賑やかに迎えてくれた。ジェニファーはビンディングを外して、スノーシューズを振り落とした。それを拾い上げて、橇の上部にしっかりと括《くく》りつける。その下は、収納スペースになっていて、そこには、寝袋、着替え、鉈《なた》、ランタン、虫除け、プラスチック容器入り乾燥ドッグフード、パワーバー一カートン、牛肉フレーバーのドリトス一袋、タブソーダの小瓶一本等々と、装備がぎっしりと積み込まれている。ジェニファーは肩のホルスターを外すと、官給のレボルバーを橇のハンドルに吊し、革鞘《かわざや》に収めた斧の隣に固定した。

次に、手を振って分厚いウールのオーバーミットを外した。下には薄くて使いやすいゴアテックスの手袋がはめてある。「さあ、みんな、出発よ！」

その声を聞いて、雪の上に寝そべっていた犬たちが、すっくと立ち上がり尾を振る。犬たちは橇に繋がれたままだったので、引き綱を締め直すだけでよかった。そばへ寄り、一頭一頭、頭を撫でてやる。マトレーとジェフ、ジョージとグレイシー、ホームズとワトソン、そしてキャグニーとレイシー。皆、もともとは野良犬や捨て犬だった。

ラブラドルレトリバーやシェパードの雑種、それにエスキモー犬だ。キャビンにはほかにもいて、合計十六頭の公式チームがひとつ出来る。去年はそのチームで、〈アイディタロッド国際犬橇レース〉に参加し、アンカレッジからノームまでの千百六十一マイルを走破したのだ。参加チーム中上位半分にも入れなかったが、挑戦したという事実とチームとともに過ごした時間だけで、ジェニファーは勝利に劣らぬ達成感を経験した。

犬たちの態勢が整った。ジェニファーは握った手綱を大きく揺すった。「出発《マッシュ》！」犬たちは雪の中に足を踏み出した。雄叫びにも似た吠え声を上げながら、ゆっくりと歩きだす。ジェニファーが後ろにつき、舵を取る。クズリに獲物を持っていかれた今の罠で最後だった。先に一番遠い罠まで行き、そこから戻ってくるというやり方で、全ルートを回りおえたのだ。ここからは、キャビンまでたった三マイルだった。熱いコーヒーが待っているはずだ。父は今朝も忘れずに、その用意をしていてくれるだろう。

ジェニファーは犬たちを操り、緩やかなSの字を描きながら木立が点在する斜面を登っていき、頂上に着いたところで止まった。前方には一面の銀世界が広がっている。連なる峰が、遥か先で空に溶け込んでいるように見える。雪の衣を纏った米松が朝の光を浴びてエメラルドのように輝き、ハンノキやポプラのような広葉樹がそれに褐色の陰影を加えて、風景がいっそう繊細なものとなっている。遠くで、銀色の川が滝となって流れ落ちている。陽光を受けた水面はキラキラとして、まるで光が踊っているように見えた。

ジェニファーは、松の匂いに満ちた空気を、思う存分吸い込んだ。ここには、荒涼とした寒冷地にしかない、独特の美しさがある。もっとも、厳しすぎるという見方もあるだろうし、まだ厳しさが足りないという見方もあるだろう。ここ数日のあいだ滅多に顔を出さなかった太陽が、今は、強く、しかし優しく、顔を照らしてくれていた。空にはまだ雲がある。その雲の下を、一羽の鷹が弧を描いている。ジェニファーはしばしのあいだ、その姿を追った。

ここは先祖伝来の土地だった。しかし、いくら長くこの地に滞在しようと、過去に触れることは無理だった……最早不可能なのだ。失われた生活感覚、と呼んでもいい。だが、ジェニファーにしてみれば、そもそも持ったことのない感覚を失うことなどあり得ないし、失われたものということに関して言うなら、そんなことは些細なことだった。

チームに目をやりながら、新雪の照り返しに備えて、ゴーグルを少し下げる。ジェニファーは橇に乗り、手綱を振りながら声を張り上げた。「エイヤー！」

隊列を組んだまま犬たちは跳ね上がり、遥か前方を目指して斜面を駆け下りはじめた。ジェニファーは橇のランナーに足を載せたまま、必要に応じて、舵を切りブレーキをかける。橇は雪上を飛ぶように進んだ。風が毛皮パーカのフードを剝ぐ。ジェニファーはフードを引き上げようと、慌てて手を伸ばした。とは言え、頰を刺し、髪を揺らす一陣の寒風は、心地のよいものだった。ジェニファーは、頭を振り長い黒髪を下ろすと、たなびくに任せた。

ブレーキから足を離し、長い直線を飛ぶように下る。耳元で風が鳴り、周囲の木々が目にも止まらぬ速さで後退していく。大きな川まで来た。ジェニファーは緩やかにカーブする流れに沿って舵を切る。永遠とも思える滑降の瞬間瞬間に、犬たちと、橇の金属と木材と、そして周囲の世界と、完全に一体化している自分をジェニファーは感じていた。

いきなり聞こえたライフルの銃声に、ジェニファーは身を固くした。

両脚でブレーキをかける。後方の雪が盛り上がる。橇が減速する。ジェニファーはランナーに載った身体を目いっぱい伸ばした。

再び銃声が、朝の静けさを引き裂く。

熟練の耳が、その方向を知らせた——キャビンだ。

パパの身に何か？　ジェニファーは手綱を振り叫んだ。「エイヤー！」

頭の中に怖ろしいシナリオが浮かぶ。冬眠から覚めた熊が、すでにうろつき回っているのかもしれない。あんなに低いところまで来るはずがないのに。ムースだって、熊と同じくらい危険な存在になりかねない。キャビンは川のそばにある。ヤナギの新芽に誘われて、若い野牛がやって来ることも考えられる。それに、二本足の野獣――人里離れたところにあるキャビンを狙う密猟者や盗賊だっているのだ。ジェニファーは保安官として、アラスカの奥地で起こった悲劇を嫌と言うほど見てきたのだった。

ジェニファーはパニックに襲われ、冷静な判断ができなくなっていた。花崗岩の崖と川の流れに沿って急カーブを切った。前方で進路が狭まっていく。花崗岩の崖と川の岩場が両側に迫る。スピードの出し過ぎだ。路面が凍っていて、ブレーキが利かない。橇は後部を振りながら、岩壁目掛けて突進していく。

衝突する！

ジェニファーは、岩壁から遠いほうのランナー一本に飛び乗り、全体重をそこにかけて橇を片脚走行させながら急カーブを切った。橇の底が岩壁を打つ。金属が岩を擦る甲高い音が聞こえた。

恐怖に囚《とら》われ、ただ、橇の下敷きにならぬことを祈りながら、ジェニファーは手綱を放し、両手でハンドルにしがみついた。束縛を解かれた犬たちが全速力で走りだす。橇は猛り狂った犬たちに引きずられていった。

ジェニファーが辛うじて叫び声を抑えた、そのときだった。

岩壁が遠のき、橇が二本のランナーで着地した。激しい衝撃で身体が投げ出されそうになり、ジェニファーはハンドルにしがみついた。犬たちはなおもがむしゃらに、住処《すみか》を目指して進んでいく。キャビンまで二百ヤードほどしかないことを知っているのだ。

ジェニファーは走るがままにさせておいた。

銃声が聞こえ、ジェニファーは息を呑んだ。どこからだろう？　だが、最早聞こえるのは、耳の中で脈打つ血流の音だけだった。キャビンで何かあったのではないか？　ジェニファーは不安をかき立てられた。片手をホルスターに伸ばし、留め金を外したが、銃はそのままにしておいた。橇を走らせながら銃を構えるなどという芸当が、自分にできるとは思えなかった。

橇は川沿いを疾駆していった。今走っているのは、昨日出発時に通ったルートだった。急に視界が開ける。最後の斜面だ。キャビンは、もう目の前だった。川は急角度に曲がったあと、増水した本流に注ぎ込んでいる。その合流地点にある低地にキャビンは建てられていた。キャビンの裏にはがっしりとした造りのドックがあり、そこには保安官専用の水上飛行機が浮かんでいる。

ジェニファーはすぐに、キャビンの戸口に立っている父の姿を認めた。パーカもズボンも毛皮製でアザラシ革の雪靴《マクラク》を履いている。イヌイットに古くから伝わる服装だった。胸に旧式のウィンチェスター狩猟用ライフルを抱えている。目に怒りの炎が宿っているのが、遠くからでも見て取れる。

「パパ！」

父はジェニファーの方を向いた。驚いた様子だった。ジェニファーは片脚を蹴って橇をキャビンに向けながら、犬をせき立てた。

森を抜け、開けた低地に注ぐ日差しの中に出ると、ジェニファーは銃を抜き橇から飛び降りて、勢いを保ったまま父の元に走った。背後で御者を失った橇が岩にぶつかりひっくり返った。がちゃんと大きな音がしたが、ジェニファーは振り返ることもなく、鋭い視線を四方に向けて、脅威の正体を探した。

それが視界に飛び込んできたのは、そのときだった。ポーチの暗がりから大きな黒い影が現れ、こちらに向かって跳躍するように突進してくる。

〈狼！〉ジェニファーは心の中で叫びを上げながら、銃を向けた。

「撃つな！」背後から怒鳴り声が聞こえた。

ジェニファーは改めて、その大きな影を見つめた。懐かしい姿がそこにあった。

「ベイン！」腰が抜けるような感覚をおぼえながら、ジェニファーは叫んだ。

ベインが、大喜びで舐《な》めまわしてくる。銃を下ろし、片膝をついて、ジェニファーはそれを受け容れた。顔中が犬の涎《よだれ》だらけになったあと、ジェニファーは身体を捻って後ろを見やった。ふたりの男が、十ヤードほど後方、森を出た辺りに立っていた。そのそばでは、一頭の馬がハンノキの葉を食んでいる。

父親が戸口から声をかけた。怒りを帯びた激しい口調だった。「近寄るなと警告しとったところだ。この男に近所をうろつかれたんじゃ、たまらんからな」脅しではないとでも言うように、ジェニファーの父親はライフルを構えて見せた。

ジェニファーは、前夫に鋭い視線を向けた。マット・パイクが、白い歯を見せて、微笑みかけてきた。笑顔で隠しきれない緊張感がある。ジェニファーはひっくり返った橇を一瞥したあと、父親に顔を向け、立ち上がって言った。

「構わないわよ、パパ。撃っちゃって」

午前十一時五十四分

本気で言っているのではないことは分かっていたが、マットはそのまま森の際から動かずにいた。かつて夫婦だったふたりは、息を詰めてお互いを見やった。そのあと、ジェニファーはやれやれと言うように首を振りながら、父親の方に歩いていった。父親のライフルを取り上げ、優しく、しかしきっぱりとした口調のイヌクティトット語で話しかける。「パパ、分かっているでしょう？　空に向けて銃を撃つなんて、とんでもないことよ。ここから撃ったって、上で雪崩を起こす怖れはあるのよ」

マットはジェニファーを見つめていた。いや、視線を逸らすことができなかったのだ。母親がフランス系カナダ人だったこともあって、イヌイットとしては背が高く、六フィート近くある。だが、ヤナギの枝のように細い身体は父親似だった。カフェオレ色の肌は柔らかく吸いつくようで、瞳に現れる生き生きとした表情は、類のないものだった。ときに明るい、ときに激しい、ときに悲しい――その瞳はさまざまな表情を見せた。マットはその瞳と恋に落ちたのだった。

離婚から三年を経過した今日、その瞳が、挑みかかるような怒りの色を浮かべてマットを見返している……いや、そこにあるのは、怒り以上のもの、もっと苦痛に満ちた何かだった。「マット、なんの用なの？」

言葉に詰まったマットの代わりに、クレイグが答えた。「迷惑をおかけして、本当にもうしわけない。実は、乗っていた飛行機が落ちてしまって」クレイグは、マットが頭に巻いてくれた白い包帯を指差した。「で、墜落地点から二日かけて、やっとここまで辿り着いたわけでして。マットが助けてくれなかったら、どうなったことか」

ジェニファーはマットにまた視線を戻した。

「ブレント・カミングのセスナだったんだ」取り敢えず喋れるようになったマットが

つけ加えた。ジェニファーはその言葉の持つ意味を、すぐには理解できないようだった。ブレントが一緒に来ていない――それに気づいて、ジェニファーの表情が強張り、その瞳に疑問の色が宿った。マットは言った。「ブレントは死んだ」

「まあ、なんてこと……」ジェニファーは額に手を当てた。膝が崩れ落ちそうだった。

「シェリルに……奥さんになんと言ったら」

マットは、マライアの手綱を引きながら、おずおずと進み出た。「事故ではなかった、と伝えてほしい」

途方に暮れていた目に、鋭い光が宿った。「それ、どういう意味？」

「経緯《いきさつ》を話せば長くなる」マットはキャビンの煙突から上がる煙に目をやった。この家を建てるときには自分も手伝ったのだ。あれからもう、十年になる。樹皮も剝がないままの生木を組んだ、草葺《くさぶ》き屋根の建物だった。伝統的な建て方を踏襲したのだ。裏には、〈ラジアク〉と呼ばれる、小さな肉の保管庫も設けてある。とは言え、住居部分の暖房に関してだけは、プロパンガス・ヒータと三重窓といった文明の利器の助けを借りている。

マットは立ち尽くしたまま、過去の記憶が押し寄せてくるのを感じていた。幾多の幸福な記憶――そしてたったひとつの、忌まわしい記憶。

「中に入れてくれないかな、複雑な話なんだ」マットは言った。「森に、ふたつ死体がある」

ジェニファーは額に皺を寄せ、一瞬戸惑った様子だったが、やがて頷いた。

だが、父親のほうは、マットの言葉を聞いても、表情を和らげることはなかった。

「馬と犬どもの世話をしてくる」ジョン・アラツークはそう言うと、ゆっくりと進み出て、マライアの手綱を摑んだ。怒りは収まったと見え、マライアの鼻筋を掌で優しく撫でていたが、相変わらず、マットと目を合わせようとはしなかった。だが、クレイグのほうには、すれ違う際、無愛想ながら軽く頷いてみせた。初対面のクレイグに対して敵意を抱いているわけではないものの、仲間にはしたくないという気持の表れだった。

ジェニファーはキャビンのドアを押し開け、ボルトアクションのウィンチェスター・ライフルを戸口の内側に立て掛けた。「入って」

マットはクレイグに、先に入れと手で示した。クレイグは中に入ったが、マットのほうは戸口で歩を止めた。〈三年ぶりだな、この家に入るのは〉マットは乾いた唇を舐め、緊張した気分で屋内に足を踏み入れた。タイラーの小さな身体が、痩せた両腕を胸に組んだまま、パインウッドのテーブルに横たわっているのが見える気がした。

あのときマットは悲嘆にくれ、よろけるようにして、この家に入ったのだった。凍りつきそうになった身体、凍傷を負った皮膚。胸には心臓の代わりに氷塊が押し込まれているようだった。

だが、今のキャビンは寒くなかった。染みついた煙と濃厚な木の匂いが、暖気の中に立ちこめている。部屋の奥で、ジェニファーが小さな鋳鉄製の調理用ストーブに向かって屈み込み、火口《ひぐち》から、中の石炭に火掻き棒を差し入れて火を強めている。グリドルに載せられたコーヒーポットから、香《かぐわ》しい湯気が立っている。

「マグは戸棚よ」ジェニファーは言った。「知ってるでしょ」

マットは部屋を横切り戸棚まで足を運ぶと、素焼きのマグを三つ、取り出した。姿勢を正し、太い丸太の梁《はり》を組んだ巨大な部屋を改めて見まわす。昔とほとんど変わっていなかった。クリークが三つ。ソープストーンを半月状に刳《く》り抜いて作った、先祖伝来のこのオイルランプだけが、キャビンの大部分を占めるこの部屋を照らすための明かりだった。電気も使えた。だがそれには、発電機を回す必要がある。部屋のひと隅に設《しつら》えられた暖炉は、川石を積み重ねて造ったものだ。椅子とソファは、イヌイット職人の誂《あつら》えで、カリブーの革と焼き入れした米松を使ってある。壁に掛かった数葉の写真は、ジェニファー自身の撮影によるものだ。まさにプロはだしの腕前だった。部屋を取り囲むように、イヌイットの工芸品や遺物が置いてあって、それらが装飾のアクセントになっている。小さなトーテム像の並ぶ中に、イヌイットの海神であるセドナの彫像と、癒しの儀式で用いられる、文様の施されたシャーマンの面が飾ってある。

ひとつひとつが、過去の記憶を呼び起こす。見ているのが苦痛だった。悲劇が追いかけてくるのだ。テネシー大学に入った年、両親が自宅に押し入った強盗に殺された。遺された財産もなく、陸軍入隊を余儀なくされたのだ。そこでマットは、怒りと苦しみを仕事に向け、その結果、特殊部隊に配属され、グリーンベレー隊員になった。しかし、ソマリア紛争を経験した段階で、マットの心は折れた。最早、更なる流血と死を受容できなくなっていた。退役し学校に戻ると、環境科学で学位を取った。そして卒業後、果てなき天地と広大な自然を求めて、アラスカに来たのだ。

ひとりになるために、やって来たのだった。

だがジェニファーに出会って、それは変わった……

マグを手に持ったまま、マットは、過去と現在の狭間に立ち尽くしていた。居間は、ふたつの小さな寝室に繋がっている。マットはそちらの方向に背を向けた。辛すぎる思い出だった。だが避けてもなお、思い出は語りかけてくる。

〈こっちの寝室だった……。ランプの光の下で、タイラーに『くまのプーさん』を読んで聞かせた。皆、揃いのパジャマを着ていた。厚手のウールで出来たやつだった……〉

〈そして、もうひとつの寝室では、ダウンの上掛け《キルト》の下で、ジェニファーと裸で抱き

合った。熱い身体が、この肌に触れたのだ……〉

「コーヒーが入ったわ」ジェニファーの声で、マットは現実に引き戻された。ジェニファーは、使い込まれたオーブン用ミトンで熱いコーヒーポットを持ち上げながら、空いた手でソファを指した。

マットはマグを松のテーブルに置いた。側面にこぶ状の節を残したままのテーブルだ。

ジェニファーが、そのマグにコーヒーを注いだ。「順を追って話して」その口調には、いっさいの感情が含まれていなかった。まさに、保安官の声だった。

クレイグが口を開き、自分の身に起こったことについて話しはじめた。シアトルの新聞社を出てから身に降りかかった出来事を細大漏らさず語り、最後に痛ましい飛行機事故について触れた。

「何者かの工作のせい？」ジェニファーもブレントという人間を、マットと同様によく知っていた。飛行機に不具合があったとすれば、整備不良や機関のトラブル以外の原因があるはずだ……ブレント・カミングの飛行機が故障するなんてあり得ないのだ。

マットは頷いた。「おれも同じ疑いを持った。そのあと、もう一機登場したしな」

マットは、その機に描かれていたコールサインを、ジェニファーに教えた。だが、盗まれた飛行機であるか、偽造されたコールサインであることは、まず間違いがなかった。マットはその考えをジェニファーに伝えた。「で、旋回する機から、ライフルを背負って、スノーチョッパーに跨がったふたりのコマンドがダイブしてきた。生き残った者がいたら、なにがなんでも、そいつの口を塞ごうという腹だったんだ」

ジェニファーは眉を顰めた。ちらりとクレイグに目をやったが、クレイグのほうは、コーヒーに目を落としたまま、入れた砂糖を丁寧にかき混ぜていた。「それで、そのあとどうなったの？」

マットはふたりのコマンドの運命について、できるだけ簡潔に、しかし要点を漏らさずに述べた。ジェニファーが地勢図を開いた。マットは、墜落現場とふたりの死体がある辺りに印をつけた。

「フェアバンクスに連絡しなくてはね」マットが地図に印をつけおわったとき、ジェニファーが言った。

「こっちも、社に連絡をしないと」ジェニファーの入れた濃いコーヒーの刺激に生き返ったような声で、クレイグが言った。「社の連中も、何が起こったかと心配してるだろうし。プルドーベイに着いたら、連絡することになっていたんだ」

ジェニファーは、手帳を勢いよく閉じると、立ち上がった。「衛星電話がそこにあるわ」ジェニファーは手帳を机に向けて言った。「手短にね。わたしもオフィスに連絡しなければならないから」

クレイグはコーヒーカップを手に、机まで移動した。「どうやって使うのかな?」

「普通の電話と同じようにダイアルすればいいのよ。少し雑音がひどいかもしれないけど。このところ磁気嵐がすごいの。どこもかしこも故障だらけよ」

クレイグは頷くと机の前に座り、受話器を取った。

ジェニファーは暖炉に近づいた。「あなたの考えを聞かせて」

マットはジェニファーの横に立ち、マントルピースに手を載せた。「ドリフトステーションのことを新聞に嗅ぎつけられないよう、手を打っている連中がいるのは間違いない」

「何かを隠蔽しようってわけ?」

「そこまでは分からない」

背後では、クレイグが電話に向かって喋っていた。「サンドラ、ティーグだ。ボスに繋いでくれ」少しの間があった。「会議中だろうと構わない。緊急の用件があるんだ」

シアトルを出発したときに予想していたより、遥かに多くのニュースを、すでにこの記者は摑んだにちがいない――マットはそう思った。

ジェニファーは、クレイグに半ば背を向けながら、声を潜めて言った。「この人が何か隠してるって可能性は?」

マットはクレイグを見やった。「それはどうかな。運悪くここに送られたってだけの話だと思うが」

「コマンドのほうは？ 兵士だってことは確かなの？」

「少なくとも、軍隊上がりであることは確かだ」暖炉の前に立っているジェニファーの身体から、緊張が伝わってきた。ジェニファーは目を背けたままで、話す言葉もぶっきらぼうだった。ここはジェニファーの城だった。それなのに、自分がいるせいで落ち着けないでいるのだ。

無理もなかった。どんな扱いを受けても、自分に文句を言う資格はない——それでもマットは、この不自然に強張った会話を終わりにする術《すべ》を見つけたかった。もう二年以上も酒には口をつけていないと、教えてやりたかった。だが、それを言って、ジェニファーの態度が変わるだろうか？ 酒のことなど、すでに本質的な問題ではないだろう。取り返しのつかない傷を負った心には……

マントルピースに一枚だけ、写真が飾ってあった。タイラーの写真だった。その微笑み、亜麻色の髪。仔犬を腕に抱いている。まだ生後八週間のベインだった。喜びと、そして悲しみに、胸が締めつけられる思いだった。マットは感情が押し寄せるままにした。悲しみを抑え込むのは、とうに諦めていた。いまだに、胸の痛みは消えない。それは、しかし、いろいろな意味で、悪いことではなかった。

ジェニファーが口を開いた。「連中のことで、ほかに気になったことは？」

マットは声から苦痛を悟られないよう深呼吸をし、暖炉から一歩離れた。「さあ」

マットは拳で眉を拭いながら言った。「外国人じゃないか、という気もするが」

「どうしてそう思うの？」

「こっちに聞こえる距離では、ひと言も声を発しなかった。今になって考えると、素性を隠すための意図的な沈黙だったんじゃないかとも思える。武器の出所を分からないようにしていたのと同じことさ」

「傭兵の可能性は？」

マットは肩をすくめた。自分にも分からなかった。

「現段階でできることは限られているわ」ジェニファーは、遠くを見つめるような眼差しをした。計画を整理しているのだ。「何が出てくるか分からないけれど、とにかく鑑識の連中を現場に送って、調べてもらう。これはわたしの勘だけど、本当の答は北極の基地にあるにちがいないわ。そしてもしそうなら、ＦＢＩの出番になる……それに、もし海軍がこのことになんらかの形で関わっているなら、軍情報機関が出てくることになる。ひどく厄介なことになるわね」

マットは頷いた。「その厄介事に、銃弾でけりをつけたがった奴がいるわけだ」

ジェニファーはマットに、ちらりと視線を向けた。一瞬何か言いたげな様子だったが、考え直したようだった。

マットは深く息を吸い込んだ。「ジェニファー……いいかな……」

それまで声を潜めて話していたクレイグが、突然大声を上げた。「プルドーベイへ？　こんな状況で？」

ジェニファーとマットは、同時にクレイグの方を振り返った。

「なんで行かなくちゃならないんです――」長い間《ま》があった。「分かりました。でも、現在保安官と一緒なんで、行く許可が出るか分かりませんよ」クレイグは目玉をぎょろりと上に向けながら頭を振ったが、やがて諦めたように、溜息をつきつき、言った。

「これが終わったら、気前よく給料を上げてくださいよ、まったく」クレイグは叩きつけるように受話器を置いた。

「何かまずいことでも？」マットが訊いた。

クレイグはしばし悪態をついていたが、やがて落ち着きを取り戻して言った。「ここに残れって言うんだ。信じられない話だろう？　プルドーベイにいる駐在員と会って、更に取材を続けることになったんだ。ドリフトステーションと今回の件に、何か繋がりがあるのか確認しろとさ」

ジェニファーが机に近づくと、不機嫌な顔をしたまま、クレイグは席を立った。

「どっちにしたって、取り敢えずはここにいてもらわなくちゃならないわ。フェアバンクスのほうでやってる、あなたの身元照会が済むまではね。なにしろ捜査は始まったばかりなんだから」

「まあ、それはそうだが」クレイグは不満そうに呟いた。

ジェニファーが受話器を取った。

が、ダイアルしようという矢先に、ドアが勢いよく開かれた。飛び込んできたジェニファーの父親が、慌ただしくブーツの雪を落とした。「どうやら招かれざる客が来たようだぞ」父親はマットに、怒りのこもった視線を向けた。「ここに着陸しようとしている飛行機があるようだ」

開いたドアから入ってくるエンジンの唸りが、身体に伝わってくる。それに交ざって、犬の咆哮が聞こえる。

マットがジェニファーの視線を捉えた。ふたりはドアに走った。

ドアの陰に隠れたまま、空を見上げる。白いセスナがゆっくりと旋回しながら、広い川の流れに沿うように近づいてくる。

「同じ飛行機？」

マットは機体を見つめた。血の凍る思いだった。「ああ、同じだ」

「間違いない？」ジェニファーは目の上に手をかざしながら言った。両翼の下部に書かれたコールサインを読みとろうとしているのだ。

「間違いない」文字も数字も読む必要はなかった。

「あなたがここにいるってことを、知っているわけ？」

　機体の窓のひとつに動きがあった。身を乗り出した奴がいる。こちらに向かって腕を振っている。マットは驚きに目を見開いた。腕じゃない……グレネード・ランチャー、それもロケット推進式のランチャーだ。

　ランチャーが火を噴くのを認めた瞬間に、マットはジェニファーの身体を室内に向けて思いきり押しやった。

「何をす――」ジェニファーは叫んだ。

　爆発音がその言葉を遮った。キャビン南側の窓が粉微塵《こなみじん》になり、ガラスが室内に舞い散った。

　爆発音が反響する中、マットは粉砕された窓に向かって身を投じた。外ではラジアクの残骸が煙を上げていた。地面に大穴が空いている。吹き飛ばされたラジアクの屋根が、降ってくるのが見えた。

　空中をセスナが高速で行き過ぎた。森の上を低空で飛んだあと、翼を傾け、またこちらに向かおうとしている。

　マットは身体を回し、ジェニファーの視線を捉えた。「ああ、ここにいるのを知っているのは間違いないようだな」

ジェニファーは表情を固くしたままだった。手には再び、ウィンチェスター・ライフルが握られている。ジェニファーは開いたままのドアに向かって歩いていった。マットたちもあとに続く。

マットはジェニファーに駆け寄った。「何をするつもりなんだ?」

外に出たジェニファーは、犬たちの咆哮とセスナのエンジン音に負けまいとするように、怒鳴り声を上げた。「ここを出るのよ」そう言いながら、向きを変えてくるセスナを銃口で追った。

「みんな、ツイン・オッターに乗って」

「森に戻るって手はないのかな?」クレイグが、川面に浮かんでいるフロートの小型機に疑いの目を向けながら、言った。

「一度うまくいったからって――」マットはクレイグを、ドックの方に押しやった。

「あんな幸運が続くと思ったら間違いだ。特にこんなに晴れた昼間にな。それに、敵は新手《あらて》のコマンドを森に下ろしているかもしれない」

マットたちは固まって、庭を駆け抜けドックに向かった。ジェニファーは、いたわるように、父親の肘に手を添えている。

ベインがさっと姿を現し、マットの横につくと、一緒にドックまで駆けた。来るなと命令する暇も与えぬ早業だった。

ベインへの命令を諦めて、マットはジェニファーのライフルに向かって手を伸ばした。「きみはエンジンをかけてくれ。おれは奴らの気を惹《ひ》いておく」

ジェニファーが頷いた。驚くべきことに、その瞳には恐怖の色が全く浮かんでいなかった。ジェニファーはマットに、ライフルを手渡した。

マットはドックを降りた。ベインがあとに続く。

セスナは機体を傾けつつ、再度キャビンの方に滑空してくる。マットは銃口を上げ、セスナの軌道を追った。引鉄を絞る。外した。遊底《スライド》を引き、弾丸を送り込む。

ドックの先端で、ツイン・オッターが咳き込むような音を立てた。エンジンがストールする。〈そりゃないぜ、ジェニファー〉

セスナがフラップを下げ、川面に沿って突っ込んでくる。始動に手こずっているオッターを狙っているのだ。

マットはコックピットの窓を狙って二発目を撃った。外した。セスナは何事もなかったかのように突き進んでくる。「ちくしょう」マットはスライドを引き、銃床を肩に担うと、仁王立ちになった。

やっとオッターのエンジンがかかった。エンジン音が犬たちの吠え声をかき消す。

「マット！」ジェニファーが機体側面の窓越しに怒鳴った。「乗って！」

セスナはすでに、水上三十フィートまで降下していた。白いパーカ姿が、側面ドアから身を乗り出しているのが見える。黒いグレネード・ランチャーを担いでいる。どんどん近づいてくる。至近距離から攻撃しようというのだ。オッターが離水しその攻撃を避けるのは、どう考えても無理だった。

残されたチャンスは、次の弾丸を命中させることだけだった。そして、敵に攻撃のやり直しをさせるのだ。そうすれば、離水のための時間が稼げる。

マットは、下唇を嚙みしめつつ、ランチャーを担いだ男に照準を合わせた。相手の男も、睨み返している――マットはそれを確かに感じていた。マットは引鉄を絞った。

硝煙にマットは瞬《まばた》きをした。セスナの男が身を屈め、翼のストラットの陰に入った。銃弾は命中せず、翼を掠めただけだったが、その近さが敵の動揺を誘ったのだ。が、残念ながら、それでは不足だった。グレネード・ランチャーが、再び構えられた。セスナはもう、七十ヤードのところまで迫っていた。その凶悪な姿が、低く急速に接近してくる。

マットは狙いをつけた。

「マット！」ジェニファーが叫んだ。「急いで！」

マットはオッターを見やった。ジェニファーの父親が開いたドアを押さえながら、マットに向かって手で合図している。「ロープが繫がったままじゃ」舫綱《もやいづな》を指差しながら怒鳴った。

マットは心の中で悪態をつきながら、ライフルを片手にオッター目掛けて走り、空いたほうの手で舫綱を解くと、目の前のフロートに飛び乗った。

マットを追って、ベインが素晴らしい身のこなしで跳躍し、機内に飛び込む。長年行動をともにしてきたせいで、飛行機での移動に関しても、すっかり心得ているのだ。

「行け！」マットは開いたドアに向かって叫んだ。

オッターのエンジンが唸り声を上げた。双発のプロペラがエアーを取り込む。機体が弧を描きながらドックを離れていく。

フロートの上に辛うじて立っているマットを機内に引き入れようと、ジェニファーの父親が手を伸ばしてきた。「ジョン、大丈夫だ」マットは、この老イヌイットの目を見つめながらそう言うと、舫綱を腰に巻きつけ、その先端を老人に向かって放り投げた。「そいつをそこに結びつけてくれ」

老人は眉間に皺を寄せた。

「確保してほしいんだ」マットは、ドアの脇にある支柱を示しながら言った。

ジョンはマットの考えを理解すると、大きく目を見開いたが、支柱にロープの先端を緩く巻きつけた。過去に何度かふたりして、氷河を登攀《とうはん》したことがあるのだった。

オッターが加速しながら川を進んでいく。マットはどうにか左舷のフロートに乗り移り、腰の部分を支点に、懸垂下降の要領でロープに身を凭《もた》せかけた。ジョンが支柱越しに張力を調節しながらロープを繰り出す。

マットは翼の下から身を乗り出した。

セスナは後方三十ヤード、ほとんど真上にあって、猛スピードで迫ってきている。もう間に合いそうになかった。

マットはライフルを上げ、腰のロープだけを支えに、両腿でフロートを挟み込んだ恰好で、目いっぱい身体を伸ばした。グレネード・ランチャーを担ったコマンドのほうは無視して、コックピットの窓を狙う。

引鉄を絞ると同時に、相手のランチャーも火を噴いた。マットは叫び声を上げた。間に合わない……

が、そのとき、セスナがぶるんと揺れ、一方に傾ぐと突然高度を下げた。

腹に響くような大音響とともに、対岸寄りの水面から岩と水が噴き上がった。オッターがその地点を通過するとき、マットはロープの中で身を捩り、首を伸ばして周辺を見まわした。水面と岸辺の至る所に、グレネードの破片が散らばっている。命中を免れたのだ。機体の動揺に、手元が狂ったにちがいない。

セスナは慣性力に抗えず、咆哮を上げながらオッターの上空を通過し、今はオッターに追尾される恰好になっていた。なんとか体勢は回復したようだが、コックピットの窓には蜘蛛《くも》の巣のようなひびが走っている。

マットの弾が命中したのだ。

マットはフロートの上で体勢を立て直した。足下を水が走り抜けてゆく。強風が吹きつけてくる。ジョンがドアの方にロープを手繰り寄せた。マットが乗り込もうとしたちょうどそのときに、フロートが水面を離れた。その瞬間に、足下の振動が止まる。

機体が傾ぎ、マットはバランスを崩し、ひっくり返った。両腕で身体を支えようと、手掛かりを摑もうとした瞬間、マットはライフルを取り落とした。ウィンチェスターは水面に転がり落ちていった。

そのとき、一本の手がマットのベルトを摑んだ。マットは、かつて義理の父であった男の黒い瞳を見つめた。シートベルトで自らの身を確保したその老イヌイットが、マットの身体をしっかりと抱き寄せた。機体に吹きつける強風を耳に感じながら、ふたりは視線を合わせた。老人は表情をわずかに崩すと、マットを思いきり引っ張り上げた。

マットは機内に転がり込み、ドアを閉めようと身を捩《よじ》った。三列目の座席に陣取ったベインが、舌なめずりしながら鼻面を押しつけてくる。マットは手荒くそれを押しやると、ドアを勢いよく閉めた。

ジェニファーが操縦席で声を上げた。「戻ってくるわ！」

マットは身体を伸ばし、這うようにして副操縦士席に向かった。前方でセスナが機体を傾け急旋回している。

副操縦士席に腰を落ち着けたとき、今更のように、自分が空手であることに気づかされた。声にならない声で、ライフルを落とした自分を呪う。「もう銃はないのか？」

なんとか高度を確保しようとスロットルを調整しながら、ジェニファーが答えた。

「ブローニングなら持っているし、後部隔壁には官給品のショットガンが備えつけてあるわ。でも、この空の上じゃ当たりっこないわよ」

マットは溜息をついた。ジェニファーの言うとおりだった。ブローニングにもショットガンにも、長い射程での正確さは期待できない。特にこの強風では、どうにもならないだろう。

ジェニファーは高度を上げた。「プルドーベイに向かう以外に、生き延びるチャンスはないわ」

マットにもその意味は分かった。最も近くにある軍の基地だった。この先何が起こるかは分からないが、何が起こるにせよ、それが自分たちの手に負えない事態であることは確かだった。しかし、近いと言っても、プルドーベイまでは四百マイルある。

ジェニファーは、前方から急接近してくるセスナを見つめた。「おぞましいことになりそうだわね」

午後二時二十五分
北極氷床下

「提督、メッセージが届いています」

ヴィクトル・ペトコフは、部屋の入口に立った若い中尉を無視し、机上に置いた『カラマーゾフの兄弟』を読みつづけた。ペトコフにとっては、フョードル・ドストエフスキーのこの作品は、しばしば心の慰めとなった。自分の魂が試される瞬間瞬間に、ペトコフはイワン・カラマーゾフに自らの身の上と精神を重ね合わせてみるのだ。

それに対し、ペトコフの父親にとっては、そんな葛藤《かっとう》など無縁のものだった。父親はロシア正教会の正統性に、決して疑いを持たなかった。身も心も捧げ尽くしていた。スターリンが出現したあとになってさえ、つまり、教えにしたがって生きることが叶わなくなって以降でさえ、決して信仰を棄《す》てようとはしなかった。科学者として、当時最高の栄誉を与えられていた父親が追放の憂き目にあったのも、あるいはこの信仰が最大の原因だったのかもしれない。銃を突きつけられ、家族の元から連れ去られ、そして、世界から隔離された北極海のアイスステーションへと送られたのだ。

ペトコフは『大審問官の章』を読みおえた。イワン・カラマーゾフが強烈な言葉で神を拒絶する章だ。この部分には、ペトコフの心をかき立てるものがあった。イワンの怒りが、自身の心に、憤りに、直接語りかけてくるのだ。イワンと同様、ペトコフの父もまた殺された――この物語とは違って、息子の手によってではないが、それでもやはり背信によって。

悲劇は、しかし、それで終わらなかった。一九四八年にアイスステーションが消えたあと、母は深刻な鬱《うつ》状態に陥り、それは丸十年続いたのちに終止符を打った。母がある朝、シーツを捩って作った紐で首を括《くく》ったのだ。アパートの部屋に入って、梁からぶら下がった母を見つけたとき、ペトコフは十八歳だった。

他に身寄りのないペトコフは軍の徴募に応じ、軍隊が新しい家族となった。父親の運命に関して、なんらかの解答を得、自らを納得させようとするうちに、北極への関心は否応もなく高まっていった。強迫観念と化したこの関心と、心の深部に根差した憤怒を原動力に、ロシア潜水艦隊でペトコフは軍務に精を出し、非情に徹して出世の階段を登っていった結果、ついにはセヴェロモルスク海軍総合基地司令部に入ったのだった。

この成功にもかかわらず、父親が家族から引き剝がされた情況は片時も脳裡を離れなかった。母の遺体が、爪先を剝き出しの床に辛うじて触れさせたまま、手製の紐からぶら下がっている様も、今なお、まざまざと思い出されるのだ。

「提督?」中尉の靴が床の被覆を擦る音で、ペトコフは現実に引き戻された。中尉は言葉を詰まらせながら報告した。〈白い幽霊〉の沈黙を破ったことに怖れをなしているのだ。「あの……緊急指定で、提督宛極秘扱いの暗号文が届いておりまして……」

ペトコフは本を閉じると、革表紙に指を一本すっと滑らせたあと、中尉に向かって手を差し出した。届く頃だと思っていた。三十分前にドラコンは潜望鏡深度まで浮上し、氷の隙間から通信用アレイを出して、送受信を行えるようになっていたのだ。

中尉は恭《うやうや》しく金属製のバインダを差し出した。ペトコフがサインをし受け取る。

「中尉、下がってよろしい。返信を送る必要があれば、ブリッジに電話連絡をする」

「イエス、サー」中尉は踵を支点にくるりと回れ右をし、退室した。

ペトコフはバインダを開いた。表紙には〈艦隊司令官宛極秘〉とある。この標題以外は、すべて暗号化されている。ペトコフはひとつ溜息をついたあと、解読を始めた。イエルゲン・チェンコ上級大将からの文書だった。旧KGBの後継機関のひとつ、ロシア連邦保安庁《FSB》指導部の大物だ。看板が替わっても、やっていることは変わらない。ペトコフは苦々しい思いだった。文書はルビヤンカにあるFSB本部から直接送られてきていた。

〈緊急〉
発信元　ロシア連邦保安庁
送付先　ドラコン
参照先　ルビヤンカ七六 - 四五三A　四月八日
標題　目標地点座標
極秘
艦司令宛親展

本文
(一) 情報によれば、敵防諜活動が進行中。アメリカ合衆国デルタフォース出動を作戦本部が確認。作戦統制官確認。急ぎ対応策を強化し、レオパード作戦と共同作戦展開中。
(二) 攻撃目標はオメガ・ドリフトステーション。座標＝アルファ四二・六／三一・二。使用海図＝Zマイナス一
(三) ドラコンは、これよりモルニヤ衛星よりのゴー・コードあるまで、無音航行せよ。
(四) 作戦ゴー・コードは、〇八〇〇時を予定。
(五) 情報に進展あれば、ゴー・コードとともに伝達される。

（六）送信者、イェルゲン・チェンコ上級大将

送信終了

ペトコフは眉根を寄せたまま、解読を終えた。

文面は明快で、驚くには当たらない。攻撃の対象と日時が確定したということにすぎない。明朝、オメガ・ドリフトステーションをやるということだ。加えて、ワシントンが、ロシア側の古いアイスステーションが持つ価値を嗅ぎつけたということも、これではっきりしたわけだった。

だが、常にイェルゲン・チェンコがそうであるように、この暗号文の行間には、何か別の情報が隠されている。

〈アメリカ合衆国デルタフォース出動〉

単純明快な記述だが、そこには書かれていること以上の意味があるのだ。デルタフォースは、アメリカ合衆国特殊部隊の中で、最高機密とされる隠密部隊であり、これが出動する作戦は法律の埒外《らちがい》に置かれる。作戦遂行中のデルタは、ほぼ完全な自律集団であり、これを監督しうるのは、〈作戦統制官《オペレーション・コントローラ》〉のみであって、軍あるいは政府の高官クラスが、自らこの役割を担う場合さえあるのだ。

合衆国側がデルタフォースを出動させたことで、ゲームのルールは双方にとって明確になった。これからやる戦争が、メディアを通じて報道されることは金輪際ないだろう。これは〈見えない〉戦争になるのだ。結果がどうであれ、世界が現場で起こったことを知ることはない。米露双方がこのことを理解した上、暗黙の合意の下で作戦を遂行するということだ。

極点の氷床には、敵には渡せぬ秘宝とともに、永遠に葬るべき秘密が眠っている。だからこそ、両政府ともに、このゲームの勝者たらんとしているのだ。

哀れなのは、双方に挟まれて行動する者たちだった。

表に出ない衝突というものそれ自体は、珍しいものではなかった。表向き、米露が協調路線を採っているように見えても、その実、密室での政治が熾烈《しれつ》な報復合戦であることは、以前となんら変わっていない。冷戦後の世界は、片手で握手、片手でナイフ、というのがその実態なのだ。

ペトコフは、この種のゲームについて、嫌になるほど知り抜いていた。それどころか、このゲームに纏わる権謀術数のエキスパートと言ってよかった。そうでなければ、今ここにいることはなかったろう。

ペトコフはバインダを閉じると立ち上がり、床に置かれた六個のチタニウム製ケースに歩み寄った。五十センチ四方の箱だ。上面には一連のキリル文字が刻字されている。サンクトペテルブルクにあるロシア北極南極研究所《AARI》のイニシャルだ。誰ひとり、モスクワさえ、これらのケースに何が収められているかを知らない。

ペトコフは目を細め、イニシャルの下にある禍々しいアイコンを見つめた。

三つ葉模様《トリフォイル》――世界共通の意味を持つアイコンだった。

放射性物質……

ペトコフはアイコンに触れた。

ゲームの始まりだった。

第四章　命懸けの飛行

四月八日、午後二時四十二分
ブルックス・レンジ上空

ジェニファー・アラツークは速度と方位を確認した。前方から機体を傾けて接近してくるセスナなど、無視してしまいたいところだったが、隣にいるマットがコックピットの窓に鼻を押しつけんばかりに前傾し、敵の動静に目を配っている以上、それは到底できない相談だった。

「戻ってくるぞ」マットが大声で言った。

〈そりゃ、そうでしょ……〉ジェニファーは片翼を少し下げ、横方向に針路をずらした。視界の下方に、キャビンが見える。納屋からはまだ煙が上がり、犬たちが駆けまわっている。吠えているが、その声は聞こえない。ジェニファーは、この友たちのことを思った。自分が戻ることができるまで、あるいは誰か面倒を見られる人を送るまで、なんとか持ちこたえてくれるだろうか。

が、何よりもまず、自分たちが生き延びなくてはならない。

雪を戴《いただ》いた林の上を、ぎりぎりの低空で飛ぶと、一瞬、機体が大量の雹《ひょう》に打ちつけられているような音がした。機体の構造材が軋み、悲鳴を上げたのだ。

リアシートのベインが、吠え声を上げた。

「撃ってきてるぞ！」ジョンの隣に座っているクレイグが叫んだ。

ジェニファーは右翼に目をやった。表面に次々と弾痕が空いていくのが見える。

〈いい加減にしてよ！〉ジェニファーはスロットルレバーを思いきり引き、機首を上げた。オッターは反応鋭く、急上昇した。

隣ではマットが、姿勢を保とうと、肘掛けにしがみついている。

「ちゃんとシートベルトをしていないからよ」非難がましい声だった。

マットは、首を伸ばしセスナの様子を窺いながら、慌ててシートベルトを締めた。

降下から上昇に転じたセスナが追尾してくる。

「しっかり掴まって！」ジェニファーの声とともに、オッターは渓谷の尾根を越えた。

相手に再度、上に回られてはならない。だが、追っ手のセスナが速度に勝ることも、ジェニファーには分かっていた。ここは操縦技術で勝負するしかないのだ。

ジェニファーは操縦桿《そうじゅうかん》を押してフラップを下げ、新たに現れた谷の底に機首を向けた。それは谷と言うより、鋭角に切り立つ壁に挟まれた隙間にすぎなかった。オッターはその隙間を、落ちるように降下していった。速度を得るために、ジェニファーは重力を利用したのだ。谷底の中央を穿《うが》って流れる広い川面の上空まで舞い降りると、ジェニファーは下流に向かって針路をとった。

セスナが背後に現れた。高度を保ったまま、尾根の上空で旋回する。再び上空から攻撃を仕掛けようとしているのだ。

ジェニファーは機体を大きく傾け、谷間を蛇行する川に沿って飛行した。「オッター、頑張ってちょうだい」ジェニファーは機体に囁いた。この機とは、保安官事務所に着任して以来の付き合いで、何度となく、苦難をともにしてきた仲だった。

「また上から飛び込んでくる気だぞ！」マットが言った。

「分かってるわよ」

「それならいい」

ジェニファーは、ちらりと相手を見やった。マットは相変わらず、窓の外を見つめていた。

渓流が何本か分岐しているところで、川は大きく蛇行していた。ジェニファーが、巧みに機首を傾け、その地点を高速で抜けていく。〈もうすぐだわ……〉ジェニファーは、前方に目を凝らした。前方の川面には濃い霧が立ちこめ、視界を妨げている。

「まずいんじゃ……」マットも今は前方に目を凝らしている。

「大丈夫よ」ジェニファーは更に高度を下げた。フロートは、今や、岩と泡立つ水面の上、わずか三フィートの位置にあった。ごとごとという音が、機内に反響している。

そのとき、新たな音が侵入してきた。爆竹が破裂したような音だった。敵の掃射した弾丸が辛うじて逸れ、川岸の岩肌を噛んで水に落ちたのだ。セスナは上方を、わずかに遅れて飛んでいた。

「マシンガンだ」マットがぼそりと言った。

岩に跳ね返された敵弾が、オッターの側窓に当たっていた。ガラスに蜘蛛の巣状のひびが入っている。

クレイグがヒーと声を上げ、身体を縮ませた。

ジェニファーは歯ぎしりした。このコースをとる以外に、選択肢はない。この手に賭けるしかないのだ。谷の両壁はこの先で切り立った崖になり、更に内側に湾曲して合体する……

弾丸が再度翼に命中し、機体がそちら側に引っ張られた。ジェニファーが必死に機体をコントロールする。同じ側のフロートが水面を打ったが、首尾よく跳ね返った。一発の敵弾がキャビンに撃ち込まれた。

その瞬間、オッターは濃い水煙に包まれた。

ジェニファーの口から、大きな溜息が漏れた。まわりの世界が消え去ったかのようだった。エンジンの音をかき消すほどの大声が、キャビンを満たした。水滴がコックピットの窓を濡らしている。ジェニファーはワイパーを動かそうともしなかった。目を塞がれたのと同じ状態だったが、そんなことはどうでもよかった。

ジェニファーが操縦桿を前に倒した。機首がぐいと下がり、心臓が口から飛び出すと思えるほどに、機体が急降下した。

クレイグが叫び声を上げた。墜落すると思ったのだ。

心配する必要はなかった。急降下したのは、川床が一気に二百フィート下がった地点だった。オッターは滝に沿って、ほとんど直角に降下し、対空速度を上げたのだ。

水煙が晴れ、前方に迫る陸地が見えた。

ジェニファーは再び機首を傾け、右に急旋回すると、崖の岩肌を左に見ながら進んだ。

マットは巨大な岩壁を見つめた。クレイグは、座ったまま拳を握りしめながら息を呑んでいる。「北米大陸分水界だ」マットがクレイグの方を向きながら言った。「ブルックス・レンジに来たら、これを見ない手はない」

ジェニファーは岩壁に目をやった。北米大陸分水界は、この地域をふたつの水系に分割している。南にあるロッキー山脈からカナダを通り、ブルックス・レンジに沿って流れる川は、最終的にアラスカ西部のスーアード半島に行き着くが、ブルックス・レンジで、その川が分岐する。北と東に向かって北極海に注ぐ水系と、西に向かってベーリング海に注ぐ水系とに分かれているのだ。

が、今のジェニファーにしてみれば、オッターの針路とセスナの針路を分けてほしい気持だった。滝の上空にセスナが急に姿を現し、真っ直ぐに進んできた。ジェニファーの固く結んだ唇に、非情な笑みが浮かんだ。こちらに気がつき回り込んでくる前に、だいぶ差をつけることができるだろう。

だが、それで充分だろうか？

距離の差は、すでにわずかしかなかったが、セスナはまだこちらを探し回っているように見えた。

ジェニファーは針路を変更し、岩壁から離れ谷間に向かった。山の頂上から低地へと続く斜面に挟まれた谷、アラトナ渓谷だ。山の南側から流れる川までは、わずかの距離だった。ジェニファーはそのまま真っ直ぐ進み、アラトナ川をあとにした。

「どこに向かっているんだ？」側窓から外を見ていたマットが、振り返って訊いた。

「西に向かってるぞ。プルドーベイに向かうんじゃなかったのか？」

「向かってるわよ」

「それじゃなぜ、アラトナ川沿いに真っ直ぐ北に向かって、アティガン峠《パス》を越えるルートをとらないんだ?」マットは背後の川を指差しながら言った。「山岳地帯を抜けるには、最も安全なルートだろう?」

「いくら安全だって、それじゃプルドーベイに行き着けないわ。また追いつかれるに決まっているもの。アティガン峠を越えた先は一面ツンドラで、隠れようもないわ。狙い撃ちされて一巻の終わりよ」

「で——?」

ジェニファーはマットに、挑戦的な視線を向けた。「ちょっと操縦してみる気はない?」

マットはそれを遮るように言った。「いや、ここは全部きみに任せるよ、ベイビー」

ジェニファーは操縦桿を握る手に力をこめた。〈ベイビーですって?〉ジェニファーは相手の顔に肘打ちを食らわせたい衝動に耐えた。マットは操縦ができる。自分が教えたのだ。だが、マットは安全第一主義だった。ある意味、名パイロットになるには、慎重すぎたとも言えるかもしれない。ときには、ただ飛行機の性能を信頼しスリップストリームの力を信じて、風任せに飛ばさなければならないこともあるのだが、マットは決してそのリスクを冒そうとはしなかった。そうする代わりに、すべての要素を自分の力でコントロールしようと絶えず悪戦苦闘したのだ。馬を馴らすときと、同じやり方だった。

「お願いだから、少しは役に立ってよ」ジェニファーは言った。「じゃ、無線が使えるかどうか試してみて。今ここで何が起こっているか、誰かに連絡しなくちゃ」

マットは頷くと、マイク付のイヤフォンを装着した。極点上の軌道を回る通信衛星に信号を送るために、衛星通信《SATCOM》をオンにする。この山岳地帯で唯一可能な通信手段だった。「雑音が聞こえるだけだ」

ジェニファーの表情が更に曇った。「磁気嵐がまたひどくなっているんだわ。地上波に切り換えて。十一チャンネルで、ベトルズに繋がるか試してみてくれない？　誰かが受けてくれるかもしれない。信号が途切れたり繋がったりはいつものことだから」

マットは言われたとおりにした。簡潔明瞭な言葉で、現在位置と針路を伝える。同じことを、再度繰り返す。が、応答はないようだった。

「で、結局、どこに行こうと？」クレイグが震え声で訊ねた。ひび割れた窓から、遥か眼下に広がる平野と森林を見つめている。ジェニファーには、クレイグの感じている恐怖が想像できた。なにしろ、今週すでに一度落ちているのだ。

「この辺りの地理には詳しいの？」ジェニファーが声を上げて、クレイグの注意を自分に向けた。

クレイグは首を振った。

「足跡を消すためには、隠れるものが必要なのよ。ここには何にもない。これじゃ丸見えだわ」

マットは、その言葉を聞きつけると、ますジェニファーに目をやり、それから進行方向に視線を移した。マットの表情が急変した。ジェニファーの意図を知ったのだ。

「まさか本気でやる気じゃ?」

ジョンが言葉を発した。一語だけだった。父親も娘の計画を理解していたのだ。

「アリゲッチ」

「あまりに無茶だよ」マットは大きく息を吐くとシートベルトを締め直した。「パラシュートは備えてあるんだろうな?」

午後三時十七分
北極氷床

アマンダ・レイノルズは氷上を飛んでいた。〈飛んでいる〉と言う以外に、この移動手段を表す適当な言葉がなかった。もちろん、正しくは氷上滑走《アイスセーリング》と呼ばれるべきなのだが、そんな表現は、実態とは著しくかけ離れたものだと言うしかない。

　目の前で十二フィートの帆がいっぱいに風を孕《はら》んでいる。スカイブルーの帆布が張り裂けんばかりだ。グラスファイバー製の座席にしゃがみ込んでいても、別に窮屈ではなかった。両足でふたつのフロアペダルを操り、片手で帆の向きを調整する。アマンダを乗せたボートは、吹雪を切り裂くように疾走していった。

　猛烈なスピードにもかかわらず、アマンダの目は周囲の世界を見まわしていた。ここまで空虚で不毛な地は、ほかに存在しない。そこは凍った沙漠だった。サハラより手強《てごわ》く人間を拒絶する土地だった。しかし同時に、そこには際立って神秘的な美があった。絶え間なく吹く風、激しく躍る雪、光の陰影を見せる氷。氷丘脈のごつごつした稜線さえ、自然の雄々しい力を具現した彫刻のように見える。

　アマンダは、十年間の訓練で培った技術を発揮してペダルを操り、氷丘の麓でカーブを切った。代々、船乗りと船大工という家系に生まれたアマンダには、まさに本領発揮というところだった。もっとも、故郷は今や遥か彼方だった。家族経営のセーリングショップは、サンフランシスコの南、ポート・リチャードソンにあるのだ。

　今乗っているアイスボートは、兄に手を借りながらも、自分で造ったものだった。十六フィートの艇体は、選りすぐりの米唐檜《シトカ・スプルース》で造り上げ、橇《ランナー》の部分は、チタニウム合金である。カナダのオタッチ湖で〈飛んだ〉ときには、時速六十マイルを記録したが、あのときは走行距離をたった千フィートに限定されていた……

アマンダは、周囲に広がる無限の空間に目をやった。

〈今だったら……〉

が、今のところは、シートに腰を落ち着けたまま、狭苦しくじめじめした基地から離れた幸せに感謝するだけで満足することにした。頭上では、太陽が目映《まばゆ》い光を放っているが、気温はなお、華氏零下だった。風が絶えず吹きつけてくるが、寒さは感じない。アマンダは、北極海潜水用の、身体にフィットする保温性ドライスーツを着用し、目の位置に偏光レンズを仕込んだ特注のポリプロピレン製マスクを着けている。北極海に吹く風を感じるのは、息を吸うときだけだった。だがその空気さえ、その気になればスーツにぶら下がったバッテリ式エアヒータで温めることができる。だがアマンダは、生の大気を味わいたかった。

そうやって、一瞬一瞬を丸ごと経験したいのだ。

ここでは、何のハンディキャップも感じなかった。風の音も、足下でランナーが立てているであろう、甲高い摩擦音も聞く必要はないのだ。足下に伝わる振動、身体に感じる風圧、氷床に舞う雪――ここでは自然が歌いかけてくるのだ。

あの交通事故のことさえ、記憶の隅に追いやることができる。〈酒酔い運転……頭蓋底骨折……空虚な暗黒の世界〉あれ以来、アマンダは憐《あわ》れみと戦ってきたのだ。自分を憐れむ他人と、そして自分と。それは容易なことではなかった。事故から丸十年が経ち、明瞭に話す能力も失われはじめていた。相手の目が戸惑いの色を浮かべて、発言の繰り返しや手振りを促す。そのストレスに押しやられるように、アマンダは研究と調査にエネルギーを振り向けた。心の中に、「自分で孤立を選んだんじゃない」と語りかける声がある。だが、孤立と自立を分かつものとは、いったいなんなのだ？

母の死後、監視するように、いつも父がそばにいた。父の視界の外に出ることなど、滅多になかった。それは単に、自分が聴覚を失ったせいばかりではなさそうだった。父は心底、娘を失うことを怖れていたのだ。心配は支配に変質していった。アマンダの自由を求める闘争とは、聴覚障碍者でも外の広い世界に羽ばたくことができると身をもって示すことではなかった。ただ単に、自立して生きられることを示す、それだけだったのだ。

そんなとき、グレッグ……ペリー艦長が、アマンダの日常に入り込んできたのだ。その笑顔、憐れみを見せぬ態度、不器用な手の握り方——すべてのことに、アマンダはすっかり参ってしまった。そして現在、より深い関係に差しかかろうとしている。アマンダはその事実に関して、自分自身の気持を把握しきれずにいた。母もまた、艦長の妻だった。それが、孤独や自立とは無縁の世界であることを、アマンダはよく知っていた。海軍軍人たちの集うパーティやディナー、妻たちが毎週のように催すさまざまなイベント——それが自分の望む生活だろうか？

アマンダは首を振り、そんな考えを追い払った。今決める必要はない。今回のことがどう展開していくのか、誰にも分からないのだから。

アマンダはむずかしい顔をしたまま、ボートの針路を調整すべくペダルを操作した。目的地まであと二マイル。氷に埋まったロシア基地まで、もうわずかだった。先《せん》だって午前中に、生物学チームのリーダー、ヘンリー・オグデン博士が無線連絡を寄越したのだ。それによると、あるものを見つけたせいで、地質学チームとの意見が合わなくて困っているということだった。ここは是非ともアマンダに来てもらって、問題を解決してほしい——それがオグデン博士の要請だった。

各領域の学者間に衝突が起こると、オメガの責任者として、ほとんど決まって調停役に駆り出されるのだ。子どもが集まって、我が儘《わがまま》を言い合っているような他愛ないものもあるし、断ろうと思えば仕事にかこつけて断ることも簡単なのだが、この手の仕事は、一日ドリフトステーションを抜け出すいい口実にはなる。

そういうわけで、アマンダは博士の要請に応え、昼食後に出発したのだった。

前方に見える氷丘脈の巨大な頂上に、赤い旗が並んで立てられている。この氷丘脈全体が、四方八方に何マイルも伸びる巨大なものだった。風になびく旗はアイスステーションに降りる開口部を示しているが、現実には、もうこの旗は役目を終えていた。

両側に沿って設けられたシェルターに停まっているのは、四台のスキードゥーと二台の大型スノーキャットだった。全車とも赤い塗装が施されている。そしてそれらの車両の向こうに、平坦な氷床を走る亀裂が見える。ポーラー・センティネルが浮上できるよう、海軍が氷を吹き飛ばして空けた穴だった。

　ロシア基地に降りる入口の方を見つめながら、アマンダは悪い予感に襲われていた。氷を掘り抜いて造ったトンネルの口から、湯気が立ち昇っている。眠れる龍が吐き出す息を見ているようだった。オメガ・ドリフトステーションに派遣されてきた技術者たちが、すでに先週、ここにあった古い発電機のオーバーホールを済ませていた。五十二台すべてが、素晴らしい保存状態にあったと言う。驚くべきことに、照明も生きていることが分かった。そして、暖房設備も機能したのだ。この基地は、厳寒の外界から厚く保護されていて、けっこう快適だという評判だった。

　アマンダには、しかし、はじめてこの氷下に眠る墓場に足を踏み入れたときのことが忘れられなかった。アマンダたちは、金属探知器と携帯用ソナーを使って首尾よく表玄関の位置を特定し、解氷剤と火薬を使って、密閉されたドアまでトンネルを掘った。入口は、頑丈な鋼鉄材と氷とによってロックされた状態で、この墓場への道を切り開くにはアセチレントーチの助けを借りるほかなかった。

　そこまで努力するだけの価値があったのか、アマンダは今になってそう自問していた。氷丘脈のごつごつした稜線がすぐそこに迫っている。アマンダは帆の向きを変え、軽くブレーキをかけた。ふたつの頂上のあいだにある仮屋根付のシェルターに、臨時の死体安置所が設営されていた。オレンジ色の冬山登山用テントが、凍った死体を覆っている。父親からの連絡によれば、これら同志の遺体を引き取るために、モスクワからすでに人が送られたという。その派遣団は来週到着することになっていた。死体のほかに何が発見されたのかについては、今なお、口を開く者はいなかった。アマンダは、熟練の技でフットペダルを操作してカーブを切り、急拵えの駐車スペースにアイスボートを停めた。

挨拶してくる者は、誰もいなかった。

周囲に目をやりながら、アマンダは氷丘脈に目を凝らした。山間《やまあい》の谷は、暗く影になっている。その向こうに、雪橋《ブリッジ》や雪庇《オーバーハング》、そしてクレバスや氷塔《ピナクル》が迷路のように入り組んでいるのが見えた。アマンダは改めて思い出していた——深層透視《ディープアイ》ソナーシステムがほんの数秒間捉えた、あの動く影は何だったのだろう？ もちろん、ただの仮像《ゴースト》かもしれない。だが、もしそれが例えば北極熊のような、屍肉目当ての獣だったとしたら——そう考えるとアマンダは不安になった。入口の奥にあるはずの未踏の領域の方を見つめながら、アマンダは思わず身震いした。

アマンダは手早く帆を下ろし、しっかりと畳み込むと、ハンマーで氷床にスノーアンカーを打ち込んだ。しっかりボートを固定したのを確認したあと、ボートからバッグを引っ張り出し、すぐそこで湯気を上げているトンネル入口に向かった。

その入口は外見上、極地氷河に空いた普通の氷穴と変わらなかった。前回来たときより間口が広げられていて、ジープ一台ぐらいなら入れそうな大きさがある。入口を抜けて氷を穿ってつけた階段を降りて、鋼鉄製のドアに向かった。無理に開けた名残で、いまだに傾《かし》いだままになっている。湯気が更にひどくなってきている。下の方から漏れてくる暖かい空気が、冷たい外気と接触するせいだった。ドアの上には、ペリー艦長が言っていた表札が掛かっている。トンネルの幅を広げた際に発見されたものだろう。

アマンダはそこに書かれた文字をしげしげと眺めた。リベット留めされた厚手のプレートに、キリル文字がずらりと太書きされている。

ЛЕДОВАЯ СТАНЦИЯ ГРЕНДЕЛ

〈グレンデル・アイスステーション〉

ロシア人は、なぜこんな奇妙な名前をつけたのだろう? 文学は齧《かじ》った程度だが、ベオウルフ伝説に登場する怪物の名だということぐらいは分かる。だが、そこまで分かったところで、どうしようもない。

雑念を追い払い、アマンダはドアに視線を戻した。肩先から身を捩るようにして抜けねばならない。ドアの隙間と蝶番《ちょうつがい》に絶えず氷が付着しつづけているのだ。鋼《はがね》と氷の出っ張りに邪魔されて、アマンダはよろけながら内部に入った。

通路の奥にいた若手研究者が、アマンダに目を向けた。蓋を開けた配電盤の脇に跪《ひざまず》いている。NASA所属の材料科学者、リー・ベントリーだった。Tシャツとジーンズという薄着である。

〈ここはそんなに暖かいわけ？〉

アマンダの姿を認めると、ベントリーは、さも怯えたように大きく両手を挙げた。

「撃たないでくれ！」

一瞬わけが分からなかったものの、アマンダはポリプロピレンのマスクをつけたままでいることにすぐに気づいた。確かに怪しい風体だろう。アマンダはスナップを外しマスクを取ると、ベルトに吊した。

「ようこそ、サウナ・グレンデルに！」ベントリーはくすくす笑いながら立ち上がった。身長五フィート一インチという小柄だ。もともとは宇宙飛行士になりたかったのに、たった二インチのところで身長制限に引っ掛かり、NASAの材料科学研究所に回されたのだと、話してくれたことがあった。今回オメガに加わった目的は、新開発の材料物質を極地の気温と天候の中でテストすることだった。

アマンダはフードを脱ぎながら、ベントリーに歩み寄った。「ここ、なんでこんなに暑いの？」

ベントリーは、鉄格子の床に広げた道具を指差しながら言った。「そいつをなんとかしようと思って、頑張っている最中なんですよ。この暑さには皆、不満たらたらでしてね。換気を改善しようと、エアポンプも何台か持ち込んだんですが、それより、サーモスタットを修理したほうがいいだろうということになったんです。さもないとこの基地、解けだして氷山になっちゃいますからね」

アマンダは大きく目を見開いた。「本当に起こるの、そんなこと？」

ベントリーはまたくすくすと笑いながら、鋼を被覆した壁を叩きながら答えた。「いえ、心配御無用。この基地はですね、主要構造材の周囲に厚さ三フィートもの断熱材が仕込んであるんで、やろうと思えば、超大型オーブンに改造だってできるし、オーブンとして使っても、まわりの氷には何の影響も与えないってな具合です」ベントリーはいかにも感心したように、辺りの壁を見やった。「ここを設計し建設した人間が誰であれ、その人物が材料科学に精通していたのは間違いありませんよ。断熱材は、互い違いに重ねられた何層ものアスベスト入りセメントとスポンジの塊から出来ている。本体構造は鋼とアルミ、それに素焼きのセラミックから成っているんです。いや、軽量にもかかわらず、耐久性にも優れている。時代を何十年も先取りしている。ひょっとすると――」

アマンダがベントリーの言葉を遮った。仲間の科学者たちに共通する欠点だ。ひとたび専門領域の話を始めると、話が止まらなくなる。それに、専門用語などをもごもごと唱えられればじめたら、唇を読むのに猛烈な負担になるのだ。「オグデン博士と会う予定なんだけど、どこにいるか心当たりはないかしら?」

「ヘンリーが?」ベントリーはドライバーで頭を掻き掻き答えた。「確かなことは言えないけど、クロール・スペースじゃないですかね。午前中に、地質学チームとだいぶやり合っていたから。怒鳴り声がここまで上がってきたほどで」

アマンダは頷きながら、ベントリーの横を通り過ぎた。基地は円状の五階層から成っていて、中央部を貫いている狭い螺旋《らせん》階段が各階層を繋げているという構造だった。それぞれの階層は、ほぼ同じレイアウトになっている。中央に共有スペースがあって、そのまわりをぐるりと部屋が取り囲んでいるというのが基本的構造だった。各部屋には共有スペースを経由して入る仕組みだ。レイアウトは共通だが、下の階層に行くにしたがって、直径が小さくなる。つまり全体的には、氷を掘り抜いて造った、巨大な独楽《こま》とも呼ぶべき恰好をしているのだ。

一番上の階層が一番広く、直径が五十ヤードある。そこはかつての居住区で、兵員用営舎、厨房、それにいくつかのオフィスから成っている。アマンダは通路を滑り降り、この第一階層の共有スペースに入った。テーブルと椅子が不規則に置かれている。かつては食堂や会議室として使われた場所にちがいなかった。

アマンダは、テーブルについているふたりの科学者に手を振りながら、中央の螺旋階段に向かった。階段は、直径十フィートの空間《シャフト》を中心に、ぐるりと回る構造になっている。シャフトの中を、オイルを塗った太いケーブルがずっと下まで降りていて、その先端には無骨な造りの檻がくっついている。エレベータと呼びたいところだが、それよりは貨物用リフトと呼ぶのが適切だろう。各階層間の荷物運搬に使われたものだ。

階段を降りはじめたとき、足下のスチール製ステップが振動を伝えた。下で使っている発電機と機械類の音と振動によるものだった。この場所が、長い冬眠から覚め再び活動を始めた象徴のようだった。

アマンダは、ぐるぐると回りながら階段を降りていった。第二階層と第三階層は飛ばした。このふたつの階層には、小さな研究室と工作室が並んでいる。

残りの階層はふたつ。一番下が最も小さな階層で、一枚の防水ドアで密閉されている。ここには、ロシア潜水艦用のドックが設けられているが、現在は入り込んだ大量の水が凍りついた状態にある。氷の先に、完全に封じ込まれた潜水艦の司令塔を見ることができる。

しかし、アマンダの目指しているのは、第四階層だった。この階だけは、他と似ても似つかないものだった。そもそも共有スペースがない。階段を降りた先には、真っ直ぐにこの階の半径を横切る、一本の廊下があるだけだった。その片方の壁には一枚のドアがあって、それがこの閉じられた階層内部への唯一の入口となっている。

スチール壁に囲まれた通路に出ると、数歩ばかり先にあるそのドアの前に、海軍軍服を着用したふたりの監視兵が立っていた。ふたりとも肩にライフルを掛けている。

当直の伍長が軽く頭を下げて挨拶した。もうひとりは上等兵で、こちらのほうは青いサーマルスーツに目を留め、アマンダの頭のてっぺんから爪先まで、じろじろとねめ回してきた。

アマンダは伍長に答礼したあと、訊ねた。「オグデン博士を見かけなかったかしら？」

「はい、お会いしました。レイノルズ博士がお見えになると、仰《おつしや》っていました。お見えになるまでは、クロール・スペースには、どなたも入れぬようにとも」伍長は通路の奥を指差しながら言った。

通路の突き当たりにもドアがある。だがこのドアは、この階層内部に向かう入口ではなく、氷山の中心部に向かう通路の入口なのだった。このドアの先には、自然の氷洞と、氷を刳り抜いて造ったトンネルから成る迷路が横たわっている。クロール・スペースとは、研究者たちがその迷路に与えたニックネームなのである。

この区域では、雪氷学者と地質学者の面々が、酒に浮かされたような顔をして、四六時中歩き回っていた。標本を採取したり温度を計測したりは当然として、ときにはテストと称して不可解極まりない実験をやることもある。興奮するのも無理のないことだと、アマンダは大目に見ていた。氷山の内部を探索できるなどということは、そう滅多にあるチャンスではないからだ。先だっても、氷の中に封じ込められた岩石の欠片が――専門用語で包有物《インクルージョン》と呼ぶらしいが――まとまって発見されたということで、地質学者のチームがオメガからこの現場に再派遣されることになったのだ。

それにしても何が原因で、生物学者と衝突したのだろう？　会ってみるしかない。

「ありがとう」アマンダは伍長に言った。

廊下の突き当たりに向かいながら、アマンダはここを抜け出せることで、ほっとした気分だった。監視兵のふたりと目を合わせるのが辛かったのだ。自分の知っていることを、この若者たちは知らない――自責の念がアマンダの心に重くのし掛かっていた。ここでどんな素晴らしいものが発見されてきたにせよ、それに感動する余裕などアマンダにはなかった。

研究者たちのあいだにも、第四階層に何があるかということに関しては、実にさまざまな噂が飛び交っていた——宇宙船、核兵器、生物兵器……。そして、真実に近い憶測も囁かれていたのだった。

〈新たな死体〉

真実は、そんな程度のものではなかった。想像を絶するほど怖ろしいことだった。

突き当たりに達したとき、両開きのドアが目の前で勢いよく開いた。厚手の黄色いパーカ姿の男が、よろけるように出てきた。開いたドアから冷気が入り込んでくる。氷山の中心部から這い上がってきた空気だ。

男はフードを跳ね上げた。顔に霜が降りている。ヘンリー・オグデン博士だった。ハーバードから来た五十歳の生物学者は、アマンダが目の前にいるのを見て驚いたようだった。「レイノルズ博士！」

「こんにちは、ヘンリー」アマンダは軽く頭を下げた。

「こんなに早いお出ましとは——」オグデンは口で手袋を外すと、腕時計に目をやった。それから、手で禿《は》げた頭を撫でる。眉毛を除けば、頭部に残っている毛は、茶色の薄い口髭と、もうしわけ程度に生えている、唇の下の髭《ソウルパッチ》だけだった。途方に暮れた様子で、ソウルパッチを引っ張りながら、オグデンは言った。「いや、もうしわけない。上で会うつもりだったんだよ」

「いったい何があったの？」

オグデンはドアの奥をちらりと見た。「実は……見つけたんだよ、あるものを……とんでもないものをね。きみにも――」そこまで言ったところで、オグデンが後ろを振り返ったために、アマンダには唇が読めなくなった。

「ヘンリー？」

オグデンはアマンダを見て、当惑したように眉を上げた。

アマンダは唇に指を触れて見せた。

「おお、そうだった。すまない」オグデンは改めて、今度は、まるで幼児に対するように、不自然なほどゆっくりと話しだした。アマンダは湧き起こってくる怒りを抑えた。

「自分の目で見てもらったほうがいい」オグデンは続けた。「そう思って、足を運んでもらったんだ」オグデンは通路に立っている監視兵を見つめた。「いくら連中でも、岩石掘りの奴らをそう長く止めておくことはできないだろう。あの標本は……」気になることがあるらしく、オグデンはそこで言葉を切った。「まずはきみ用のパーカを調達して、それから案内しよう」

「この恰好で充分よ」アマンダは、サーマルスーツの表面を撫でながら、せっつくような口調で言った。「さ、行きましょ」

オグデンは、眉間に皺を寄せながら、相変わらず監視兵に視線を注いでいた。この男もまた、皆と同じく、それなりに疑念を抱いているのだ。オグデンの視線が、ようやくアマンダの方に向いた。「わたしが見つけたものがね……そのまま、この基地が建設された理由になると思うんだ」

一瞬、何を言われたのか分からなかった。「えっ、どういうこと？」

「じゃ、行こうかね」オグデンはアマンダに背を向け、ドアの奥に入っていった。アマンダも続きながら、通路に立っている監視兵たちをちらりと見やった。〈この基地が建設された理由になる〉

アマンダは、この生物学者の誤解であることを祈った。

午後三時四十分

ブルックス・レンジ上空

ツイン・オッターの風防越しに、美しい大自然が広がる。それを堪能できないのが、マットには悔しかった。〈北極圏の扉〉国立公園の中でも、世界有数の奇観が展開するこの区域には、毎年、何千という冒険心旺盛なハイカーやクライマーが訪れるのだ。

目の前に、アリゲッチ・ピークスが聳《そび》えている。アリゲッチの名は、〈天に向かって伸ばした指〉という意味のヌナミウト語に由来する。実に巧みな命名だ。この地域全体が、乱立する花崗岩のピナクルから成り立っているのだ。直立する高さ千フィートの岩壁、不安定な前傾壁《オーバーハング》、そして圏谷《カール》が、至る所に存在する土地である。クライマーにとってはこの地形が、一方、ハイカーにとっては谷間の緑地や、碧《あお》い冷水を湛《たた》える山中の小湖《タルン》が、恰好の遊び場となるのだ。

とは言え、アリゲッチを飛行機で抜けようというのは、狂気の沙汰である。危ないのは岩だけではない。風もまた、大敵なのだ。大水が滝を越えるように、高地の氷河から、猛烈な気流が降りてきて、それがときに突風を、横風を、乱気流を引き起こすのだ。

「行くわよ！」ジェニファーが警告を発した。

オッターは、上昇しながら、アリゲッチ・ピークスに向かって行った。両側に山が聳え、その斜面が雪と氷で輝いている。その山と山のあいだに、アリゲッチが立ち上がっている。この場所を抜ける術など、到底ありそうもなかった。

マットは首を伸ばし辺りを見まわした。追っ手がまた、すぐそこまで迫っていた。四分の一マイルほどの距離だ。本気で、この迷路に入ってまで追いかけてこようというのだろうか？

眼下に急流が見える。山頂近くの岩場から落ちてきた水だ。ここまで標高が高くなると、唐檜のまばらに生えた森さえ見ない。すでにマットたちは、大陸高木限界の高度に達していた。

マットはジェニファーに顔を向け、今一度、この無謀な行為を断念するよう説得しようとした。が、目に決意の色を浮かべ眉間を寄せたその表情を見て、もう引き留められないことを、マットは悟った。

父親のジョンが、リアシートから声をかけてきた。ベインの首輪にシートベルトを締めつけおわったところだった。「こっちは準備できたぞ」

老イヌイットの隣で、クレイグが座ったまま気をつけの姿勢をしている。視線は前方に固定されたままだ。アリゲッチが視界に入って以来、ずっと顔面蒼白《そうはく》のままだった。仰ぎ見れば畏怖を呼び起こす風景が、空にいる今は、紛れもなく、恐怖の対象だった。

岩だらけの斜面に挟まれたゾーンも、終わりに近づいていた。オッターはその上空を高速で飛行していた。あり得ない高度だった。あり得ないルートだった。

「いよいよね」ジェニファーが言った。

「いよいよだ」マットがオウム返しに答えた。「そこまで来てる」

エンジンの唸りに、銃声が被さる。山腹に張りついた頁岩《けつがん》が、弾丸を浴びて飛び散る。だが、銃弾の軌道はまだ、だいぶ横に逸れている。追っ手はまだ、正確に狙いをつけられるほどには、接近していないのだ。こちらがアリゲッチに入り込み、追跡できなくなる前にと考えて、ただ闇雲に撃ってきたのだろう。

　敵の動きを注視していたマットは、セスナの側窓が、一瞬小さな火を噴くのを見た。グレネードの風切り音が聞こえた気がした。煙の筋が一本、その軌道を示す。グレネードは弧を描くようにしてオッターの翼端二ヤードのところを通過し、前方に飛び去ったあとピナクルのひとつに命中して爆発し、石の雨を降らせた。岩壁の一部が剝がれ、地上に落下していく。

　ジェニファーは、グレネードが命中したピナクルに機体の腹を向け、片翼を下に上昇した。オッターが二本のピナクルのあいだをすり抜ける。瞬間、頭の下に地表が見えた。

　背後でクレイグが、神に祈っている声が聞こえる。

　ピナクルをすり抜けたあと、ジェニファーは水平飛行に移った。機体は、切り立った岩山とピナクルにぐるりと取り囲まれている。高度の関係で、窓からはそれらの先端までは見えない。

　気流に押された機体が震える。

　マットは肘掛けを摑む手に力をこめた。

ジェニファーが、反対の翼を下げ機体を大きく傾げる。マットは目を見開いた。目を閉じたかったところだが、なぜかそれができなかった。その埋め合わせにマットは、ジェニファーの技術を呪った。ここまですごいとは、想像もしなかったのだ。シートが軋む。安物で悪かったなと、言っているようだった。

オッターは、切り立った崖と傾いだピナクルのあいだを抜けた。マットの横で、ジェニファーがハミングしだした。何かにひどく集中したときに、決まってやる癖だったが、かつては、もっぱら、ニューヨーク・タイムズのクロスワード・パズルに頭を捻っているときだった。

オッターは、そこを無事通り抜けると、再度、水平飛行に戻った。だがそれも束の間だった。

「しっかり摑まっててね」ジェニファーがぽつりと言った。

マットは、かっとして睨みつけた。シートにしがみついているせいで、腕はすでに麻痺している。この上、何をしようというのだ？

ジェニファーは翼を下げて機体をロールさせ、一本のピナクルをぎりぎりにかわした。続く五分間オッターは、アクロバットさながらに、行きつ戻りつ、機体を右に左に傾げ、岩の迷路をジグザグに飛行した。

胃が縮み上がるのを感じながら、マットは空中にセスナの機影を求めた。しかし、石柱の森に迷い込んだような状態では、確認のしようもなかった。アリゲッチ・ピークスに入って以来、セスナの姿は全く見えなくなっていた。これがそもそも、ジェニファーの狙いだったのだ。峠や滝を越えるにせよ、岩場や谷や氷河の上を飛ぶにせよ、出口はそれこそ無数にあるし、視界を妨げる雲もすぐ上まで降りてきている。こちらの向かう先を知りたいと思うなら、敵側も追尾を諦めるわけにはいかないはずだった。もっとも、その度胸があればだが。

オッターは巨大なカールに入った。氷河が山腹を削りだして造った、自然の円形劇場だ。ジェニファーは、機体を軽く横滑りさせ、擂《す》り鉢状になった谷の尾根沿いを飛んだ。氷河の先が庇《ひさし》のように、谷の口から突き出している。下方に、玉石や氷礫に覆われた谷底が見える。氷河が後退したときの置き土産だ。

谷底の中央に見えるのは、しんと静まりかえったクルンだった。碧い水が、まさに鏡のように、擂り鉢の中を旋回するオッターの機影を映している。カールの斜面は、真っ直ぐに乗り越えるには、あまりに急だった。岩壁上空まで達しようと、ジェニファーは、ゆっくりと螺旋を描きながら上昇した。

マットは、ようやくほっとして溜息をついた。アリゲッチで死なずにすんだのだ。

そのとき、タルンが何か別のものを映しだした。

飛行機だった。

カールに飛び込んできたセスナだ。マットたちとは全く別方向から進入してきた。一瞬、その機体が落ち着きのない動きをしたところから見て、追っ手もこちらと同様、ここで相手と出くわして、驚いているに相違なかった。

「どうする？」マットはジェニファーに訊ねた。

「この高度じゃ、まだ崖越えは無理だわ」声が震えていた。はじめてのことだった。石の円形劇場を、二機が旋回し高度を上げていく。息詰まる追跡劇《ページェント》を、碧いタルンが映し出す。敵機のドアが勢いよく開けられた。七十ヤード向こうで、パーカを着た例の男が、グレネード・ランチャーを担ぎ、体勢を整えているのが見えた。

マットはジェニファーに顔を向けた。言ったあとにすぐ後悔することは分かっていたが、言わないわけにはいかなかった。グレネードを撃たれる前に、崖を越えることは到底無理なのだ。「アリゲッチに戻れ！」

「もう間に合わないわ！」

「いいから、言うとおりにするんだ」マットはシートベルトを外し、副操縦士席から腰を上げた。よろめきつつ、側窓まで行く。まさに敵の真正面に当たる位置だった。

ジェニファーは機体を傾け、岩の迷路、アリゲッチに向かって旋回した。

マットは留め金を外して側窓を開けた。機内に猛烈な風が吹き込む。リアシートのベインが興奮した吠え声を上げる。激しく尾を振っている。空を飛ぶのが大好きなのだ。

「何をする気なの？」ジェニファーが大声で訊ねていた。

「いいから、きみは飛ばすことに専念してくれ」マットは叫び返しながら、ドアの脇に取りつけられた、非常用キットの箱を開けた。武器が必要だった。ショットガンを取り出して、弾丸を装塡する時間はない。マットは、非常用キットから信号拳銃《フレアガン》を摑み出すと、銃身を窓から突き出した。敵機に狙いをつける。強風とプロペラの気流や、絶えず変わる両機の位置関係を考えると、確率はかなり低い。一か八かの賭けだった。

　できるだけ正確に狙いをつけて、マットは引鉄を絞った。

　尾を引きながら弧を描く炎を、タルンが映し出す。パーカの男を狙ったつもりだったが、風に流されて弾道が横にずれ、信号弾はセスナの機首を過ぎた辺りで炸裂し、目映い光を上げた。

　セスナのパイロットは、アリゲッチの迷路を抜けるのに、神経を使い果たしていたにちがいない。前方の閃光《せんこう》をかわそうといきなり舵を切った。機体が横に跳ねた。ドアにいたパーカの男は足場を失い、バンザイしたまま機外に転がり出た。が、二ヤードほど落ちたところで、命綱に支えられて止まり、なんとかドアフレームにしがみついた。男は、蹴上がりの要領で機体の腹に向かって身体を前後に振っている。

　これで相手の気も殺《そ》がれるだろう。

「さあ、行こう！」マットは大声で言いながら、側窓を閉め、床を這いながら、前の座席に戻った。

脇を通り過ぎるときに、ジョンがマットの肩を叩いた。「いい腕をしとるな」

マットはクレイグを顎で指しながら言った。「クレイグのアイディアなんだ」二日ほど前、救出に向かったとき、この男はフレアガンを向けてきたのだ。マットはそのことで、教官の教えを思い出したのだった――〈手近なものは、何でも使え……最後まで諦めるな〉

少し落ち着いた気分になって、マットはシートベルトを締めた。

ジェニファーは、すでに迷路の中を飛んでいた。「追ってきているわよ」

マットは急いで振り返った。驚きに目を見張った。振り返った瞬間、機体にしがみついていた男の命綱が切られるのが見えたのだ。男の身体が回転しながら落ちていき、碧いタルンに水煙が上がった。

愕然とした思いで、マットは前に向き直り、シートの背に身を凭せかけた。追跡を続けるために、奴らは仲間を犠牲にしたのだ。

ジェニファーは機体を傾け高速で迷路を抜けていったが、今回は追っ手を振り切ることができなかった。

その上、ジェニファーにも疲労が来ていた。その手が震えはじめていることに、マットは気づいていた。瞳も、先刻までの決然とした輝きを失い、今は絶望の色を見せていた。ここで小さなミスでもあれば、皆、死んでしまうだろう。

マットがそう考えた矢先に、それが起こった。

ジェニファーは、石柱のように伸びた岩場を急角度で回った。

前方の視界を、巨大な岩壁が塞いだ。

行き止まりだった。

旋回しようにも、その時間がない。ジェニファーは、それでも回避を試みるだろうと、マットは手足を踏ん張った。だがジェニファーは、回避するどころかエンジンの出力を上げた。

マットは息を呑んだ。現在位置とジェニファーの意図とを、にわかに理解したのだ。

「まさか、そんなこと……」

「その、まさかよ」ジェニファーは答えた。機首が異様に下がる。機体が、一瞬、螺旋降下し、また元の姿勢に戻る。

この岩壁の基部に、川の流出口がある。悠久の昔、アリゲッチを揺るがした地震でひとつのピークが倒れ、隣のピークに衝突した。この結果生まれたのが、デビルズ・パスだった。衝突したピークの下に出来た隙間なのだ。

これもまた、確かに、アリゲッチの数ある出口のひとつではあった。

オッターはデビルズ・パスを目指し、川面に向かって急降下していく。それにしても、急角度だった。だが、ぎりぎりのタイミングで、ジェニファーは操縦桿を思いきり引き、同時にスロットルを絞った。プロペラが、ほとんど停止しそうだった。オッターは川面の一フィート上で水平飛行に移り、そのまま、デビルズ・パスに突っ込んでいった。

瞬時に闇が機体を覆う。エンジンの低い唸りが響いている。真正面に日の光が見える。真っ直ぐで短い水路だった。四十ヤード足らずだろう。幅もひどく狭い。両翼とも、壁までのゆとりは一ヤードほどだった。

ジェニファーが、またハミングしだした。

「連中、まだついて来るぞ！」クレイグが大声を上げた。

マットが振り返る。セスナが水路に入ってくるところだった。狙った獲物を諦めるようなパイロットではないのだ。

マットは拳を握りしめた。命を賭けた最後の作戦も、水泡に帰すのだろうか。敵パイロットは、ジェニファーの戦略にことごとく対応してきた。もう望みはなかった。

水路の先には、山に囲まれた平原が広がる。身を隠す場所は全くないのだ。

「しっかり摑まっていてよ、みんな」ジェニファーは、水路の終点に差し掛かると、そう注意を促した。

「何をする気――」

ジェニファーは思いきり操縦桿を押した。機体がつんのめった。フロートが水面を激しく叩いたあと、水面を滑る。機体後方に水煙が上がる。機体が体勢を立て直したちょうどその瞬間に、オッターは水路を抜け、空中高く舞い上がった。

マットが背後を見る。ジェニファーは機体を傾けながら飛び去ろうとしていた。デビルズ・パスの口から、セスナがよたよたと姿を現し、銀杏の葉のようにくるりと回った。翼が折れている。もげたプロペラが飛んで、雪の斜面を上がっていった。マットは畏怖の念をもって、かつての妻を見た。フロートに叩かれた水が、セスナのプロペラと翼を襲い、それに動揺したパイロットが操縦を誤って、機体を岩肌に擦りつけたのだ。

致命的なミスだった。

ジェニファーが震える声で言った。「車間距離を取らないドライバーって、最低じゃない？」

午後四時五十五分
グレンデル・アイスステーション

別世界に足を踏み入れたような感じがした。アイスステーションの外部にあるクロール・スペースは、自然が造った氷洞とトンネルの集合体だった。そこに続く戸口を越えたとき、アマンダは暖かい空気ばかりにではなく、あらゆる人工物にも別れを告げたのだ。

ドアを出てすぐのところに、錆《さ》びた鋼板や古コンクリートを詰め込んだ袋、それに鉄パイプの束、ワイヤのリールといったものが、山のように積まれていた。ここが最初に発見されたとき、おそらくは、自然の貯蔵スペースとして使われたものだろうと考えられたせいで、クロール・スペースと命名されたのだ。

NASAチームの構造技術者は、このアイスステーションが、掘削の手間を省くため、そもそも最初から氷島にあった自然の氷洞を利用したものではないか、という仮説を立てていた。そしてこのクロール・スペースは、その大きな氷洞の端切《はぎ》れのようなものではないか、と言うのだ。

そんな根拠のない解釈はともかくとして、オメガの科学者の中に、クロール・スペースに関心を持つ者はほとんどなく、この区域は、単なる物置扱いだった。ただ例外もいて、地質学者と雪氷学者だけは本気でこの奥の院に魅せられていた。

「じゃ、こっちへ」オグデンは、パーカのジッパーを顎まで上げ、縁に毛皮のついたフードを禿頭《とくとう》に被りながら、そう言った。ドアのそばにある棚からフラッシュライトを取りスイッチを入れると、博士は、散らかり放題のホールを出て、奥の暗闇に進んだ。アマンダは、博士が一瞬立ち止まった気がして、自分に何か話しかけているのかもしれないと考えたが、背を向けられたままでは、なんとも言えなかった。訊ねようとしたが、オグデンはすでにクロール・スペースに向かってトンネルを降りはじめていた。

アマンダはオグデンのあとをついていった。地質学者たちは、少なくとも、滑り止めの砂を撒くくらいの仕事はしていた。明かりの点《とも》った入口を背に進んでいくと、空気がぐっと冷たくなった。なぜか、ここの動かない空気のほうが、氷上の風より冷たく感じられる。アマンダは、サーマルスーツのベルトからマスクを取り外し、エアヒータのスイッチを入れた。

ヘンリー・オグデンは、曲がったトンネルを進んでいった。氷洞の脇を通り過ぎる。空っぽの洞もあれば、工具の類が保管されているものもある。肉屋のマークがついた包みや箱が入った洞もあった。ロシア語で〈生鮮〉と書いてある。アマンダは、なるほどと納得した。確かに冷凍庫は不要である。

更に奥まで来ると、研究者たちによる手作業の形跡があちこちに見られるようになった。ドリルで壁を掘った跡やら、小さな旗をつけたポールやら、最新式の工具やら、いろいろだ。チョコレートケーキの空箱などというものまで落ちていて、アマンダは、これをトンネルの脇に蹴り飛ばした。グレンデル・アイスステーションの新しい住人たちも、確実に自らの足跡を残しはじめているのだ。

周囲に気を取られていたアマンダは、気がつくと道に迷っていた。なにしろ入り組んだ通路が四方八方に伸びているのだ。幸い、オグデンがトンネルの交差する箇所で立ち止まり、光を当てて壁を調べているのが見えた。

アマンダは氷上にある小さなマークに気づいた。スプレーペイントでつけた印だった。まだ新しいもので、赤い矢印、なぐり書きした青い文字、オレンジ色の三角形と、色も形もさまざまだ。間違いなく、科学者たちが残した標識だろう。

オグデンは緑の円に手を触れ、納得したように頷くと、そちらの方に進んだ。

ここまで来ると、トンネルが狭くなり、頭がつかえだした。アマンダはしゃがみ込むような恰好で、前進あるのみの生物学者の後ろに続いた。奇妙にしんとした冷気の中で、氷の結晶がフラッシュライトの光を反射して煌めく。ここでは、氷壁が透明なガラスのようになっていて、トラップされた気泡まで見える。まるで真珠のようだった。

手袋をはめた手で、壁をなぞる。絹のような滑らかさだった。こうしたトンネルや氷洞は、夏の暖気で解けた氷床表面からの水が、ひびや亀裂から漏れて流れ落ち、氷に穴を空けることで形成される。そして氷床表面が再凍結すると、亀裂が塞がれて氷下の空洞が保存されるのである。

アマンダは、青いガラスとも見紛うような壁を見つめた。ここには、寒さを忘れさせるような美しさがある。首を回して辺りを見まわそうとしたとき、踵が滑った。近くにあった出っ張りを摑み、危うく転倒を免れる。

オグデンが振り返って言った。「気をつけて。ここから先は、滑りやすいからね」〈なら、もっと早く言いなさいよ〉心の中でそう呟きながら、アマンダは体勢を立て直した。アマンダは、摑んだ出っ張りが氷ではないことを知った。それは氷から頭を出した、岩石の塊だった。オグデンが進みはじめても、アマンダは少しのあいだ、その岩を見つめていた。地質学者が言う、〈インクルージョン〉のひとつにちがいない。アマンダは、いくらか厳粛な気分になって、その岩に触れた。この岩は、この氷河の地が大陸から切り離された悠久の昔以来、大陸の名残として、ずっとここに眠ってきたのだ。

フラッシュライトを持ったオグデンが、トンネルのカーブを曲がっていったせいで、アマンダはすっかり闇に包まれてしまい、フラッシュライトを持ってこなかったことを後悔しながら、慌てて先に進んだ。今度は、足下に注意を払う。この辺りには砂が撒かれていない。地質学者チームはまだ、こんな深くまで調べに来る勇気を持てないでいるのだろう。

オグデンが振り返って言った。「もう、すぐそこだから」

アマンダは周囲を見まわした。トンネルがまた広くなりはじめた。ガラスのような壁の中に、丸い石がいくつも浮かんでいる。雪崩が凍りついた跡だろう。氷の更に深部は、上方が黒ずんでいる。おそらくそこにも、岩石が入り込んでいることだろう。自分たちは、地質学者の言うインクルージョンの塊の中に足を踏み入れようとしているにちがいない。

トンネルに沿って曲がると、大きな洞に出た。アマンダはまた足を滑らせたが、今回はスケートするように、トンネルを抜けた。バランスを取ろうと腕を伸ばして、なんとか停止した。

アマンダは、驚愕《きようがく》のあまり、しばし立ち尽くした。この氷洞のフロアは、オリンピックのアイススケートリンクほどの大きさだった。だが、フロアのことは、洞全体の規模に息を呑んだ瞬間に頭から吹き飛んだ。頭上を見ても周囲を見ても、それは自然が造った大聖堂としか呼びようがなかった。そして、半分は氷、残りの半分は、岩で出来ているのだ。

アマンダが立っているところは、氷に囲まれていた。しかし、洞の後ろ半分は、岩、それも、ひとつの巨岩に囲まれていた。巨大な鉢を逆さにしたような岩が、壁とも天井ともなってずっと奥まで続き、フロアの途切れた先にまで突き出している。

何かが肘をつついた。アマンダはひやりとしたが、それはもちろん、オグデンだった。自分を見ろという合図だ。唇を動かしている。

「太古、絶壁だったものの名残だ。少なくとも、マクファランによればね」オグデンは言った。地質学チームのリーダーだ。「奴の言うことにゃ、氷河が分離してこの氷島を形成したときに、大陸から切り離されたものらしい。年代は、最後の氷河期ということだ。マクファランの奴、すぐにでも何箇所かに発破をかけてサンプルを採りたいと言うもんで、必死に止めたんだ」

アマンダはショックで、いまだに口を利けずにいた。

「大ざっぱに調べただけで、地衣類の生きていた痕跡と、冷凍状態の苔が見つかった。で、この巨大岩石のへこみを丹念に調べたら、なんと、鳥の巣をみっつ発見したんだ。驚くなかれ、ひとつには卵まで入っていた」興奮で、だんだん早口になっている。アマンダは、オグデンの口許に集中しなければならなかった。「そのほかに、齧歯《げっし》類が何匹かと、蛇が一匹、氷の中に埋もれていた。当時の生命を探る貴重な発見なんだよ、それも氷に閉ざされた生物圏のね」オグデンは洞を横切り、岩壁に近づいていった。

「しかも、それだけじゃないんだ。さあ、こっちへ来て！」

アマンダは、前方に目を凝らしながら、オグデンのあとに続いた。壁は、最初思ったほど硬い感じではなかった。あちこちに物入れや壁龕《へきがん》が掘られているし、半ば崩れ落ちている箇所もある。壁には深い亀裂が走っている箇所も見られたが、どこまで深いかは、周囲が暗すぎて判然としなかった。

石のアーチを見上げると、今にも落ちそうな石板があちこちにある。ひやひやしながら、アマンダは歩いていった。ほんの少し前に感じた、岩壁のがっしりとした印象は、すっかり消し飛んでいた。

オグデンが、強い力でアマンダの肘を摑み、引き寄せた。「気をつけて」目が合うと、オグデンはそう言いながら、フロアを指差した。

ほんの数歩先で、氷のフロアが丸く口を開けていた。穴は完全な楕円で、自然のものと考えるには形が整いすぎているし、縁には削った跡のようなぎざぎざがある。

「ここから、一頭が掘り出されたんだ」

アマンダは戸惑った。「一頭、って？」見れば確かに、ほかにも穴が空いている。

オグデンは、アマンダの肘を引いた。「ここだ」オグデンはベルトについた水筒を外すと、氷に膝立ちするように手振りで示した。フロアの崩れ落ちて崖になっているところまで、あと数ヤードしかない。しゃがみ込むと、氷結した湖の岸近くに座っているような気がした。

　オグデンは手袋をはめた手で氷の表面を払うと、フラッシュライトを、発光部を下にして立てた。氷内部で、上から光を受けた部分が照らし出された。表面の霜のせいで、細かいところまではっきりと見えないが、氷の下、二、三フィートのところに、黒っぽいものがあるのは分かる。

　オグデンは氷の上に座ると、水筒の口を開けた。「よく見ていなさい」唇をはっきりと動かして、オグデンはアマンダに伝えた。

　オグデンは身を乗り出す恰好で、氷の表面に水を注いだ。霜が解け、ガラスのような表面が現れる。光の中に、そこにあるものが、輪郭も鮮明に浮かび上がった。

　アマンダは息を呑み、思わず身体をのけ反らせた。

　その生物が、カメラのフラッシュを浴びて驚いた動物のように、今にも氷の中から自分目掛けて飛び出してきそうに見えたのだ。青みがかった白い身体に、滑らかな皮膚――北極海に多く棲息するシロイルカに似ている。大きさも同じくらいで、体重は少なくとも半トンはあるだろう。だが、シロイルカと違ってこの生物には、鉤爪のついた前肢と、大きな水かきがついた後肢が具わっていた。身体の柔軟性も、鯨類よりありそうに見える。長い胴体が、カワウソのようにカーブしている。高速で泳ぐのに適した姿だ。

だが、一見しただけで骨まで凍りつく思いがするのは、今にも嚙みつかんばかりに広げられた、鰐《わに》のような顎だった。ぎざぎざの歯が並んだその大きな口なら、豚だって丸ごとひと呑みにできるだろう。黒い目は半眼の状態で、獲物を狙う人食い鮫《ざめ》のように白目を剝いている。

アマンダも氷の上に座り、エアヒータに温められた空気を何回か吸い込んだ。冷気と驚愕のせいで、手足が震えてきたのだ。「いったいなんなの、この生き物は？」

オグデンには、アマンダの質問が耳に入らないようだった。「ほかにもいるんだよ！」オグデンは氷の表面に膝を滑らせもっと崖際に移動すると、別の個体を照らした。今度のは、氷の下で身体を丸めたまま眠っているように見える。丸めて、と言うより、とぐろを巻いていると言ったほうが適切かもしれない。顎が全体の中央に来ていて、尾がぐるりと身体の周囲に巻きついている。が、例えば、犬が眠っている姿とは似ても似つかない。

オグデンはいきなり立ち上がった。「こいつらはまだ序の口なんだ」

アマンダが質問しようとする前にオグデンはさっさと歩きだし、壁に出来た広い亀裂に入っていった。アマンダは光を目当てにあとを追った。食いつかんばかりの獰猛な口が目に焼きついたままだった。

亀裂は二ヤードほどの奥行で、更にその先に、乗用車なら二台停められそうな規模の洞があった。

アマンダは身を固くした。奥の壁際に巨大な氷のブロックが六個積まれ、そのひとつひとつに、例の動物の標本が保存されていた。どれもが胎児のように、身体を丸めている。更に、洞の中央にあるものを目にしたとき、アマンダは思わず出口まで後じさった。

生物学教室で解剖を待つカエルのように、氷の上で仰向けに横たわっている標本があった。広げた四肢の先に、釘《ステーク》が打ち込まれている。胴体は、喉から骨盤まで切開され、引き開かれた皮膚の先端は、やはり、氷に釘留めされている。凍結の状態から見て、だいぶ昔に行われた解剖であることは確かだった。だが、骨と内臓を見ただけで逃げ出してしまったアマンダには、それ以上のことは分からなかった。

アマンダは駆けるようにして、フロアに出た。オグデンがあとを追ってきたが、アマンダの受けた衝撃には、一向に無頓着のようだった。自分の方を見るようにと、腕に触れてくる。

「生物学界の様相を一変させる、それくらいすごい発見なんだ」自説に興奮して、知らず知らず顔を寄せてくる。「これで分かってもらえただろう？　なぜわたしが、この冷凍された生態系を地質学者による破壊から守ろうとしたのかが。こんなものが見つかるなんて……ここまで保存状態がいいものがあるなんて、およそ――」

アマンダがオグデンの言葉を遮った。冷淡な口調だった。「で、なんなの、あの獣たちは？」

目を瞬かせてアマンダを見たあと、オグデンは手を振り振り言った。「ああ、そうか、これは失礼。きみは工学畑の人だったね」

耳が聞こえないとは言え、その慇懃《いんぎん》無礼な口調は充分に感じ取れた。苦々しい思いだったが、アマンダは文句を言いたい気持をどうにか抑えた。

オグデンは例の亀裂に手を向け、ゆっくりとした口調で話した。「あそこで一日中あの標本を調べていたんだ。古生物学も齧ったことがあるもんでね。化石化した標本なら、これまでもパキスタンと中国で見つかっているが、あそこまで保存状態がいいものが発見されたことはないんだ」

「で、結局、なんの標本なの、ヘンリー？」睨みつけるような視線だった。

「アンブロケトゥス・ナタンス。一般的には、〈歩く鯨〉と呼ばれている。進化論の過程から言うと、陸上の哺乳類と現在の鯨との中間形態だ」

アマンダは、ただ息を呑んで、オグデンの話を聞いていた。

「だいたい四千九百万年前に棲息していて、三千六百万年前に絶滅したと考えられている。だが、広がった四肢、脊椎に密着した骨盤、鼻腔《びこう》の位置……すべてが、はっきり、あれがアンブロケトゥスであることを示している」

アマンダは首を振った。「いくらなんでも、無理がありすぎるわ。四千万年前なんて。そんなに古いわけがないもの」

「そうなんだ」オグデンの目が見開かれていた。「そこなんだよ！　マクファランによれば、ここいらの氷層は、たった五万年前のものだそうだ。最後の氷河期ってことだよ。それに、あの標本にはユニークな特徴があってね、それに関して、今取り敢えず立てている仮説は、ちょうど現在の鯨がやるように、アンブロケトゥスにも北極圏まで移動してきた群がいて、それがここに適応する進化を遂げた、というものなんだ。白い皮膚の色、巨大化した身体、それに厚い皮下脂肪が、その特徴だ。北極熊にもシロイルカにも、同じことが起こっているだろう？」

そう言えばアマンダは、最初の標本を見たとき、シロイルカを連想したのだった。

「と言うことは、なんらかの理由で、その動物たちが最後の氷河期まで、この地で生き延びたということ？　これまで、そんな痕跡はどこにも見つかっていないのに？」

「そんなに驚くべきことかな？　北極の氷の上で生活して死んでいったものは、なんであれ、北極海の底に沈んでしまう。そもそもほとんど顧みられないこの海でね。陸上にしても、北極圏内では永久凍土層が邪魔して、発掘はほとんど不可能と言っていいんだ。だから、悠久の長い年月を生き延びて、痕跡を残さず死に絶えるということも、大いにあり得る話なんだよ。今日でも、この辺りに棲息した古生物の記録なんて、無きに等しいんだ」

アマンダは信じられぬ思いで首を振った。だが、自らの目で見たものを無視することはできない。オグデンの理論を斥《しりぞ》けることはできなかった。近代科学技術とハイテク機器の恩恵を受けて、北極地域も本格的に調査されるようになったが、それもたかだか、この十年のことだった。オメガのステーションにいる自分のチームも、毎週のように新しい種《しゅ》を発見しているのだ。これまでのところ、そういうものは単に新発見というだけで、未分類の植物性プランクトンや藻類にすぎない。ここにある、あの動物標本とは並ぶべくもない小さな発見なのだ。

オグデンは話を続けた。「この基地を造っているあいだに、ロシアの連中はあの動物を発見したにちがいない。あるいは逆に、あの動物たちのせいで、基地をここに造ることにしたとも考えられる。その辺りは知りようもないがね」

アマンダは、オグデンが言っていた言葉に思い当たった。〈そのまんま、この基地が建設された理由になる〉「どうしてそう思うの?」アマンダは、第四階層で発見されたものを、ちらりと思い浮かべながら訊ねた。いや、どれほど驚くものであっても、この発見があの発見に関連しているとは思えない。

オグデンはアマンダをじっと見つめた。「そいつは、言うまでもないことじゃないかな?」

アマンダは考え込んだ。

「アンブロケトゥスの化石が発見されるようになったのは、ここ数年のことだ」オグデンは、標本のある氷洞の方を指差した。「第二次大戦中は、ロシア人だろうと何人だろうと、その存在すら知らない。したがって、発見したロシア人たちは、自ら怪物に名を与えた……」

アマンダの目が大きく見開かれた。

「そして、その名に因《ちな》んで、基地を命名したんだ」オグデンは、軽口を叩いた。「まあ、マスコットみたいなもんだな」

アマンダは氷のフロアを見た。自分に飛びかかろうとしているような、その獣が見えた。見えているものの正体を、今は悟っていた。北欧神話の怪獣だった。

グレンデル。

第二部　炎と氷

ᐃᖕᓇᖅᓗ ᓯᑯᓗ

第五章　滑る斜面　ᕐᑯᔭᕐᑭᓐᓇᕐᑐᖅ ᐱᖅᐅᐊᑎᒍᑦ

四月八日、午後九時五十五分
アラスカ州、ノーススロープ上空

マットはだらしなくシートに座り込んでいた。ツイン・オッターのキャビンに、いびきが響きわたっている。犯人は、寝入っている記者でも、うたた寝している老イヌイットでもない。三列目の座席で大の字になって眠りこけている狼犬だった。そのけたたましいいびきを聞きながら、マットは微苦笑を浮かべていた。

隣の操縦士席にいるジェニファーがマットに話しかけた。「鼻中隔湾曲症の手術を受けさせるはずじゃなかったの？」

微苦笑が微笑に変わった。マットたち夫婦の足下で、身体を丸めて寝ていた仔犬の頃からベインはいびきをかいていたが、当時のふたりには、それがひどく可愛らしいものに思えた。マットは座り直して言った。「ノームの形成外科医に訊《き》いたら、けっこう大手術になるってことだったんだ。だいぶ大きく切除をしなければならないらしい。術後はブルドッグみたいな顔になるんだそうだ」

ジェニファーが反応しなかったので、マットは、表情をちらりと窺《うかが》ってみた。真っ直ぐに前を見つめているが、目尻に小さく笑い皺が寄っている。悲しげな微笑だった。

腕組みしてマットは、もっとうまい接し方があったかもな、と考えた。だが取り敢えず、今はこれでよしとしよう。

マットは窓の外を見た。ほぼ満ちた月が、雪原に銀色の光を投げかけている。ここまで北に来ると、いまだに冬が大地を支配しているが、春の雪解けを感じさせる兆候もないことはない。うっすらとした霧の中を、せせらぎがちょろちょろと流れ、雪解け水が方々に水溜まりを作っている。カリブーの群がいくつか、夜のツンドラをゆっくりと移動している。雪解け水の水路を辿り、トナカイ苔やコケモモの新芽を食んでは、ミズゴケの湿原を、あるいは点在する草地を、強靭《きょうじん》な顎で切り開いていく。緩んだ凍土には、育ちすぎたパンプキンさながらに根を張った草が叢生《そうせい》しているのだ。

「ついてたんだわ、デッドホースに無線連絡できたなんて」そう呟《つぶや》いたジェニファーに、マットは目を向けた。

「どういう意味だい？」

アリゲッチを抜けたあと、ノーススロープにあるプルドーベイの飛行場《エアストリップ》に、どうにか連絡が取れたのだった。ブルックス・レンジでの空中戦について報告し、軍、民間双方の責任者に用心を促したのだ。朝には、セスナの残骸を捜索するヘリが出動する手筈になっていた。そうなれば、時を置かずマットたちにも、追跡者の正体についての情報がもたらされるはずだった。キャロル・ジェフリーズにも、連絡がついた。キャロルはベトルズ駐在のグリズリー研究者で、ジェニファーのキャビンがどこにあるかも分かっており、人を送って、残してきた動物たちの面倒を見てくれるということだった。クレイグも、プルドーベイにいる駐在員宛ての伝言を頼んだ。直《じか》に話して、質問攻めにあった上、報告でも求められたら、怖ろしく長い話になるところだ。取り敢えず連絡がつき、外の世界に災難の話を伝えたことで、全員、リラックスした気分になっていた。

それなのに、今になって何が問題なのだろう？　マットは背筋を伸ばした。

ジェニファーが風防を指差した。下のツンドラではなく、空の方を指している。

マットは身を乗り出した。一見しただけでは、何も異常は見つからない。オリオン座が明るく輝いている。北極星《ポラリス》が、真正面に見える。そのとき、マットは気づいた。地平線から揺らめく光のリボンが上がってくる。緑と赤と青のコンビネーション。

北極の主《ボレアリス》の登場だった。

「気象情報を信じるなら」ジェニファーが言った。「華々しいものになりそうよ」

マットはシートの背に寄り掛かり、夜空を盛大に彩る炎の帯に見入った。自然が演じるこのショーには、さまざまな名前がつけられている。オーロラ・ボレアリス、あるいはノーザン・ライツ。アサパスカ・インディアンのあいだでは、コユコンとかヨヤッキと呼ばれ、イヌイットは、いとも単純に、〈精霊の光《スピリット・ライト》〉と呼びならわしている。

色彩の波が天空を覆うように流れていくのが見える。それは輝く光の輪となり、朱と紺の雲に溶け込んでいく。

「しばらくのあいだは、どことも連絡は取れないわ」ジェニファーが言った。

マットは頷《うなず》いた。太陽風が超高層大気を直撃する際に作られるオーロラは、ほとんどの通信システムを麻痺《まひ》させる。だが、幸い、それほど長く続くことはない。せいぜい、あと三十分ぐらいだろう。それに、北の地平線遥かには、すでにプルドーベイの油田が明るく浮き上がって見えている。

そのあとの数分間は誰も口を開かず、ベインのいびきをBGMに、ただ夜空に繰り広げられる光のショーを堪能した。数分間とは言え、家庭的な雰囲気が支配したかのようだった。あるいはただ、苦難続きの一日を終えた安堵《あんど》感がもたらしたものにすぎないのかもしれない。エンドルフィンが分泌されたというわけだ。少し口を開いただけで、この雰囲気も壊れてしまうのかもしれない。

沈黙を破ったのは、ジェニファーだった。「マット……」穏やかな声だった。「やめるんだ」マットは言った。このひとつの空間を共有するまでに、三年間の月日と、今日の生死を賭けた戦いを要したのだ。この小さなきっかけを台無しにしたくなかった。

ジェニファーは溜息《ためいき》をついた。それに苛立ちが含まれていることを、マットは聞き逃さなかった。

操縦桿に載せたジェニファーの手が、きつく握られた。革手袋がハンドルを擦る嫌な音が耳に届いた。「いいの、気にしないで」ジェニファーは小さく呟いた。

束の間の平和は失われた――ほとんど言葉も交わさぬうちに。ふたりのあいだに壁ができ、キャビンに張りつめた空気が満ちたようだった。残りの時間は、完全な沈黙のうちに流れた。緊張した苦い時間だった。

油井やぐら《デリック》が、何本か視界に入った。光に照らし出されて、クリスマスツリーのように見える。左に視線を移すと、ツンドラの素晴らしい景観を台無しにしている、ぎざぎざした銀色のラインが目に入った。まるで巨大化した金属製の蛇がのたうち回っているかのようだ。トランスアラスカ・パイプライン。アラスカ北海岸のプルドーベイから、オイルサンドの産出地、プリンス・ウィリアム湾岸のヴァルデスまで続くラインである。

もう目的地はすぐそこだった。オッターは、油井に続くパイプラインに沿って進んでいった。ジェニファーは、デッドホースの管制塔に無線連絡を試みたが、その渋い表情を見れば結果は明らかだった。夜空には、まだ光が躍っている。

　ジェニファーは機体を傾け、緩やかな旋回態勢に入った。前方には、プルドーベイの町が——それを町と呼べればの話だが——明るく輝いている。石油会社の魔法《オズ》の王国だ。ここはほぼ百パーセント、企業城下町と言ってよかった。原油の生産と輸送、そしてそれに付随する諸作業のためだけに出来た町なのだ。平均人口は百に満たないが、短期労働者の数が産出量の多寡によって変化するために、実際の人口は常に変化している。また、小規模とは言え軍の施設もある。ノーススロープ油田地帯の中心地を守るためだ。

町の向こうには、ボーフォート海、そして北極海が広がる。だが、どこで陸地が終わり、どこで海が始まるかを判定するのは至難の業だ。海岸の定着氷と繋《つな》がった巨大な流氷が沖まで何マイルも伸び、ついには北極の氷床とぶつかるのである。夏が来て暖かくなると、海上の氷は半分のサイズまで縮み、海岸線から後退してゆく。だが今はまだ、ここは一面、氷の世界だった。

ジェニファーは一旦海に向かい、プルドーベイ上空を旋回したあと、一本しかない滑走路目指して着陸態勢に入った。「下が何か騒がしいようよ」ジェニファーはそう言うと、機体を傾け降下を中止した。

マットも気づいていた。町の外れの方で、慌ただしい動きがある。軍事施設から出発した車両が何台も雪原を突進して町をあとにし、皆同じ方向に走ってゆく。マットは、反対側の窓から外を見た。

下方に、トランスアラスカ・パイプラインの終点が見える。スチールワイヤのフェンスに守られた一号集油所《ギャザリングステーション》と一号掘削所《ポンプステーション》の巨大建造物が、ライトアップされている。ノーススロープの原油は、この施設で水分、ガスを除去され、冷却されたあと、プリンス・ウィリアム湾岸に停泊したタンカー目指して、六日に及ぶ旅を開始するのだ。

一号ポンプステーションに接近したとき、マットはフェンスの一部が倒されているのに気づいた。雪原を駆け抜ける軍用車に再び目を投じたとき、マットは嫌な感じに襲われた。

「ここから離れるんだ！」警告が口をついて出た。

「いったい――？」

爆発音が言葉をかき消した。一号ギャザリングステーションを収容している建物が吹き飛んだ。巨大な火の玉が空に噴き上げられる。熱を帯びた上昇気流と爆風が、機尾を持ち上げた。なんとか失速を避けようと、ジェニファーが必死に機体の姿勢を制御する。

リアシートで悲鳴が上がり、ベインの吠え声がそれに加わる。

押し殺した声で悪態をつきながら、ジェニファーは立ち昇る炎からオッターを引き離した。火のついた破片が雨霰《あめあられ》と降りかかり、雪原を、建築物を、目掛けて落ちてゆく。また、炎が噴き上がった。続いて、一号ポンプステーションの屋根が吹き飛ばされ、また巨大な火の玉が生まれた。施設に接続した直径四フィートのパイプが破裂し、竹が割れるようにぱっくりと開いた。燃え上がったオイルが、四方八方に吹き出される。破壊を最小限に食い止めるために六十二個設置されたバルブの、最初のひとつに達するまでオイルの流失は止められない。

ほんの何秒かのあいだに、深閑とした平和な町は地獄絵図へと変貌した。炎が何本もの川となり、蒸気を発しながら、くねくねと海に向かって流れてゆく。建物が炎上している。ガス管が、タンクが、二次爆発する。人々が、車が、右往左往している。

「なんてこった」クレイグが、後部のガラスに顔を押しつけながら叫ぶのが聞こえた。

無線から、割れた音声が入った。雑音がひどい。通常無線への着信だった。「当該空域から直ちに退去せよ。進入の場合は、銃撃する」

「滑走路を封鎖するつもりなのよ！」ジェニファーは、そう叫ぶように言うと、機体を傾けて炎上する町を急ぎ離れ、凍てつく海へ出た。

父親が海岸線を振り返りながら言った。「何があったんじゃ?」

「何があったのか……」マットは、炎上する海岸に目を向けながら、呟くように言った。「事故か、破壊工作か……。どちらにせよ、まるで、おれたちの到着に合わせて起こったようだな」

「そんなはずは、ありっこない」クレイグが言った。

マットは、倒されたスチールワイヤのフェンスや、疾駆する軍用車の様子を目に浮かべていた。何者かが侵入し、何かのために、警告を発した……。そして、この二日間のことを考えると、自分たちがなんらかの形で、それと関係している可能性を捨てきれなかった。記者であるクレイグが墜落事故に遭遇して以来、災難に追いかけられつづけてきた気がする。シアトル・タイムズの政治記者がオメガ・ドリフトステーションに近づくのを、是が非でも阻止しようとしている者がいるのではないか。

「どこか行くあてはあるのかい?」クレイグが訊いた。

「燃料が、もうたいしてもたないわ」ジェニファーが、燃料計をとんとんと叩きながら言った。奇跡でも起こって針が戻ってくれないかと、祈っているようだった。

「キャクトヴィック」ジョンがぼそりと言った。

ジェニファーは、父親の提案に頷いた。

「キャクトヴィック?」クレイグが訊いた。

マットが答えた。「カナダ国境近くの、バーター・アイランドにある漁村だ。ここからだいたい、百二十マイルってとこだな」マットはそう言いながら、機体を西に向けはじめたジェニファーに顔を向けた。「燃料は間に合いそうか?」

ジェニファーは、片方の眉を吊り上げた。「最後の何マイルかは、押してもらうことになるかもね」

〈いいぞ、その調子だ〉

クレイグの顔が更に蒼《あお》ざめ、引きつった。確かに、もう墜落するのはまっぴらだろう。アラスカ遊覧飛行を楽しむ気分でないことは間違いない。

「心配は要らない」マットが励ました。「燃料が底をついても、オッターはスキーを履いているから、平らな雪原を見つけて降りればいいんだ」

「それからどうするんだ?」クレイグが腕組みをしながら、不機嫌そうに訊いた。

「それからは、このレディが言ったようにする……押すのさ!」

「やめて、マット」ジェニファーがぴしゃりと言い、怯えている記者の方にちらりと目をやった。「キャクトヴィックまでは飛べると思うわ。たとえそれが無理でも、緊急用のリザーブタンクが機体の下についているから大丈夫よ。必要なら、メインタンクに手作業で燃料を移せばいいの」

クレイグが頷いた。少し安心したようだった。

マットは、炎上する海岸線が後方に離れていくのを見つめていた。目をやると、ジョンも同じことをしている。ふたりは、一瞬、目を合わせた。マットは、相手の瞳に疑念の色が宿っているのに気づいた。マットたちの到着を待っていたかのように、いきなり爆発するなんて、偶然と言えば、あまりに偶然ではないのか？

「どう思う？」ジョンがはっきりしない口調で訊いた。

「破壊工作だと思う」

「だが、なぜ？　わしらだけが目当てなのか？」

マットは首を振った。たとえ何者かが足留めを謀ったにせよ、こんなやり方は、蠅を殺すのにＴＮＴ爆薬を使うようなものではないか。

ふたりの会話を聞きつけたクレイグが、震える声で言った。「計算ずくの陽動作戦だ」

「どういう意味だ？」マットは記者の顔を窺った。緊張した表情からは、何も読み取れない。マットはクレイグの精神状態を心配した。前に、ひどく取り乱したことがある。

しかしクレイグは、ひとつ唾を呑《の》み込むと、落ち着いた口調で話しだした。この問題に集中することによって、正気を保とうとしている様子が明らかに見て取れた。

「襲ってきた奴らに関しての情報をプルドーベイに伝えた。そして明日、誰かが調査に向かう手筈だった。賭けてもいいが、調査は先延べにされるだろう。軍であれ民間であれ、ここにいる人員は限られている。あと数週間は、爆発のことで手いっぱいだろう。敵にとっては、自分らの痕跡を消すのに充分すぎるほどの時間が出来たわけだ」

「じゃ、山岳地帯に残ったセスナの残骸や死体を処理するために、ここまでのことが行われたというのか？」

クレイグは手を振って否定した。「いや、大規模な妨害工作には、もっとそれなりの理由が要るはずだ。さもなければ、計算外のやりすぎか、だ」

マットは、少し前に自分の脳裡《のうり》に浮かんだことを、反芻《はんすう》していた。

クレイグはひとつひとつ要点を述べた。「この爆発で、山岳地帯の調査が遅れる。爆発はこっちの気を逸《そ》らせるだけでなく、新たに、もっと刺激的な材料を提供する。プルドーベイ炎上のニュースは、何日も新聞の一面を飾るだろう。これほどの話に食いつかない記者なんて、記者とは呼べない。それも、ぼくは現場にいたんだ。この目で、直接、見たんだよ」クレイグは疲れきった表情で首を振った。「連中は、最初ぼくを殺そうとした。が、今度は、袖の下を使ってきたんだ。驚くべき特ダネを提供してきたわけさ。忌々しい、目の前に餌を放り投げてきたんだよ」

「陽動作戦」マットが呟いた。

クレイグは頷いた。「それに、ぼくたちだけを狙ったものじゃない。こっちは、小さな駒にすぎないんだ。左のタマを賭けてもいいが、今回のこの攻撃は、そもそも、ずっと以前から計画されてきたものにちがいない。そこにふらふらと迷い込んだのが運の尽きで、ぼくたちも追加対象になったんだ。工作を実行している当事者が本当に目を欺きたいのは、もっと大きな世界だ。これだけの破壊工作が行われた以上、無数の人々がプルドーベイに注目し、プルドーベイについて語り、プルドーベイについて調査するだろう。CNNも明日には人を送ってくるはずだしな」

「しかし、なんの目的で?」マットが訊いた。

クレイグは、マットの視線を受け止めた。その瞳には、鋼のように強靭な意志が宿っている。そのことにマットは驚かされた。自分にフレアガンを向けてきたときのことをマットは思い出していた。過剰なストレスがかかった局面でさえ、頭の回転は速い。怯えたような態度に似合わず、この男は精神の深部に、外からは窺い知れぬ何かを隠している。この記者には、どこか得体の知れぬ凄みがあるのだ。事あるたびに、その感がますます強まってくる。

「目的?」クレイグが言った。「それは今言ったとおりさ。世界を幻惑させること、この大花火大会に、世界の耳目を集めることだ」クレイグは、手振りを交えて熱っぽく語った。「どこか余所《よそ》で、本当の被害が起こっているあいだ」クレイグは北を指差した。「あそこを隠しておきたいんだよ、連中は」

「オメガ・ドリフトステーションか」マットが言った。

クレイグの声が呟きに変わった。「あそこで何かが起ころうとしている――世界に知られたくない何かが――プルドーベイに火を放つという大破壊工作を正当化する何かが」

マットは、なぜシアトル・タイムズの編集長がこの男を選んで、はるばる極北の地に派遣してきたのか、ようやく分かった気がした。当の編集長の姪に手を出した揚げ句の、懲罰的出張取材だと恨みたらたらだったが、それを真に受ける気はなかった。この男は、論理的思考力と、政治的陰謀に対する鋭い嗅覚を併せ持った、優秀な記者なのだ。

「で、これからどうする？」マットが訊《たず》ねた。

クレイグがマットに驚いたような目を向けた。「キャクトヴィックへ行く。ほかに何ができると言うんだい？」

マットは眉根を寄せた。

「ぼくがあのろくでもないドリフトステーションに行こうとしていると思っているんなら」クレイグは、薄ら笑いを浮かべながら、言った。「あんたは頭がどうかしてる。

ぼくは、あんなやばいところには、絶対に近づかないよ」

「でも、きみの言うことが正しいとしたら——」

「命は大切にするほうでね。連中が仕組んだ暴力ショーに騙《だま》されなかったからといって、奴らの本気さに気づかないってことにはならないさ」

「——誰かに伝えなければならない」

「やりたけりゃ、勝手にやってくれ。でもしばらくは、ニュースでご託宣《サウンドバイト》を垂れ流す奴が山ほど出るだろうから、あんたの声なんか、そいつらの声にかき消されてしまうよ。それに、あんたの話に耳を傾け、調べてみようという人間が現れる頃には、すべて片がついてしまっているだろうし」

「と言うことは、選択の余地はないわけだ。誰かが、あそこに行かなくてはならない」

クレイグは首を振った。「あるいは、小さな漁村に身を隠して、嵐が過ぎるのを待たなくてはならない」

マットは、執拗な追跡とプルドーベイの破壊工作が持つ意味について、考えていた。

「漁村に隠れたとして、きみは本当に、連中が見逃してくれると考えているのか？　あいつらが、事の後始末をするための時間を稼いでいるとするなら、その後始末の中におれたちが含まれていないと、どうして考えられるんだ？　連中は、こっちの飛行機を知っているんだぞ」

　クレイグの決然たる表情が崩れた。

「相手の思う壺《つぼ》だ。キャクトヴィックに隠れれば、いい的にされるだけだろう」マット は言った。

　クレイグは目を閉じて言った。「アラスカなんて……もう二度と来るもんか」

　マットはシートに座り直すと、操縦士席に目をやった。ジェニファーは、すべてを 聞いていた。「さて、どうする？」マットは訊いた。

　ジェニファーは燃料計をちらりと見た。「そこまで続けようって言うんなら、やっ ぱり燃料を補給しなければならないわね」

「キャクトヴィックに、ベニーが住んでいたな？」

「あそこなら一時間で着くわ。そして、また離陸するまでに一時間ね」

　マットは頷き、北の方角を見つめた。クレイグの言葉が耳の中に響いている。〈あ そこで何かが起ころうとしている――世界に知られたくない何かが〉

　それにしても、どんなことが起ころうとしているというのだ？

午後十一時二分
米海軍潜水艦ポーラー・センティネル

「我々は、待機せよ、との命令を受けている。出動せよ、との命令は出ていない」ペリーは潜望鏡台に立ったまま言った。部下の士官たちがまわりを取り囲んでいた。不満そうに唸《うな》る声が方々から上がった。皆、海軍の男たちだ。それも潜水艦に乗りたくて乗った職業軍人である。四百マイル先にあるプルドーベイが攻撃を受けたことは、全員の耳に入っていた。一刻も早く出動したくて仕方がないのだ。

連絡があったのは三十分前、カタツムリ並みに遅い極超長波《ELF》通信経由だった。海中を途轍《とてつ》もなく長い波長で伝わった音波が、端末から一度にひと文字ずつ吐き出してくるという代物である。海軍衛星通信《NAVSAT》ないしはUHFのリアルタイム通信網は、磁気嵐の影響によって、目下のところ麻痺状態だった。

ペリーの部下は皆、アラスカ沿岸に急行し、調査と事後処理に参加したがっていた。こんなときに、科学者連中のお守りをしているなど、耐えられないことなのだ。すぐ近く、実質、裏庭に降りる程度の近場で発生した危機である。皆、出動命令が下るのを待ちかねているのだ。

アメリカ太平洋潜水艦隊《COMSUBPAC》から最新の命令が届いたのは、五分前だった。ペリー艦長もまた、部下たちと同じ思いだった。

「爆発の原因について、なんらかの言及はなかったのですか?」ブラット少佐が質問した。苛々のせいか、声が上ずっている。

ペリーは首を振った。「まだその段階ではないんだ。今は消火作業に全力をあげている」

とは言え、乗組員のあいだでは、すでにさまざまな仮説が論議されていた。更なる開発と採掘からアラスカの自然を守ろうとしているエコテロリストの仕業だと言う者、アラスカ原油の産出量を減じようとするアラブ人のやったことだと主張する者、いや、テキサスの石油長者たちだって、同じことをやりかねないと言う者、と多種多様で、もちろん、中国、ロシアの介在を指摘する声もあった。もっと冷静な頭の持主の中には、単なる事故ではないかという意見を述べる者もあったのだが、それではあまりにも面白くないと、受けはよくなかった。

「ということは、ここで尻を凍らせて座っていろというわけですね」ブラット少佐が、不機嫌を隠さずに言った。

ペリーは改めて姿勢を正した。士気の低下をこのまま放っておくわけにはいかない。「副長、次の連絡があるまで、我々は命令に従って任務を果たす」ペリーは厳しい口調でつけ加えた。「いつでも出動できるよう、万全の準備をしておくこと。だが同時に、今回我々に与えられた任務をおろそかにしてはならない。ロシアからの派遣団は、三日後、同胞の遺体を引き取りに来る。副長、きみは科学者たちをここに置き去りにして、連中に、ロシアの提督とその部下たちを迎える役をやってもらいたいのかね?」

「ノー、サー」ブラットは視線を落とし、爪先を見つめた。ポーラー・センティネルに乗り組んでいる者の中で、ブラットは、グレンデル・アイスステーションの第四階層に何が横たわっているかを知る、数少ないひとりだった。

ふたりの会話は、当直の通信士官がコントロールルームに入ってきたことで、中断された。クリップボードを手にしている。「ペリー艦長、潜水艦隊司令部からの緊急連絡です。特別緊急通信で届きました。艦長宛極秘です」

ペリーは大尉を手招きし、クリップボードごと、極秘文書を受け取った。「特別緊急通信てことは、NAVSATは復旧したのか?」

大尉は頷いた。「回線が復旧して助かりました。磁気嵐の切れ目を縫って通信しようと、司令部のほうはずっと送信しつづけていたにちがいありません。極長波《VLF》経由でも、同じものが来ていて、今、受信中です」

〈あらゆる回線を使って、連絡しようとしている。それほど重要なこととは、いった

いなんだろう?〉

通信士官は、一歩後退して言った。「着信確認も無事送信完了しています」

「ご苦労だった、大尉」ペリーは、興味津々の表情を見せている士官たちに背を向け、クリップボードを開いた。レイノルズ提督からだった。読み進むうち、恐怖が背中を伝った。

〈特別緊急〉

三八四七四九ｚＡＰＲ

発信元　アメリカ太平洋潜水艦隊　パールハーバー　ＨＩ／／Ｎ四七五／／

送信先　ポーラー・センティネル　ＳＳＮ－七七七

参照先　ＣＯＭＳＵＢＰＡＣ　作戦命令　三七－六七二二Ａ　四月八日付

標題　来客早期到着の件

最高機密・オメガ

指揮官宛親展

本文
（一）一四二五時、極軌道衛星、アクラⅡクラス原潜の浮上、アンテナ伸張を確認。座標アルファ五十二・八／三十七・一。
（二）ロシア旗艦原潜ドラコンと判明。ヴィクトル・ペトコフ提督乗艦。
（三）ロシア来賓早期到着の可能性あり。日程前倒しに関する理由に関しては、情報が不足。プルドーベイに於ける事態に関しては、各委員会に憶測が広がっている。破壊工作の存在を確認するも、被疑者特定に至らず。
（四）ポーラー・センティネルは、警戒態勢にて待機。全探知機能をフル稼働し、周囲の情報を収集のこと。
（五）来賓は、賓客ならざることが判明するまで、丁重に扱うこと。
（六）アメリカ合衆国の国益を守るため、オメガ・ドリフトステーション、グレンデル・アイスステーション双方を、ポーラー・センティネルの最優先任務とする。
（七）右記国益上の理由から、デルタフォース複数部隊を編成し北極方面に派遣済み。作戦指揮官はLRによりすでに現地に急派。追って、情報を送る。
（八）幸運を祈る。グレッグ、タップシューズの手入れは怠るなよ。
（九）送信者、K・レイノルズ提督

送信終了

ペリーは、クリップボードを閉じると、目をつぶり、頭の中で文面を読み返した。

提督はペリーだけと通じるやり方で、メッセージを暗号化していた。LRとは、〈ラングレー調査室《リコネサンス》〉のことだ。つまり、CIAが一枚噛《か》んでいるという意味になる。ということは、CIA指揮下でデルタフォースが出動するのだろうか？ いい話ではない。こういう組織構造が土台だと、片方の手がやっていることを、もう片方の手が知らないという事態に繋がる。それに加えて、非合法作戦活動の匂いがぷんぷんする。〈追って、情報を送る〉という表現は、太平洋潜水艦隊司令長官まで、蚊帳《かや》の外に置かれていることを示唆している。悪い兆候だった。

そして問題は最後だった。〈グレッグ、タップシューズの手入れは怠るなよ〉ファーストネームで呼びかけてくる、この砕けた調子もまた、警告のサイン《エクスクラメーションマーク》を並べたのと同じ効果を持つのだ。レイノルズ提督はあるとき、海軍主催の晩餐《ばんさん》会で、大西洋潜水艦隊《COMSUBLANT》代表のグループが会場に着いたとき、同じようにペリーを、ファーストネームで呼びかけたのだ。太平洋、大西洋両潜水艦隊は熾烈《しれつ》な競争を繰り広げ、互いを挑発しあっている。対抗演習などは本番さながらだ。そしてこのライバル意識は、一兵卒からキャリア軍人にまで浸透している。〈タップシューズの手入れは怠るなよ〉というのは、「面倒なことになりそうだから、いつでも動けるように準備をしておけ」という合図なのだ。

ペリーは副長に顔を向けた。「副長、艦から民間人を退去させてくれ。オメガに戻す。上陸許可中の乗組員には招集をかけてくれ」

「イエス、サー」

「準備が完了したら、おれの指示ですぐに潜れるように、スタンバイしておいてくれ」

当直長が、持ち場についたまま声を上げた。「いよいよプルドーベイに向かうんですね?」

ペリーは期待に顔を輝かせている部下たちの顔を眺めまわした。プルドーベイに向かう必要などないのだ。そのことは間もなく、この連中にも分かるだろう。

ペリーはクリップボードで膝の上を叩いて言った。「全員、タップシューズの手入れは怠るなよ。あとでたっぷり踊ってもらうことになるからな」

午後十一時三十二分
アラスカ州、キャクトヴィック

ジェニファーは、駐機したツイン・オッターのまわりをゆっくりと歩きながら、フラッシュライトで機体のチェックをした。片方の翼に弾痕がいくつも点々と空いていたが、内部の構造材に損傷はなかった。ほかに、緊急を要するような不具合は見当たらず、弾痕はダクトテープで塞ぐことができた。ジェニファーは、チェックを終えると、コーヒーを啜《すす》った。

ひどく小さなキャクトヴィック飛行場の、闇に浮かぶ雪の滑走路に着陸したのは、ほんの三十分前のことだった。マットたちはすでに滑走路脇にある格納庫に入っている。そこの隅には、いたって粗末とは言え、取り敢えず簡易食堂《ダイナー》らしきものがあるのだ。機械油で縁の汚れたガラス窓の奥に、コーヒーマグを両手に包むようにして、若いイヌイットのウェイトレスと話をしているマットたちの姿が見える。

ジェニファーが燃料を補給し、機体のチェックをしているあいだも一緒にいたのは、ベインだけだった。大きな身体をした、この狼と犬のハイブリッドは、機体の周囲を駆けまわり、あちこちで片方の後ろ脚を上げながら、雪に黄色い染みを作っていた。今は、舌をだらりと出し尾を振りながら、ジェニファーのあとをついて来ている。

機尾の下を屈んで抜け、ジェニファーはベニー・ヘイドンのそばに行った。がっしりとした体型の男だった。片手を燃料ホースに添え、葉巻をくわえたまま、機体に寄り掛かっている。目深に被った国際宅配会社《ピューロレーター》のキャップが、眠そうな目を隠している。

「ここって、禁煙じゃないわけ？」ジェニファーが言った。

ベニーは肩をすくめ、葉巻をくわえたまま答えた。「あいつが中ではだめって、吸わせてくれないんだよ」半笑いしながら、ベニーは中のウェイトレスを顎で示した。

ベニーはかつて保安官事務所にいて、パトロール隊に属していたのだが、充分に蓄えが出来ると妻と一緒にこの土地に引っ越し、修理工場を開いたのだ。同時にまた、格納庫を利用して観光会社を始め、超軽量機《ウルトラライト・プレーン》に客を乗せて、近くの北極圏国立野生生物保護区《ANWR》を飛ぶ仕事にも手を伸ばした。実に敏捷《びんしょう》なこの超小型機は、実際、芝刈り機用のエンジンを積んだハンググライダーと変わらぬ大きさなのだが、原野上空を飛行するのに適していて、カリブーの群を追ったり、ツンドラ上を低空飛行するのには、まさに打ってつけだった。商売を始めて最初のうちは、客もぽつりぽつりという状態だったが、原油発見をきっかけにＡＮＷＲに関心が集まるにつれて客足が伸び、今や、地質学者、記者、役人、ついには国会議員にまで客層が広がっている。最初は一機だけだったウルトラライトも、現在では、一ダースほどの大編隊になっている。

ベニーは燃料ホースの注油計に目をやった。「満タンだ」と言いながら、口金を回し、ホースを外した。「両翼タンクとも、満タンになってる」

「ありがとう、ベニー」

「お安いご用さ、ジェニファー」ベニーはホースを手繰り寄せ、片づけはじめた。「さてと、翼に空いた穴について、そろそろ教えてくれてもいいんじゃないかな？」

ジェニファーは、格納庫に向かうベニーのあとに続いた。「長い話なんだけど、何がどうなっているのか、まだはっきりとは分からないのよ」

ベニーは大きく息を吐き、考え込んだ様子になった。「どことなく、きみとマットの関係のようだな」ベニーは窓の方に向かって、顎をしゃくってみせた。午前零時の暗闇の中で、窓は航路標識のように明るく見えた。

ジェニファーは溜息をつきながら、傍らを歩いているベインの頭を撫《な》でた。

ベニーが燃料ホースを巻き取りながら、ジェニファーに目を向けた。「あいつが酒をやめたのは、知っているよな」

「ベニー、その話はしたくないの」

ベニーは、また肩をすくめて見せ、葉巻の煙を大きく吐いた。「別に意見しようってわけじゃない」

「分かってるわ」

格納庫の小さなドアが、勢いよく開いた。戸口に立っているのは、ベリンダ――ベニーの妻だった。「そんな寒いところに立っていないで、さっさと中に入ったら？カリブー肉のステーキとフライドエッグでもどう？」

「今行くよ、ハニー」

ベインに、そんな忍耐力はなかった。肉の焦げる匂いに、鼻面を上げ激しく尾を振りながら近寄る。

ベリンダがひとつベインの頭を撫でてドアを通してやったあと、火がついた葉巻の先を指差しながら言った。「犬は歓迎、葉巻はだめ」

「ああ、分かったよ、ハニー」ベニーはジェニファーに視線を向けた。〈分かるだろう？ おれは我慢強いんだ〉と言っている目だった。だがふたりのあいだに深い愛情があることも、ジェニファーにはよく見て取れた。

ベリンダは、仕方ないわねと言うように首を振り、ドアを閉めた。ベリンダは夫より十歳ほど年下だったが、その鋭い知性と人生を達観したような考え方が、年齢から来るはずのギャップを埋めていた。キャクトヴィック生まれで、何代も続く古い家系だが、十代のとき両親とともにフェアバンクスに移った。オイルサンド・ラッシュの始まった頃だった。油だけでなく、現金と仕事が街に溢れた。そして、腐敗もはびこった。インディアンもイヌイットも、利益の分け前に与《あずか》ろうと、故郷と伝統を捨て、都市部に集まったのだ。だが、現実のフェアバンクスは、薄汚れた欲望の街だった。なんの技術もないインディアンやイヌイットは、発展という靴の踵《かかと》で踏みつぶされた。家族を支えるために、ベリンダは十六歳で娼婦になった。ベニーと出会ったのは、警察に捕まったあとのことだった。ベニーはベリンダを、文字どおり、翼の下に保護したのだ。フェアバンクスの空に、そして別の人生に、ベニーはベリンダを誘《いざな》った。ふたりはやがて結婚し、両親とともにこの地に戻った。

ベニーは背筋を伸ばし、最後の一服とばかりに煙を吸い込むと、吸い差しを落とし雪の上で踏み消した。「ジェニファー、きみがマットのことをどう思っているのかは分かる」

「ベニー……」ジェニファーは強い口調で言った。

「最後まで聞いてくれ。きみが……きみたちが、どれほど大きなものを失ったのかは、おれにも分かっているつもりだ」ベニーは油の染みがついたキャップを取り、薄くなりかけた髪をかき上げた。「でも、忘れてほしくないんだ。きみたちは若い。子どもだって、また――」

「やめて」喉の奥からそのひと言が、反射的に絞り出された。それと同時にジェニファーは、マットもまた、今の自分と同じように、〈やめるんだ〉と、いきなりこちらの言葉を遮ってきたことを思い出した。それでも、ジェニファーは、怒りを抑えることができなかった。子どもを失うことがどれほど辛いことか、どうしてベニーに分かるというのだ? 失った子の代わりに、別の子をなんて!

ベニーは横目でジェニファーを見つめていた。気持を推し量っているようだった。

また口を開いたとき、その口調は穏やかで、声は抑制されていた。「ジェニファー、おれたちも子どもを亡くしているんだ……赤ん坊だ。女の子だ」

そのぼそりと発せられた言葉に、ジェニファーは血の引く思いがした。怒りは、蠟《ろう》燭《そく》の火が吹き消されるように、消えた。「なんですって、ベニー、いつ?」

「一年前だ……流産だった」ベニーは、闇の落ちた雪原に遠い目を向けた。海辺の村に点《とも》る灯が、ふたつみつ、遙か彼方に見える。大きな溜息が漏れ出た。「ベリンダは、もう、壊れそうだった」

目の前に立っているこの屈強な男もまた、妻と同じ思いをしたにちがいない。

ベニーは咳払《せきばら》いした。「あとになって、ベリンダにはもう子どもが出来ないと分かった。古い傷がうんぬんという話だった。要するに、医者連中が言うには……その……」ひび割れた声だった。ベニーは首を振った。「昔の仕事でかかった病気の後遺症ってことなんだ」

「ベニー、わたしったら……ごめんなさい」

ベニーは、同情をはねのけるように、手を振った。「おれたちは前に進むことにした。人生にはいろいろある」

窓の奥にベリンダの笑顔が見えた。マットにお代わりのコーヒーを注いでいる。声は聞こえない。耳に届くのは、ツンドラを渡ってくる風のヒューヒューという音だけだった。

「でも、きみとマットは」ベニーが口を開いた。「ふたりとも若いじゃないか」

ジェニファーには、ベニーが呑み込んだ言葉が聞こえていた。〈まだ子どもだって、持てるんだ〉

「きみたちは、似合いのカップルだった」ベニーはブーツの雪を払い落としながら言った。「せめてどっちかひとりぐらい、そのことを思い出してもいい頃だよ」

ジェニファーは相変わらず、窓の中を見つめていた。隣にいる相手に、と言うより、自分の心に向けて、ジェニファーは小さな呟きを漏らした。「忘れたことなんて、ないわ」

ジェニファーがマットと出会ったのは、ブルックス・レンジでの密漁捜査のときだった。当国立公園内における猟の権利を巡って、連邦政府と、食料を求めて狩りをするイヌイットとのあいだで摩擦が生じていたのだ。マットは州を代表して来ていたが、地元に暮らす諸部族のまさに生存ぎりぎりの生活水準を知ってからは、イヌイットの最も強力な代弁者となった。ジェニファーはマットの、法律だけで割り切れないものを見極める能力、人の心を動かす力にひどく感心した。役人には滅多にいないタイプだった。

問題を解決し、新しい法律を作るために協力しあううちに、ふたりの距離は近くなった。最初のうちは仕事にかこつけて会うぐらいだったが、都合のいい口実も底をつくと、ふたりは、ただ会うためにデートするようになった。それから一年足らずで、ふたりは結婚した。一族に白人を迎えることを家族に受け容れてもらうには、しばらくの時間を要したが、マットの忍耐強さと人好きのする性格が最終的には功を奏した。頑固な父親さえ、マットを受け容れたのである。

ベニーは、咳払いをした。「それなら、まだ間に合うじゃないか、ジェニファー」

ジェニファーは更にしばし窓の奥を見つめたあと、ベニーの方に向き直って言った。「間に合わないことだってあるわ。どうしても、許せないっていうことだってあるの」

ベニーは、ジェニファーの正面に立って、視線を受け止めた。「事故だったんだよ、あれは。きみにだって、心のどこかで、それが分かっているはずだ」

辛うじて抑えつづけてきた怒りが、再び燃え上がった。ジェニファーは拳を握りしめ、言った。「飲んでいたのよ」

「だが、酔ってはいなかった、そうだろう?」

「それがなんだって言うの！　一滴だって飲んじゃだめ……」ジェニファーは震えだ

した。「ちゃんとタイラーを見ている約束だったんだから、酒なんて飲まないで！　飲んでさえいなかったら――」

ベニーが遮った。「ジェニファー、きみが酒に関してどういう思いでいるかは分かっている。フェアバンクスで長いこと、一緒に働いたからな。酒が、きみらの仲間にどんなことをしたか……きみのお父さんにもな」

その言葉は、鳩尾《みぞおち》を打つパンチのようだった。「いくら親しいからって、越えちゃいけない一線っていうのがあるんじゃない、ベニー？」

「誰かが越えなきゃならない。きみのお父さんが連行されてきたとき、おれはそこにいたんだ。そう、知らなきゃよかったと思うが、知っているんだよ、おれは。きみのお母さんは交通事故で死んだ、お父さんが酔っぱらっていたせいでな」

ジェニファーは顔を背けた。だが、ベニーの言葉から逃れることはできなかった。当時、ジェニファーはまだ十六歳だった。〈伝染性《エピデミック》アルコール依存症〉という医学用語で呼ばれるこの疾患が、イヌイットに蔓延《まんえん》していた。世代から世代へ受け継がれていく呪縛だった。死者と不具者の連鎖。暴力、自殺、溺死、虐待、そして胎児期アルコール症候群。先住民族出身の保安官としてジェニファーは、いくつもの村が、ただアルコールゆえに消滅するのを目の当たりにしてきていた。そして、自分の家族もまた、例外ではなかったのだ。

〈まずは母、そして息子〉

「きみのお父さんは一年を刑務所で過ごした」ベニーは続けた。「そしてそのあと断酒会に参加した。以来ずっと禁酒を続け、伝統的な生き方をしていくことに安息を見出したんだ」

「そんなこと関係ない……わたしには許せないの」

「許せないって、誰を？」鋭い口調だった。「マットを、それともお父さんを？」

ジェニファーがさっと向き直った。殴りかからんばかりに拳を握りしめていた。

ベニーはドアの前から動かなかった。「マットが完全な素面《しらふ》であったところで、タイラーは助からなかった」

その直截《ちょくせつ》な言葉が、深く残った傷痕を抉《えぐ》った。傷痕は心のまわりにあるだけではなかった。腹にも、頸《くび》にも、脚にも、束ねたコードのように分厚くのたうっていた。この傷痕こそ、生きていることの証なのだった。完治せぬまま、傷口は塞がれる。傷痕を残したまま、人は生きていかねばならない。ジェニファーは苦痛に耐えきれず、涙を流した。

ベニーは足を踏み出すと、ジェニファーを胸に引き寄せた。ジェニファーはその腕の中で泣き崩れた。ベニーの言ったことなど、無視してしまいたかった。相手を蹴飛ばして終わりにしたかった。だが、心の中に、ベニーの言い分にも一理あると呼びかける声があった。父を許したことがあったろうか？　自分という人間のどれくらいの部分が、その怒りに占領されてしまっているのだろうか？　悲劇に見舞われたまま収拾のつかない人生になんらかの秩序を与えようともがき、その解決策として、自分は保安官になった。そして確かにそこで、法の執行に慰めを見出しはした。が、そこは、犯した罪に対する罰が、一年、五年、十年といった時間の単位で量られる世界だった。刑期さえ勤めあげれば、犯した罪は許され、良心もまた放免されるのだ。けれども心の問題とは、そんなに易々と量に換算されうるものなのだろうか？

「まだ間に合うんだよ」ベニーは、ジェニファーの耳に囁《ささや》きかけた。

ジェニファーは、ベニーの胸に向かって答を呟いた。前と同じ答だった。「間に合わないことだってあるわ」心の底で、結局それこそが真実なのだと、ジェニファーは分かっていた。マットと自分が過去にどれほど素晴らしい生活を共有していたにせよ、それはもう絶望的に破壊されてしまっているのだ。

ドアが再び勢いよく開けられ、中の暖気と焼けた油の香ばしい匂いと明るい笑い声が漏れてきた。マットが戸口に立っていた。「おいおい、部屋を取ったほうがいいんじゃないか？」

ジェニファーはベニーから身体を離し、髪をかき上げた。頰《ほお》の涙が乾いていてくれることを祈る気持だった。「燃料タンクは満タンよ。食事が終わったら、すぐに出発できるわ」

「教えろよ、どこに行こうってつもりなんだ？」ベニーが、咳払いしながら言った。マットがベニーに向かって顔をしかめて見せた。目的地は言わないのが、ベニーたちのためになると、みんなで決めていたのだ。「もう少しだったのにな、ベニー」ベニーは肩をすくめた。「いいさいいさ、男は取り敢えずトライするもんだ。この程度じゃ、そっちだって責められんだろう？」

「いや、責めることぐらいできるぜ」マットは中を振り返り、大声で言った。「おうい、ベリンダ、あんたの旦那がおれの前妻とポーチでいちゃついてたぞ。放っておいていいのか？」

「どうぞお持ち帰りくださいって、ジェニファーに伝えて！」

マットは向き直ると、ジェニファーとベニーに、両手の親指を立てて見せた。「おい、お許しが出たぞ。ごゆっくり」マットはそう言うと、ふたりの前でドアをばたんと閉めた。

暗がりに立ち尽くしたまま、ジェニファーは首を振った。「で、ベニー、あなたは、わたしがマットといちゃつけばいいと思っているわけね？」

ベニーはまた肩をすくめた。「ただのメカニックだよ、おれは。そんなむずかしいことは分からんさ」

午後十一時五十六分

ロシア原子力潜水艦ドラコン

ヴィクトル・ペトコフ提督は、コントロールルームに設置されたビデオモニタすべてを注意深く見た。艦体外部の照明が、艦の真上に覆い被さっている、分厚い黒い氷の板を照らし出している。海中では、サーマルスーツを着た四人のダイバーが、この三十分、チタニウムの球体《スフィア》を氷の下に設置する作業を行っていた。氷の底に一メートルのアンカーボルトをねじ込み、そのボルトにスフィアの留金《クランプ》をはめる作業である。

同一の装置五個を設置するのだが、すでに最後のひとつに取り掛かっていた。各スフィアはそれぞれ、例の氷島から百キロの地点に設置される。星形の五つの頂点にひとつずつ置く要領で、ロシアのアイスステーションをぐるりと取り囲むのだ。設置は指定された位置座標に従い、正確に行われる。残る作業は、主起爆装置《マスタートリガー》を設置することだけだった。それは寸分の狂いもなく、星の中心に置かれなくてはならない。

ペトコフはダイバーから、その先の暗い水中に視線を移した。巨大な氷島と、その中にあるアイスステーションが見える気がした。引鉄《トリガー》を引くのに、それ以上の場所があるはずはない。

　モスクワからの命令は、父親の成し遂げた仕事の成果を回収し、関連するものをすべて破壊することだった。しかし、ペトコフはもっと壮大な計画を立てていた。

　ペトコフはダイバーのひとりに目をやった。装置底部のボタンに親指を掛けている。球体の赤道部を青い光が巡った。五個あるうちの、最後のひとつが作動しだしたのだ。柔らかな青い光に照らされて、スフィアの表面に書かれたキリル文字がはっきりと見える。ロシア北極南極研究所のイニシャル、ＡＡＲＩだ。

「で、あれは、ただのセンサーなんですか？」傍らに立っているミコフスキー艦長が訊いた。その口調に、あからさまな疑念が現れている。

　ペトコフは穏やかな口調で答えた。「測深学の最新テクノロジーだ。水位の変化、海流の変動、塩分の濃度、氷の密度――そういうものを同時に計測するよう設計されている」

　ドラコンの艦長は、首を振った。右も左も分からない新参兵ではないのだ。セヴェロモルスク海軍総合基地のドックをあとにするとき、ミコフスキー艦長は、任務の範囲に関して説明を受けていた。外交上の任務を帯びて、失われたロシアのアイスステーションに赴く提督をエスコートすること、それだけだった。だが、それ以上のことが計画されていると、ミコフスキーに分からぬわけがなかった。セヴェロモルスクでドラコンに積み込まれた装備と兵器を見れば、当たり前のことだ。それに加えて、ロシア連邦保安庁《FSB》から暗号文書が届いていることも、その内容までは分からぬにせよ、知っているのである。

「この水中機器は、軍事利用に転用できないものなんですか？」ミコフスキーは、もうひと押しした。「アメリカ側を盗聴するとか」

　ペトコフは水中に目を向けたまま、肩をすくめた。自分の沈黙を、この艦長は誤って解釈するだろう。それでいい。疑念を持たれたら、納得したいように納得させておくことも、ときには最善の手なのだ。

「ほう、やはり……」ミコフスキーは、隠された計画が存在すると思い込み、改めて感心したような目でスフィアに目をやった。

　ペトコフはモニタに視線を戻した。権力者間で行われるゲームには底知れぬ闇がある。この若い艦長も、経験を積むうちに、そのことを理解できるようになるだろう。

　十年前、ペトコフは、ＡＡＲＩ所属の科学者数名を自らの手で選抜してチームを編成し、セヴェロモルスク海軍総合基地外で秘密プロジェクトに着手した。この手のベンチャー自体は、別段珍しいことではない。極地調査プロジェクトには、基地外で行われているものも多いのだ。衝撃波《ショックウェーブ》という名を冠されたこのプロジェクトが異例である点は、これが当時艦長であったヴィクトル・ペトコフ自身の指揮下で行われたとということであった。研究者は、ペトコフに直接、成果を伝える。北部沿岸地帯の僻地《へきち》では、あれこれと詮索する目もなく、ほかのプロジェクトに紛れてしまうのも容易だった。参加した六人の研究者たちが、飛行機事故で全員一度に死んだときですら、このプロジェクトに関して問い合わせてくる者は皆無だった。そして、二年前に起こったこの死亡事故とともに、ショックウエーブ・プロジェクトも死んだ。

いや、死んだことになったのだ。

ペトコフ以外に、プロジェクトが完成していたことを、知る者はいなかった。ペトコフは、チタニウム・スフィアの取りつけを終えたダイバーたちが戻ってくるのを、じっと見つめていた。

すべての発端は、一九七九年発表の、二酸化炭素と地球温暖化を関連づけた短い論文だった。極地氷床が解けだすという不安から、海洋の水位が上昇し地球規模の大洪水を引き起こすという、悪夢のシナリオが産み出された。この種の脅威について研究するロシアの中心機関として、サンクトペテルブルクにあるＡＡＲＩが指名されたのは、当然の成り行きだった。ＡＡＲＩには、地球上に存在する氷に関して、世界最大級のデータベースが蓄積されているのである。やがて判明したのは、グリーンランドや南極大陸の氷床が解けた場合、最大六十メートルという劇的な海面上昇が起こり得る一方で、北極氷床はそのような危険をもたらさない、ということだった。北極の氷が海中に浮遊する状態にある以上、解けた場合でも、等容積の水が氷に取って代わるだけだからである。それはちょうど、コップの水に入れた氷が解けた場合と同じように、北極の氷は海面の水位を上げないと分かったのだ。つまり、脅威とはならないという結論だった。

しかし、一九八九年になって、ＡＡＲＩに所属する科学者のひとりが、北極の氷がすべて、突然解けた場合、更に大きな危険を招来するということに気づいた。氷床がなくなるということは、北極海にとっては、断熱材がなくなるということと同義だった。太陽熱をはね返すという北極氷床の機能が失われた場合、北極海海水は急速に蒸発し、大気中に大量の水分を供給することになり、その結果、雨、雪、あるいは霙《みぞれ》という形で、大量の降水がもたらされる、という仮説である。このリポートは、もし地球の気候がこのような変化を経験した場合、現在の気候パターンと海流動向は一変し、その結果、洪水、生態系の混乱、地球的規模の環境破壊などを招来するであろう、と結論づけていた。つまり、世界各国に、とりわけ世界経済に、破壊的ダメージを与えるということだ。

この予言が現実のものとなったのは、一九九七年、太平洋において、単純な海流の変動が起こったときのことだった。いわゆる、エルニーニョ現象である。国連関係機関の発表によれば、世界全体での損失は九百億ドル以上に及び、この現象に起因する死者数は五万に上ったという。一年でたった一回の海流変動がもたらした結果がこれだった。北極氷床の消失となれば、現象自体が十年単位で継続するものと考えなければならない。また、その影響は、単に太平洋に留まらず世界中に及ぶ。人類史上例を見ない、大災害になることは間違いないのである。

もちろんこういう研究成果は、軍事利用が可能であるか否かの研究に直結する。それはすなわち、北極の氷床破壊は可能であろうか？——という観点からのものである。その研究の結果すぐに判明したのは、あれほどまでに巨大な氷の広がりを解かすには、現在の核技術では到底産み出せないレベルの膨大なエネルギーを必要とする、ということだった。詰まるところその可能性は、あくまで理論に留まったのである。

しかしＡＡＲＩの科学者に、興味深い理論に辿り着いた者がいた。それは、氷床を解かす必要などなく、ただ〈不安定化〉すればいいというものだった。部分的に解ければ、残りの部分は緩むだけでいい、ひと夏過ぎれば、残りの仕事は完了する、という理屈だ。氷床がシャーベット状になって北極海に流れ出せば、太陽のエネルギーは北極海上のより広い範囲に届くようになり、断片化した氷周辺の海水温度を上げる、そうなれば結果的に、残りの氷も解けるというわけである。太陽エネルギーが使えるときには核エネルギーなど不要であって、春の終わり頃に氷が不安定化されれば、夏の終わりまでには氷床は消滅する計算だった。

とは言え、どのような手段で、氷床を不安定化すればいいのか？　解答は、一九九八年、これもＡＡＲＩ所属の科学者によって与えられた。この科学者は、北極海氷塊の結晶化現象と氷丘脈形成の関連について研究していて、独自の調和振動《ハーモニクス》理論に辿り着いたのだ。この理論によれば、結晶構造を持つ他の物質同様、氷もまた、特に極端な高圧下において適正な周波数の振動を与えられた場合、クリスタル・グラスのように砕け散るということだった。

この理論を根拠として、ショックウェーブ・プロジェクトは生まれた。人工的に調和振動と熱シグネチャを適切に組み合わせ、北極氷床を粉砕するというプロジェクトである。

モニタ上には、艦体外部の照明が減光される中、暗い海中で明るく光を放っているスフィアが映し出されていた。ペトコフは、手首につけた分厚いリストモニタに目を落とした。プラズマのスクリーンに、星が表示されている。五つの頂点に光が点っている。中央部にはまだなにもなく、マスタートリガーの設置を待っていた。

もうすぐだ。

ペトコフは、リストモニタ上で光る五つの点を見つめていた。

死んだ科学者たちは、この配置を、ポラリス整列《アレイ》と命名した。ポラリス、すなわち北極星である。だが、核使用のマスタートリガーは、もっと身も蓋もない名前をつけられ、〈低周波粉砕エンジン《サブソニック・ディスラプタ》〉と呼ばれていた。これが起動された場合には、二重の効果が生まれる。第一に、これは通常兵器と同様に機能し、幅一マイルのクレータを空ける。次に、通常の核兵器が電磁波を発生するのとは異なり、このエンジンは、氷に調和振動波を伝える。そしてこの振動波が、同時に五つのスフィアを襲って起爆させ、それによって、氷床全体を粉砕するエネルギーを持った強力な調和振動が、四方八方に伝わっていくのだ。

ペトコフは、リストモニタについた汚れを拭った。モニタ隅の目立たぬ位置に、赤い小さな点が明滅している。ペトコフの脈拍を示しているものだった。

〈あとわずかだ……〉

取り敢えず今はもう、万事遺漏がないよう、診断プログラムで計画の再チェックをしながら夜を過ごすほかに、やることはないようだった。

六十年待ったのだ……もう一日ぐらい、どうということはない。

実際、ショックウエーブ・プロジェクトが完成してのち、ペトコフは二年間、計画の遂行を控えたのだ。ポラリスを我が手にしたことだけで、ある種の平安が得られた気分だった。だが今では、遂行を控える運命にあったのだと、信じていた。グレンデル・アイスステーション、すなわち、父の墓そのものが再発見されたのだ。まさに神意ではないか。父の遺体を取り戻し、アイスステーションの中心に埋められた遺産を回収したら、ポラリスを起動させ、世界を永遠に変えるのだ。

ペトコフは、艦体外部の照明が消されていく様子を見つめていた。闇の中に、ポラリスのスフィアが光っている。夜の海に輝く、真の北極星《ポラリス》となったのだ。

十年前に、ショックウェーブ・プロジェクトを開始したこと、すなわち、復讐《ふくしゅう》のためにこのプロジェクトを選択したことには、理由があった。一九八九年のリポート末尾にあった警告の文言が、その理由である。執筆した科学者は、極地の氷床を破壊することに関して、洪水や気温上昇という短期的影響のほかに、もうひとつの危険を予見していたのだ。

長期的観点から見れば、更に不気味な脅威があると、そのレポートは言うのだった。北極海が蒸発するに伴い、降水という形で大陸に水が供給される。高緯度地域では、当然、雪や霙となる。年月を経れば、この雪や霙は氷に変わっていき、やがて巨大な氷河となり、更に広がって現存の氷河と合体し、新しい氷河を形成する。そして更なる年月の経過とともに、氷河は広がり積み重なって分厚い氷の板となり、高緯度地域の陸地を南下していく――

――そして五万年後、新しい氷河期が始まるのだ。

夜の闇に包まれ、北極海の水中で光るポラリス。それを見つめながらペトコフは、運命がもたらす対称性に心を動かされていた。

〈父は死んだ。氷に閉ざされて――世界は死ぬ。氷に閉ざされて〉

第六章　迫りくる氷　ᓯᑯᒥ ᐃᓯᒃᓯᑐᒃ

四月九日、午前五時四十三分
北極氷床上空

ツイン・オッターの副操縦士席から、太陽が空高く昇っていくのが見える。氷の起伏に反射した光が眩《まぶ》しい。眼底に達すると思われるほど、強い光だ。ジェニファーは飛行用サングラスをかけていたが、マットは、極地の朝日特有の美しさを裸眼のまま見つめていた。ここまで高緯度になると、日の出を見られるのも、あと十回ぐらいだろう。そのあとは、冷たい火の玉が空中に留まる季節となり、それが丸四箇月続く。だからこの地域の人々は、朝日と夕日のひとつひとつを愛《め》でるようになるのだ。

特にこの朝は格別だった。南東から絶え間なく吹きつける向かい風が、普段なら氷の上に立ち込めている霧と靄《もや》を、そっくり吹き飛ばしてくれたのだ。眼下に、見渡す

かぎりに広がるの
解け水を湛《たた》えた池だ
遥か水平線から流れ出た
オレンジと深紅色《クリムゾン》の彩りが、

「嵐が来る」そうぶっきらぼうに言
が、欠伸《あくび》をしながら目を覚ました。

マットが振り向いて言った。「どうしてケ
ジョンが答える前に、クレイグが、文句を言
な顔をして、シートにだらしなく寄り掛かっている
味はないという態度だった。クレイグの後ろでは、ベイ
けんばかりに大きな欠伸をした。犬も記者と同じく、目を覚
いるようだった。

両者を気にも留めず、ジョンは身を乗り出すと、北の空を指差した　方角
は、まだほの暗い。水平線の近くに煙のようなものが立ち昇っている。渦　状にな
っているようだった。

「氷霧だ」ジョンは言った。「日が照っているのに、気温が下がってきている証拠だ」

マットは頷いた。「天気が入れ替わろうとしているわけだ」

極地の天候には、中庸ということがほとんどない。現在のように穏やかに晴れているか、あるいは、ひどいブリザードになるか、そのどちらかであるのが普通なのだ。これくらい高緯度地域になると、雪が降ること自体はまず問題にならないが、風はきわめて危険で、氷とその表面の雪を激しく巻き上げ、視界ゼロのホワイトアウト状態を招くのだ。

マットはジェニファーの方に身体を向けた。「嵐の前にドリフトステーションに着けそうか？」

「そのはずよ」

キャクトヴィックを発ってからジェニファーが発した、はじめての言葉だった。ベニーのところで何かが起こり、それにショックを受けたことは確かだったが、何が起こったかについては、本人が決して語ろうとしなかった。砂でも嚙むかのように、味気なさそうに食事を済ませると、しばらくして、仮眠を取りに格納庫内のオフィ
入っていった。それも三十分足らずのことだったが、オフィスから戻っ
は、目が真っ赤に充血していた。仮眠を取っていたようには

ジョンがマットにちらりと目を向け、一瞬、視線
ことを読み取ろうとしているようにも見

当時、義理の父子は兄弟のよう

をし、狩りをし、釣りをした。だが、たったひとりの孫を失ったのちは、ジェニファーと同様、マットへの態度が頑《かたく》なになった。

それでも、タイラーが死んだとき、この老イヌイットはマットを責めなかった。ジョンは誰よりも、アラスカの奥地で生き抜くことの厳しさと人の命の儚《はかな》さを知っていた。ジョンは成長期を、ベーリング海峡北東部のコッツェブー湾《サウンド》からほど近い寒村で過ごした。イヌイットとしてもともと持っていた名は、フルネームで、ジュナクワートというものだったが、内陸部に移ったときに、短くジョンと縮めたのだった。故郷の寒村は、一九七五年に襲った寒波で住民のほとんどが飢餓に倒れ、ひと冬で消滅した。ジョンもすべての係累を失ったが、このような悲劇は取り立てて珍しいものではなかった。凍てつく北国では、食料が慢性的に不足している。人々は常に死と隣り合わせに生きているのだ。

タイラーの溺死に関してマットを責めることはなかったが、そのあとに続いた醜悪な事態に対して、ジョンは憤りを感じていた。マットは、ジョンの娘ジェニファーに辛く当たった。罪の意識と深い悲しみに、マットはまさに抜け殻の状態だった。生きつづけるためにマットは、止めどなく酒に浸り、瞳に宿る非難の色を避けようと妻を遠ざけた。この当時、ふたりは言うべきでないこと、言ったら最後、取り返しのつかなくなることを言い合った。そしてついに、それは限界に達した。ふたりは、救いようもなく打ちひしがれ、壊れた。ばらばらになった。

ジョンは今、優しく包むように指を曲げた手を、マットの肩に載せている。その仕草は、ジョンが穏やかな気持でマットを受け容れはじめていることを示していた。イヌイットが生きるために学ぶのは、死についてだけではない。深い悲しみもまた、生きるために必要なのだ。ジョンはマットの肩を軽く叩き、シートに座り直した。

マットは、瞬《まばた》きもせずに、朝の冷たく眩しい光を見つめていた。ここ何年ものあいだ、自分の心の有り様《よう》が、これほど分からなくなったことはない。なんとなく、落ち着かない気分だった。自分の内部にあった重いものが、何かの拍子に少しずれて、バランスを失った感じだった。

ジェニファーは計器を指差し、方位と速度をチェックしながら言った。「クレイグが教えてくれた地点には、あと三十分もあれば着くわよ」

マットは前を見たまま応じた。「前もって、ドリフトステーションに無線連絡をしておいたほうがよくないか？　行くって知らせておくほうが？」

ジェニファーは首を振った。「ステーションがどうなっているのか分からないうちは、ぎりぎりまで知らせないでいるほうがいいと思う。それに、無線通信もまだ本調子じゃないし」

途中、受信機を通じては、各チャンネルから膨大な量の交信が入ってきていた。プルドーベイ精油施設爆発のニュースは、瞬《また》く間に広がった。クレイグが予言したように、新聞社、通信社が慌ただしく動き回り、さまざまな憶測を垂れ流しているのだ。

クレイグは、納得がいかないという表情をしながら、シートに座り直した。「何も言わずに飛び込んだら、基地にいきなり現れたことをどう説明するんだい？　警官のふりをするとか、不正を嗅ぎつけた報道記者のふりをするとかして、殴り込みをかけるわけかな。ま、保護を求めて流れ着いた難民って手もあるかもしれないが」

「権限を持って殴り込む、っていうのは、無理」ジェニファーが答えた。「管轄外だから、わたしにはなんの法的権限もないの。だから、知っていることを全部話して、ステーションの責任者たちに用心するように言うのよ。わたしたちを襲った連中が、すぐ近くまで迫っているかもしれないでしょう？」

クレイグは何もない空を見渡した。追っ手がいるかどうかを調べているのだ。「ドリフトステーションが、おれたちを守れるかな？」

マットはクレイグの方を向いた。「このオメガ・ドリフトステーションに関して、一番詳しいのはきみじゃないか。海軍のどんな部隊が詰めているんだ？」

クレイグは首を振った。「目的地に関しては、何も具体的なことを言われていないんだよ……荷物をまとめて、シアトル発のアラスカ航空朝一番の便に、むりやり乗せられたんだ」

マットは考え込んだ。最低でも、潜水艦一隻と、その乗組員はいるはずだ。研究施設のほうにも、別の人員が配置されていてくれるといいが。「まあ、どういう奴がいようと」マットは決意を声に出して言った。「嵐が来ているんじゃ、おれたちを入れんわけにはいくまい。取り敢えず入れてもらって、あとで話を聞かせればいい。連中が信じようと信じまいと、そいつはまたそのときに考えりゃいい。プルドーベイで爆発があったあとじゃ、連中も疑念の塊になっているだろうからな」

ジェニファーが頷いた。「オーケイ、それで行きましょ。少なくとも、もっとうまい手が見つかるまでは」

側窓から外を見ていたジョンが、声を上げた。「北二度辺りに、何か見える。赤い建物だ」

ジェニファーが針路を微調整した。

「あれがドリフトステーション？」クレイグが訊いた。

「どうかしらね」ジェニファーが言った。「あなたが教えてくれた位置座標から、六マイルほどずれてるけど」

「あれは編集長から貰《もら》ったデータなんだが」

「海流のせいだ」マットが言った。「漂流基地《ドリフトステーション》と呼ばれることには、それなりの理由があるのさ。位置座標とそこまで近いことのほうが驚きだよ。クレイグの情報は、もう一週間近く前のものだろう？」

ジェニファーは、赤い建物が並ぶ方に向かっていった。

近づくにしたがって、細かいところまではっきりと見えだした。基地のそばに、幅広の氷湖《ポリニャ》がある。海面を取り囲む氷に、繫船柱《ボラード》が打ち込まれている。潜水艦用のボラードだが、現在係留されている艦はない。ポリニヤの向こうに赤い建物が並んでいる。数えると十五棟あった。長い半月型のテントで、クオンセット・ハットと外観は似ているが、その寒冷地仕様だ。軍隊にいたときに、何回となく見たことがある。その小さな集落の中央部で、高いポールに掲げられたアメリカ国旗が翻っている。

「アメリカの基地であることだけは確かだな」クレイグが言った。方向を変えようとする機体が大きく傾いた。

「ドリフトステーションに間違いない」マットが呟いた。

数台の車両が、片方の端に並んで駐車していた。ポリニヤからジェイムズウェイ・ハット《ジェイムズウェイ・ハット》に向かって、はっきりとした轍《わだち》ができている。だがそれだけではなく、ステーションから外に向かって延びていく轍も一本あって、これもきわめてくっきりとついている。どこに続くのだろう？　マットは、もっとよく見ようとしたが、その前にジェニファーは旋回して着陸態勢に入った。

眼下のジェイムズウェイ・ハットから、ぱらぱらと人が出てくる。全員パーカ姿で、空を見上げている。オッターのエンジン音を聞きつけて出てきたのは間違いない。北極氷床の接近困難ゾーン《ZCI》にやって来る客など、確かに稀ではあるだろう。マットは、ぽかんとこちらを見上げている連中が、緑、黄色、赤と、派手な色のパーカを着ていることに安心した。こういう色は、目立つことを目的としている。つまり、嵐の際に、お互い仲間を見つけやすくするための工夫なのだ。

ありがたいことに、白のパーカを着ている者は誰もいなかった。

ジェニファーは、雪上着陸用のスキーをセットし、フラップを下げた。オッターが、基地のすぐ西側に設けられた平らな氷の滑走路に向かって、順調に降下してゆく。

「シートベルトは、ちゃんと締めていてよ」ジェニファーが警告した。

ツイン・オッターが、氷に降りた。マットはシートの肘掛けを摑《つか》んだ。機体がふわりと降り、すぐに水平になって、氷の上を疾駆しはじめる。スキーが、氷上のわずかな起伏を捉えて振動し、機体中のボルトを揺らす。マットの奥歯もがちがちと鳴った。だが、着陸するとほぼ同時に、ジェニファーがパワーを切り、減速のためにフラップを上げると、速度が落ちるにしたがって振動も消えてゆき、あとは、起伏を過ぎるときのゆったりとした上下動だけになった。

クレイグが、ほっと溜息をついた。

「さあ、着いたわ、北極海のど真ん中よ」ジェニファーが、飛行機の向きを変えながら言った。ジェニファーはオッターを、今や目と鼻の先にある基地に向かって、自力移動《タキシング》させている。

「北極海か」クレイグが、ジェニファーの声に応じながら、窓の外に不安そうな視線を向けた。

マットも、クレイグ同様、不安だった。三年前の事故以来、氷というものが信じられなくなっていた。足下にある氷は、いくら頑丈そうに見えても、そうではない。絶対に信頼してはならないのだ。頑丈に見えるのは、錯覚にすぎない。安全だと思っているると、思いもかけぬときに裏切られることになるのだ。一瞬でも背を向けたら……ほんのわずかでも気が散ったら……

マットは、まだ降下中でもあるかのように肘掛けを握りしめていた。一面に広がる氷の世界を見つめる。そこには、マットにとっての地獄があった。燃えさかる炎によってではなく、無限の氷によって、マットを苦しめる地獄があった。

「歓迎会の用意をさせちゃったようね」ジェニファーはそう言いながら、エンジンを切った。二機のプロペラが徐々に回転を緩める。

マットは我に返り、基地の方に視線を投じた。スノーモビールが六台、エンジン音を轟《とどろ》かせながら向かってくる。乗っているのは全員、青いパーカの男たちだ。海軍の徽章《きしょう》が見える。

〈守備隊だ〉

ひとりがスノーモビールに乗ったまま立ち上がり、手にしたメガホンを上げた。

「直ちに機外に出なさい。何も持たず、手を挙げて出てくるように。逃走や攻撃を目論んだ場合には、断固たる処置をとる」

マットが溜息をついた。「最近は、歓迎会って言っても、ずいぶんとしけたもんだな」

午前六時三十四分
グレンデル・アイスステーション

アマンダは、たった一晩でなされた仕事量の膨大さに驚きながら、その混乱ぶりを見つめていた。昼とか夜とかいう観念は、このアイスステーションでは、たいした意味を持たない。ましてや、暗いクロール・スペースの中となれば尚更である。沈黙の世界にひとり閉じこもって、アマンダは、ドラマが展開する様子をじっと見つめていた。

「気をつけて扱えよ！」ヘンリー・オグデン博士が氷の向こうで怒鳴っている。アマンダのところからでも、オグデンの大げさな身振りは見えるし、唇さえ読める。

オグデンの指示で、大学院生のふたりが照明用の支柱を立てるのに悪戦苦闘している。岩肌を照らすために設置されるのだが、これで四本目だった。その近くに敷かれたラバーパッドの上では、照明その他の機器を使用するための発電機が、不機嫌そうに振動している。氷のフロアには、電線がのたうち回り、何本ものパイプが転がっていた。

氷表面のところどころに、赤い旗が立てられている。一方、岩壁のほうも、負けず劣らず、攻勢をかけられていた。スチール製の梯子《はしご》が何脚も立て掛けられている。表面に立てられた旗の数は、こちらのほうが多いほどだ。

標本のある箇所だろうとアマンダは想像した。氷のフロアに数箇所ある、旗とロープで仕切られた区域をアマンダはじっと見つめた。なんの標本がそこに眠っているか、自分には分かっている。グレンデル……そう命名された獣たちだ。

発見の報は瞬く間に広がった。オグデン博士自らが漏らしたはずもないが、互いになんの義理もない科学者同士の寄り合い所帯で、この手の秘密が守られると考えるほうが間違いだろう。誰かが喋《しゃべ》ったのだ。

巨大な洞の至る所で、生物学スタッフの上席研究員と研究生が共同で作業をしている。しかしアマンダは、他分野からの研究者も何人か来ているのに気づいた。その中には、アマンダが信頼を寄せているオスカー・ウィリグ博士もいる。このスウェーデン人海洋学者は、オメガの科学者グループ全体の長老とも呼ぶべき人物で、その数多くの業績はつとに知れわたっており、一九七二年にはノーベル賞も受賞している。そのぼさぼさの白髪頭もまた目立つことこの上なく、辺りにどれほど人がいようとすぐに見つかるのだ。

アマンダは、標本用の瓶や箱を蹴飛ばさぬように注意しながら、ウィリグ博士の方に歩いていった。取り敢えず誰かが砂を撒いてくれていて、特に往来が激しい区域には、ラバーマットも何枚か敷いてあった。ウィリグは、ラバーマットに膝をつき氷の下を覗き込んでいる。

アマンダが歩み寄ると、ウィリグは顔を上げた。「やあ、アマンダ」博士はそう言うと、にこりと笑いかけながら、膝を氷から離し踵のほうに体重を移動させた。「見てごらん、基地のマスコットだよ――もう見たんだっけ?」

アマンダは微笑みを返した。「昨夜のうちにね」

ウィリグは、すっくと立ち上がった。年齢を感じさせない機敏な動作だった。強靭かつスマートな身体の七十歳だ。「これは素晴らしい発見だよ」

「伝説のグレンデルそのものみたい」

「アンブロケトゥス・ナタンスだ」ウィリグが訂正した。「あるいは、わがハーバードの俊英に従うならば、アンブロケトゥス・ナタンス・アルクトス、ということになる」

アマンダは信じられないと言うように首を振った。アルクトス――北極海亜種……。オグデン博士は時を移さず、自分の発見であることを主張したのだ。「で、ウィリグ博士は、オグデン博士の主張について、どのように？」

「興味深い理論だ――前史時代の動物が、極地に適応して生まれた種だと言うのだからね。だが、仮説から証明に至る道は、さぞ長いことだろうな」

アマンダは頷いた。「まあ、ヘンリーには、山ほど標本があるけれど」

「ああ、実際、びっくりするほどあるね。それを解凍して――」ウィリグはそう言いはじめながら、肩越しに後ろを見た。

アマンダはウィリグの視線を追った。どうやら何かが聞こえたらしい。ウィリグの注意を惹き、ふたりの会話を途切れさせた騒ぎを特定するのに長い時間はかからなかった。

ヘンリー・オグデンとコナー・マクフェランが、角突き合わせている真っ最中だった。筋骨隆々としたスコットランド人地質学者が、小柄な生物学者を見下ろしているという図なのだが、オグデンのほうも負けずに、両手を腰に身を乗り出すようにしている。闘犬《ピットブル》に嚙みつこうとする、怒ったチワワという感じだ。

ウィリグが向き直ってくれたおかげで、アマンダは唇を読むことができた。「あれまあ、またかね。一時間前にわたしがここに降りてきてから、もうこれで三回目なんだ」

「どうなっているのか、ちょっと見てきますね」アマンダは、仕方なさそうに、そう言った。

「調停役も大変だねえ」

「そんないいもんじゃありません。子守役ですよ」アマンダはウィリグから離れ、戦場に向かって歩いていった。ふたりはアマンダが来たことにも気づかないのか、相変わらず口論を続けていた。

「……全部の標本を回収しおえるまではだめだ。まだ撮影も始めていないんだぞ」オグデンは、ぐいと身を乗り出し、地質学者と顔を突き合わせている。

「ここで調査できる時間を独り占めしようってのか？　あの崖にはだな、純粋の石炭期包有物を含んだ玄武岩層があるんだ。でもな、こっちがやりたいのは、そこからほんの少しばかり、標本を掘り出すってことだけなんだぞ」

「少しって、どれくらい少しなんだ？」

「せいぜい二十個だ」

生物学博士の顔が曇った。「正気か、おまえ？　全部、ぶっ壊す気か？　こっちの標本はデリケートなんだ。そんなことをしたら、どれだけだめになるか、想像もつかん！」

アマンダは、口論についていけなかった。唇を読むことには限界があるのだ。だが、ふたりの大きな身振り手振りには、その不足を補ってあまりあるものがあった。殴り合いになりそうだった。アマンダは、縄張り争いをする牡の匂《テストステロン》いを感じたのだ。

「あなたたち」アマンダは抑えた口調で言った。

ふたりは、アマンダに――その組んだ腕と厳しい表情に――目をやった。ふたりとも、一歩後じさりした。

「いったいなんなの、いい大人がふたりして」一語一語、噛みしめるように、アマンダは言った。

先に返事をしたのは、コナー・マクフェランだった。黒い顎鬚《あごひげ》をもっさりと生やしているせいで、唇を読みにくい。「生物学チームには我慢してきたんだよ。だが、ここでの発見に関しては、我々にも同等に標本採取の権利があるはずだ。この規模の包有物まで――」壁の方に手をやりながら、マクフェランは続けた。「――オグデン博士の思いどおりになるってのはおかしいじゃないか」

オグデンが反論した。「まだたったひと晩だ。それでやっと、準備が終わったところなんだよ。こっちの標本採取は、地質学者のやるようなブルドーザでガガーッてのとは、わけが違う。もっとデリケートなもんなんだ。要するに、優先順位の問題なんだよ。おれの標本採取は、マクフェラン博士の標本を傷つけない。反対に、マクフェラン博士の標本採取は、おれの標本を取り返しのつかないほど破壊する可能性があるんだ」

「そいつは嘘だ！」マクフェランが大声を上げた。声こそ聞こえなかったが、胸を大きく膨らませ、顔を紅潮させているところを見れば、容易に察しがつくことだった。

「あんたの好きな、忌々しい苔だかなんだかが生えていないところから、標本を採るんだから、何も傷つけるわけがないじゃないか」

「埃《ほこり》……それに騒音……こいつが大敵なんだよ」オグデンはマクフェランを無視するかのように、アマンダひとりに話しかけた。「このことに関しては、昨夜のうちに結論が出ていたと思うが」

アマンダとしては、頷くしかなかった。「コナー、ヘンリーの言うとおりなのよ。この岩壁は五万年前からここにあるわけでしょう？ 生物学チームが標本採取をするまで、あと二日それが延びても、構わないんじゃない？」

「少なくともあと十日は必要だ」オグデンが割って入った。

「じゃ、三日」アマンダは、肩幅の広いスコットランド人を正面から見た。満足したのか、気の抜けたような笑顔を浮かべている。「そのあと、地質学者チームも、標本採取を始めて――ただ、ヘンリーがオーケイした場所だけにしてね」

大男の顔から笑顔が消えていった。

アマンダは、さっと身体の向きを変えた。「しかし――」耳が聞こえない人間にとって、これが相手の話を遮る最も容易な方法である。ただ相手から視線を外せばいいのだ。アマンダはオグデンの方を向いた。「それからね、ヘンリー……あなたのほうは、最初は岩壁に集中して、そこの作業を三日以内に完了してほしいの。三日後には、掘削の許可を出すつもりだから」

「しかし――」

アマンダはふたりに背を向けた。ウィリグ博士が大きな笑顔を向けている。マクフェランは、出口のトンネルに向かってとぼとぼと歩いていく。一方、オグデンは、チームのメンバーたちに熱弁を揮《ふる》おうと、マクフェランとは反対方向に意気揚々と引き上げていった。束の間とは言え、この雪解《デタント》けは、生物学者、地質学者間を、少なくとも二十四時間、休戦状態に置いてくれるはずだ。

ウィリグ博士がそばに来て言った。「一瞬、平手打ちでも食らわせるんじゃないかと思ったよ」

「そんなことをしたら、かえって大喜びしそう、あの人たち」

「ちょっと、こっちへ」ウィリグ博士が手招きした。「オグデン博士が、本当に守ろうとしているものを、きみも見ておいたほうがいいと思う」

博士は、父親が娘にするようにアマンダの手を取ると、岩壁に空いた、例の亀裂まで連れていった。アマンダは、ちょっと腰が引けた。「いえ、ここにはもう入りましたから」

「知っている。だがきみは、あの喧嘩《けんか》っ早い男が、実際に何をやっているか見てはいないだろう？」

好奇心に背中を押されて、アマンダは前に進んだ。ふたりは、岩壁にぽっかりと空いた裂け目に着いた。今朝アマンダはサーマルスーツを脱ぎ、ジーンズとブーツにウールのセーター、それに借り物のゴアテックスのパーカという軽装に着替えて、クロール・スペースに入ってきたのだった。そのせいで、入口に立ったとき、はじめてどれほどそこが暖かいかに気づかされた。亀裂の奥から、生暖かい空気が絶えず流れ出してきている。

ウィリグ博士が、手を取ったまま、先に行く。「実に驚嘆すべき眺めだよ」

「何が……？」暖かさに気を取られる……と同時に、暖気に乗ってくる微かな腐臭にも気づいた。足下の石床を漣のように水が流れていっている。天井からも水が滴り落ちている。

六歩も進まぬうちに、ふたりは奥の洞に着いた。外の広い空間同様、ここも、ハイテク機器の侵略を受けていた。隅で、発電機が唸り声を上げている。両方の壁際には、中央に向けられた暖房機が並んでいる。中央には、支柱に取りつけられた照明が二本ぎらぎらと輝き、中央部を鮮明に——あまりに鮮明に、晒《さら》している。

昨晩は、フラッシュライトたった一本の光があるだけだった。この洞には、時間に埋もれた、いわば、幽霊でも出そうな雰囲気があった。それが今は、ハロゲンランプの光に照らされて、まるで病院さながらだ。

腹部を切開され、四肢を釘で留められた動物が大の字に横たわっている光景は、昨日と同じだった。だが、凍った状態では古いものに見えたその身体が、今は水滴を垂らしながら輝いている。ぽつぽつと水滴を垂らしている露出した内臓は、肉屋のまな板に載った新鮮なレバーのようだ。解剖が、六十年前ではなく、ほんの昨日、始まったようにも見えた。

その骸《むくろ》の先に、昨夜も見た六個の大きな氷塊がある。表面が解けだして、すっかり透明になっていた。それぞれの氷の中心には、鼻面を腹に押しつけ、身体を丸めた蒼白い動物が入っている。長くしなやかな身体が頭部をすっぽりと覆い、更にその外側に太い尾が巻きついている。

「この寝姿を見て、何か思い出さないかね？」ウィリグが訊いた。

これまで見た悪夢の数々を思い起こして答を探したが、何も見つからず、アマンダは首を振った。

「わたしには北欧の血が流れているんで、そのせいかも知れない。これを見ると、北欧の古い彫刻を思い出すんだよ。龍《ドラゴン》の彫刻だ。身体を丸めて、鼻と尾をくっつけた真龍《ウィルム》の像をね。永遠の輪を象徴する像なんだ」

アマンダは、博士の論理になんとかついていこうとしていた。「つまり、バイキングが、もっと以前に、この動物たちを発見していたと？　この……グレンデルを？」

ウィリグは肩をすくめた。「バイキングこそ、最初の北極探検者だ。北大西洋を横断し、アイスランド、それに氷河に覆われたグリーンランドにさえ到達した。もしここに、この獣たちがひと番《つがい》でもいたというなら、北極圏凍土地帯のあちこちに棲息していたとしても、不思議ではない」

「あり得る話ですわね」

「まあ、根拠のある話ではないがね」ウィリグは解けだしている氷塊を見つめながら言った。「だが、そう考えていくと、ちょっと気になることが出てくるんだよ。特に、この基地で発見されたあらゆる死体に関してね」

アマンダはウィリグにちらりと目をやった。博士は第四階層に関しては何も知らない。

ウィリグは話を続け、要点を整理した。「ロシアの科学者たちと、そのスタッフたち全員に関してだ。大変な悲劇だよ。当然、六十年前に、いったい何が起こったのか、なぜこのアイスステーションが失われたのか。誰だって疑問に思う」

アマンダは溜息をついた。はじめてこの墓場に入ったときのことを思い出したのだ――死体のひとつひとつを。ある者は、骸骨同然に痩せ細っていた。餓死したのだろう。ある者には自殺の、またある者には惨殺の、明らかな痕跡があった。アマンダに想像できるのは、ここには、凄まじい狂気が存在したにちがいない、ということだけだった。

「忘れちゃいけないのは」アマンダが言った。「この基地が失われたのが、四〇年代だということだわ。潜水艦だって、まだ北極点には到達していないし、北極海の海流がどう流れているかさえ、全然分かっていなかった。そういう状況下で何かがあったとしたら？　可能性はたくさんあるでしょ？　夏季に猛烈な嵐に襲われるとか、通信不能に陥ったとか。あるいは、基地内の設備に故障があったとか、補給船が一隻、事故で来られなくなったとか。そういったことのどれかひとつでも起こったら、基地が消滅してしまう結果になりかねなかった。一九三〇年代には、北極圏と言えば、今の火星と同じくらい遠いところだったんですもの」

「いずれにせよ、悲劇にはちがいない」

アマンダは頷いた。「あと二、三日して、ロシアからの派遣団が到着すれば、もっと詳しいことが分かるでしょう。遺体を引き取りに来る人たちが協力してくれれば、謎もかなり解けるかもしれません」だが、ひとつの謎に関してだけは、決して協力を得られはしないのだ。どうして得られようか？　第四階層で発見されたものに関して、どう説明できるというのだ？　あれを正当化することなど、誰にもできはしない。

ウィリグ博士が、身体を丸めたグレンデルをじっと見つめていることに、アマンダは気づいた。そう言えば、博士はさっき気になることを口にしたが、まだその話を終えていない。「何か、気になることがあるというお話でしたけど。北欧に伝わっている、身体を丸めたドラゴンのシンボルと、何か関係があることですか？」

「ああ、そうなんだ」ウィリグは、顎を撫でながら、言った。その動作で、唇を読むのが、少しむずかしくなったが、アマンダが目を細めているのを見て、博士はその手を下ろした。「さっきも言ったように、そのシンボルは永遠の命を表す輪を表現しているものだ。だがね、実はそれと同時に、もっと暗い、もっと不吉な意味をも表しているんだよ。そこに持ってきて、この悲劇だ……この基地の運命を目の当たりにすると……」ウィリグ博士は首を振った。

「もうひとつの意味って？」

ウィリグはアマンダに、真っ直ぐ顔を向けた。はっきりと唇が読めるようにという配慮だった。「世界の最後、という意味なんだよ」

午前七時五分

　その頃、やはりクロール・スペース内のある場所で、レイシー・デヴリンが屈み込んでいた。地質学チームのリサーチ・アシスタントの、そのまたアシスタントとして、コナー・マクフェランの下《もと》で作業をする予定なのだが、シフトまであと二時間あった。それに、昨晩は、アイスステーション内に設けられたマクフェランの居室を訪れ、夜の大半を、文字どおり、その〈下《した》〉で過ごしたのだ。マクフェランには、カリフォルニアに妻がいるが、それで男の欲求がどうなるものでもなかった。

　昨夜の記憶に頰を緩ませながら、レイシーはスケート靴の紐を結んだ。

　準備を整えると、レイシーは膝を伸ばし、緩やかにカーブした長い氷のトンネルを見つめた。腿と脹《ふく》ら脛《はぎ》の凝りをほぐすために、二度三度と屈伸運動をする。脚はレイシーのトレードマークだった。その脚は筋肉質で、長くすらっとしていながら、太腿にかけ迫力を増していき、堂々たるヒップに繋がるのだ。二〇〇〇年にはスピード・スケートで、オリンピック、アメリカ代表チームのメンバーになったが、前十字靱帯の断裂で膝をだめにし、選手生命を断たれた。レイシーは、なんとか大学を卒業し、スタンフォードの大学院に進んだ。コナー・マクフェランとは、そこで出会ったのだ。

レイシーは最初の数歩を踏み出した。スケート靴はショートトラック用のものだった。くるぶしまでを覆うデザインで、グラファイトとケブラーを素材に、自分の足にぴったり合うように成形されている。だから装着した場合に、指や爪先と同じく、まるで身体の一部のように感じられるのだ。赤、白、紺というストライプ柄のスキンスーツは断熱素材で出来ていて、その下に保温下着を着込んでいる。もちろんヘルメットも着用しているが、これはいつものスケート用とは違い地質学者御用達のもので、額の部分にはライトがついている。

レイシーはトンネルを降りはじめた。これまで何回も上の氷床で滑ったことはあったが、トンネル内を滑るほうが断然むずかしく面白い。水の滴りが、長い年月をかけて造った急斜面。それを飛ぶように滑り降りるのは、無上の喜びと言ってよかった。

氷を思いきり蹴る。脚がいっぱいに伸びたとき、身体の芯に軽い痛みを覚えた。昨夜コナーと過ごしたせいだ。気分が高揚してくる。昨夜はじめて、コナーが耳元で「愛している」と言った。身体をひとつにしながら、息を切らせ、せわしなく、そう囁いたのだ。それを思い出すと身体が熱くなり、寒さなどほとんど感じなかった。

走りはじめてすぐ、トンネルは短い坂に差し掛かり、スピードが上がった。クロール・スペースが発見されて以来、レイシーは毎朝滑るルートをひとつに決めていた。地質学チームが通るルートからは外れている。採取に値するような、興味深い包有物はこのルート上にはなく、したがって、砂も撒かれていないというわけだった。二箇月前、まず徒歩でコースを回り、障碍物の有無を調べて、どのカーブを曲がっていけば周回コースになるのか、つまり、スタートした地点に戻れるのかについて、入念なチェックを済ませていた。

レイシーは、湾曲した氷の壁をせり上がるようにして、最初のカーブを高速で抜けた。空気を切り裂く音が、ヒューヒューと耳の中で鳴っている。次のコーナーが近づくと、レイシーは腰を更に低くした。その先は、魔のスイッチバックだった。延々とS字カーブが続くのだ。このコースで大好きな箇所だった。

左腕を背中側で畳んでバランスを取りながら、右腕をキックに合わせて振りつづける。脚を前後に運び加速しながら、レイシーは、スイッチバックに入っていった。歓喜の声を上げながら、足を蹴る。急カーブに差し掛かるごとに壁高くせり上がるが、それでも慣性の力で、身体のバランスは完璧に保たれる。

スイッチバックを抜けると、次はもっと要注意の箇所だった。びっくりハウスの迷路よろしく、トンネルが縦横に入り組んでいるのだ。レイシーは、壁にペイントスプレーで記したマークを確認するために、少し減速した。カーブの箇所は頭に入っていたものの、慎重なレイシーは、ミスをしないよう念には念を入れたのだ。

ヘルメットについたライトを向けると、一本の光線が、暗いトンネルのずっと奥まで達し、透明な氷を照らし出した。目印としてつけておいたオレンジ色の矢印がはっきりと見える。まるで目印そのものが、光を放っているかのようだった。

奥が行き止まりになっている穴や、危険区域に続くトンネルはやり過ごし、矢印がついた最初のトンネルに入っていく。印がないトンネルのひとつを過ぎたとき、奥の方で影が動く気配を感じたが、高速で通過した瞬間のことで、はっきりとは見えなかった。気になって、滑りつづけたまま危険を承知で後ろを振り返ったが、残念ながら、すでにだいぶ距離がある上にカーブのせいで角度も悪く、ヘルメットのライトは到底届かない。そうこうするうちに、問題の箇所はどんどん遠くに離れていった。

レイシーは前を向いた。ここまで高速で滑走しているときには、常に前方に集中していなくてはならないのだ。それは分かっていても、レイシーはいきなり襲ってきた不安を抑えられなかった。幽霊でも見たような気分だった。さっきまでの幸福感はどこかに消し飛んで、今は強い不安に苛《さいな》まれていた。

レイシーは、なんとかそれを頭から追い払おうとした。「単なる影のいたずらだわ」声に出して言ってみる。自分の声が、気持を楽にしてくれるかもしれないと思ったのだ。だが、その声はトンネルに不自然とも思えるほど大きく反響し、レイシーを追いかけてきた。

レイシーはそのとき、氷の下に自分が全くひとりでいるという事実を、今更のように思い知った。

レイシーの耳が微かな音を捉えた。おそらく、小さな氷が滑落したのだろう。そうは思っても、背筋がぞっとする。レイシーは奥歯を嚙みしめた。首を振り、レイシーはまた背後に目をやった。光の届く先には、ただトンネルの空間があるだけだった。だが、トンネルが繰り返しカーブしているために、光が届いている距離はほんの二十ヤードほどにすぎない。

レイシーはまた顔を正面に向けた。すんでのところで、オレンジのマークを見落とすところだった。やむを得ず大きく減速したあと、左脚を大きく蹴り出し急角度でターンをして、なんとか正しいトンネルに入っていった。

そのトンネルに入ったところで、膝が震えだした。恐怖感もあって、筋肉が疲労したのだ。このひとつ前のトンネルに入ったほうがよかった。今滑っているトンネルに印をつけたのは、これが大回りをして、半マイルもある一本の長いループになるせいだった。ひとつ前にあるトンネルのほうが近道だった。ただ短すぎて、普段やっている四マイルの滑走には向かないのだ。だが今レイシーの頭の中は、一刻も早くトンネルを抜け出し、仲間の元に、コナーの腕の中に、帰ることでいっぱいだった。

レイシーは加速し、ループの奥に進んでいった。動く影から少しでも遠ざかりたいと思ったのだ。丸一分ほど、そんな考えに凝り固まったまま滑りつづけてきたあと、レイシーは自分の愚かさ加減に気づいた。もう、怪しい影も怪しい音もなかった。スケートのブレードが立てる、サーという音以外、周囲の世界には何もなかった。

そのループも終わりに差し掛かっていた。トンネルは上り斜面になり、前進にはいささか苦労するところだが、慣性の力と滑らかな氷のおかげで、だいぶ力が省けた。下り斜面になり、脚を強く蹴る、いつものリズムに戻った。ループの起点を、仲間の元を目指し、レイシーはスピードを上げた。

小さな笑みが漏れた。何をそんなに怖がっていたのだろう？　いったい下に、何があると思ったのだろう？　何もあるわけがないのに。レイシーは、自分がなぜあのような反応をしたのか考えてみた。コナーと夜をともに過ごしたことで、自分の中に眠っていたある種の不安が呼び覚まされたのかもしれない。罪の意識がそうさせたのだろうか？　奥さんのリンダには、大学の行事で何回も会ったことがある。リンダは、人当たりのいい、柔らかな物腰の素敵な女性だ。夫にこんな仕打ちをされるような

――

また音がした。氷の上を、別の氷が滑っていったような音だ。

そして今度は、前の方からだった。

レイシーはブレーキをかけた。トンネルのずっと奥の方、そのループの出口辺りで、影が動いた。ヘルメットのライトはそこまで届かない。レイシーは減速こそしたが、完全に停止してはいなかった。まだなんだか分からない。レイシーは、実際に怖れるべきものがいるのかどうか、自分の目で確かめたい衝動に駆られた。前進して行くレイシーのライトが、前方を照らす。

「誰かいるの?」レイシーは大声を上げた。研究員の誰かかもしれない。調べたいことがあれば、ひとりでやって来ることだってあるだろう。

返事はなかった。さっき気づいた動きがなんだったにせよ、そんなものは、もうどこにも見られなかった。トンネル内の影は、普段どおり、全く動かない影だけになった。

「誰かいるの?」レイシーは繰り返した。「いるなら返事をして」

レイシーはしゃがんだまま、ブレードが滑るに任せて前進した。下を照らすライトの光を追うように、滑っていく。

前方で、ループが終わる。その先はまた、びっくりハウスの迷路に戻るのだ。喉はすっかり渇き、寒さで硬直している。まるで誰かに首を絞められている感じだった。

〈あの迷路さえ抜ければ……あとは真っ直ぐ、文明社会に帰れる〉

束の間とは言え、罪の意識を感じたというのに、この瞬間、レイシーの頭にあるのは、コナーに会いたいということだけだった。ごつい手と広い肩幅を持った、見上げるような大男のことを考えただけで、レイシーの脚は速まった。その腕に抱かれさえすれば、自分は安全なのだ。

レイシーは、最後の上り斜面を滑りきり、ループを抜けると、迷路に入った。何もなかった。「自然のいたずらよ」レイシーは自分の胸に語りかけた。「ただの氷、ただの光、ただの影！」

レイシーは、誘導灯に従う飛行機のように、オレンジの目印を辿りながら進んでいった。右へ左へと、方向を変える。そのとき、暗いトンネルのずっと奥で、ヘルメットのライトを反射し、何かがちらりと光るのが見えた。ふたつの赤い点だった。

レイシーには分かった。

〈目だわ。大きな、瞬きをしない目――感情のない目〉

レイシーは、氷を踏んでブレーキをかけ、停止した。

恐怖に全身が震えた。わずかだが、失禁したのが分かった。熱い液体がスキンスーツの中を伝っていく。

一歩、もう一歩、下がる。脚が震えている。回れ右して走り出したかったが、あの目に背中を向けるのも怖かった。レイシーは、一歩、また一歩と、後じさりしていった。

次の瞬間、目が消えた。光が届かなくなったのか、目の持主が姿を消したのか、どちらかは分からない。身を凍らせるようなその視線から逃れたレイシーは、身を翻し、力のかぎり滑走した。

恐怖に身体を押されながら、レイシーはひたすら滑った。狂ったように腕を振り回し、氷を蹴る。削り取られた氷が飛び散る。レイシーは、周囲を見るゆとりもなく、迷路へと入っていった。自分でつけた目印だが、そもそも左回りを前提として、安全な進路にオレンジのマークをつけたのだ。それが今は、逆方向に回っている。目印はなんの役にも立たなかった。オレンジのマークはすべて、背後の生き物の方を示しているのだ。

それこそあっと言う間に、レイシーは道に迷った。

狭いトンネルを奥に進む。一度も来たことがない通路だった。普段滑っているトンネルと比べて、氷の亀裂がひどい。息が詰まる。呼吸がうまくできない。耳の中で、血管が脈打っている。だが、その耳鳴りにもかき消されることなく、聞こえてくる音があった。氷の上を何かが動いている。

レイシーは泣き叫んだ。涙が頬を伝い、そして凍りつく。ブレードで氷をかきむしるように、足を運ぶ。トンネルの幅が少し広がった。スケートを大きく動かすゆとりが出来る。早く逃げなくては……動きつづけるのだ。低い呻《うめ》き声が漏れた。レイシーには似つかわしくない声だったが、それを抑えることはできなかった。

レイシーは首を伸ばし、肩越しにライトを照らしながら、周囲を見まわした。今通過してきたトンネルの細いカーブを押し分けるように、何かがすごい勢いで向かってくる。巨大な生き物だ。色素の抜けたような真っ白な巨体が、目を爛々《らんらん》と輝かせている。まるで動く雪山だった。

〈北極熊！〉レイシーは声にならない叫びを上げた。

ディープアイ・ソナーシステムがキャッチした、なにものかの囁きを、レイシーは思い出した。スコープは、その動きも捉えていたのだ。

レイシーは大声を上げて逃げ出した。急カーブを高速で曲がる。目の前数ヤードのところで、いきなり道が途切れていた。光る氷の先で、暗闇がぽっかりと口を空けている。地質学者の卵であるレイシーは、これがなんと呼ばれる現象かを知っていた。〈氷剪断《アイス・シア》〉だ。他の結晶同様、氷も圧力をかけられると、結晶面に沿って綺麗に割れる。氷河に見られる氷の崖は、この剪断《せんだん》現象によるものだ。だが、それを氷河内部……氷島内部で見ようとは――

ブレードを氷に、思いきり打ち込んで止まろうとする。だが、慣性と下り斜面が災いした。レイシーは氷の縁を飛び越え、何もない空間に投げ出された。氷を砕かんばかりの悲鳴が、口をついて出る。レイシーは暗い闇に落ちた。

しかし、それは深いものではなかった。せいぜい十五フィートといったところで、レイシーはブレードで着氷した。半端な衝撃ではなかった。ケブラー製アンクルガードで保護していたにもかかわらず、片方のくるぶしが嫌な音を立てた。逆側の膝も強く打ちつけられ、衝撃が肩まで響いた。レイシーは穴の中で膝をつき、身体を丸めた。苦痛が、全身の神経を麻痺させ、恐怖を追いやった。

レイシーは、穴の縁を見上げた。

ヘルメットのライトが上を向き、レイシーの存在を知らせる。

穴の縁まで来た獣は、躊躇した。光を反射して赤く光る、例の死んだような目で、レイシーを見下ろしてくる。鉤爪《かぎづめ》はしっかりと氷を摑んでいる。穴に身を乗り出すたびに、肩の筋肉が盛り上がる。細長い鼻孔から吹き出される湯気は、辺りの空気を振動させるほどの勢いだった。

それを見上げたとき、レイシーは、ついさっき考えたことが誤りだったことに気づき、その瞬間、恐怖で頭が狂いそうになった。

体重は千ポンド。体皮は滑らかで、油を塗られたように光沢がある。イルカの皮膚のような感じだった。更に、頭部はつるりとしていて、耳がない。頭頂部が半球状に盛り上がり、そこから曲線を描くように長大な鼻面が延びていて、頭全体がぐいと引き伸ばされたような印象がある。細長い鼻孔は、顔のきわめて高い位置についている。

離れた目と目の、ほとんど上と言っていい場所にある。

レイシーは、ただ呆《ほう》けたように、その獣を見つめていた。今の世界に、これほど大きくて、これほど筋肉質で、これほど原始的な動物がいるわけがない。すでに正気を失った頭でも、自分が見ているものがどんなものかは理解できた。〈太古の獣。トカゲみたいだけど……哺乳類だわ……〉

獣のほうも、相手を観察していた。まるでにっと笑っているかのように、ぎざぎざの白い歯とピンクの歯茎を剝《む》き出しにしている。尖《とが》った鉤爪が氷に食い込んでいた。

レイシーの内部にある動物的本能が、状況を理解していた。食うものと食われるもの。遺伝子に組み込まれた直感だった。レイシーの喉から、くうくうと、弱々しい泣き声が漏れた。

獣は穴の底に向かって、ゆっくりと降りていった。

午前七時四十八分
オメガ・ドリフトステーション

それにしても、銃を向けられるのはもうたくさんだった。マットたちは、一時間前、食堂に閉じ込められ、今は、四つあるテーブルのひとつを囲んで座っていた。奥の方には小さなキッチンがついている。がらんとして寒かった。朝食時間はもう過ぎたのだろう。

煮詰まったコーヒーが出された。ミシシッピ川の泥かと思うほど、濃いコーヒーだったが、熱いだけでありがたかった。クレイグはマグを抱きかかえるように両手で握りしめている。まるでそれが、苦痛に満ちた緩慢な死と自分を隔てる唯一のものだと考えているようだった。

ジェニファーは、テーブルの向かい側で父親の隣に座っていた。まだ不機嫌な表情をしている。オッターから強制的に降ろされたときからだった。だが、眉間の皺《しわ》はそのときより深くなっている。保安官のバッジと証明書の類を見せても、海軍守備隊の連中は取り合おうとせず、マットたちは銃口を突きつけられ、この仮留置場に押し込まれたのだ。

マットが予想したとおり、プルドーベイが攻撃されたあと、誰もが慎重になっているのだ。命令系統を決して逸脱してはならない、というわけである。軍隊経験から、マットにはこれが分かりすぎるほど分かっていた。

マットはふたりの監視兵に目をやった。制服から伍長と上等兵だと分かる。胸の前でライフルを持ち、ベルトのホルスターにはピストルが入っている。ジェニファーの持っていた武器は、オッター後部に保管されていた官給のショットガンとともに没収された。

「なんでこんなに時間がかかるのかしら?」待ちくたびれたジェニファーが、怒りを抑え、ひそひそ声で呟いた。

「通信の具合がよくないんだろう、相変わらず」マットが言った。守備隊の責任者が、マットたちの身元を確認するために出ていったのは、もう二十分前のことだった。しかし、それは陸上の誰かに連絡するということで、連絡を受けた側は更に、フェアバンクスに繋ぐことになるのは間違いない。そうなれば、午前中いっぱい待たされる可能性だってある。

「それにしても、誰なのかしら、ここの責任者は」ジェニファーが言った。

ジェニファーが何を言いたいのかが、マットには分かった。マットたちを基地内に連行した六人は、全員が守備隊員だった。だとすれば、他の海軍関係者はどこにいるのだ? ポリニヤのほとりには、氷に打ち込まれたボラードがあったが、繋留された艦はなかった。「責任ある連中は、潜水艦に乗って、どこかに出掛けているんだろう」

「潜水艦って?」クレイグが、マグから目を上げて、訊ねた。

マットは空から見たことについて説明した。「昔、サイセックス関連の基地は海軍の潜水艦が面倒を見ていたんだ。ましてや、これだけ氷の塊が入り込んだところだ、ここもそうであることに間違いはない。ひと財産賭けてもいいが、何か任務があって、海軍の連中が潜水艦で出動しているんだ。ひょっとすると、プルドーベイかもしれない」

「研究者グループの責任者はどうなのかな？」クレイグが訊いた。「民間人にも指示系統はあるはずだ。誰か話を聞いてくれる人物が見つかれば……」

マットたちが到着して以来、ほんの一握りとは言え、新参者の顔を覗きに来た男女がいることはいる。皆、科学者らしい好奇心と、外部情報への飢餓感が入り交じったような表情をしていた。そのうちのひとり、ＮＡＳＡの研究員である男は、監視兵に力ずくで退去させられていた。

「民間人グループの責任者が誰だかは知らんが、誰であるにせよ、その人物もここにはいないようだ」マットは監視兵の方に顎をしゃくった。「責任者なら、監視兵を押しのけてでも入ってくるだろうからな」

その声を聞きつけたかのように、ドアが勢いよく開いた。だが入ってきたのは、基地の責任者ではなく、守備隊長のポール・スーエル少佐だった。少佐は大股でテーブルに近づいてきた。

寝そべっていたベインが立ち上がったが、マットが、その身体に手を置いて制した。ベインは、警戒心を解かぬまま、身を低くした。

スーエル少佐はジェニファーのバッジと身分証明書をテーブルに置いた。「あなたの身元は確認されました」少佐は、残りの人間の方を見ながら、言った。「しかしフエアバンクスにいるあなたの上司は、ここであなたが何をしておられるのかについて、全く関知しておられぬようだ。休暇中だという話でしたが？」

スーエル少佐は、他の証明書類――マットの魚類野生動物庁職員バッジ、ジョンの運転免許証、クレイグの記者証――も返して寄越した。

ジェニファーは自分のバッジと身分証明書を取りながら言った。「拳銃とショットガンは？」

「艦長が戻るまで、保管させていただきます」反論を許さない口調だった。マットは少佐の、礼儀を弁《わきま》えつつも有無を言わさぬ態度に、好感を持った。

ジェニファーはそうではなかった。表情がますます険しくなる。武器を持たずにいるということ自体が嫌なのだ。

「少佐」クレイグが口を開いた。「ぼくたちは、面倒を起こすためにここに来たわけじゃない。廃墟となったアイスステーションが発見された――そういう情報があって、来たんだ」

クレイグの発言に、少佐は動揺したようだった。「あのロシア基地の情報が？」

マットは、危うくコーヒーを吹き出しそうになった。〈ロシアか……〉ジェニファーの目が驚愕《きょうがく》で大きく見開かれている。ジョンは、ことさらにゆっくりと、コーヒーをテーブルに置いた。

クレイグだけが相変わらず、何もなかったような顔をしている。戸惑うこともなく、クレイグは話を続けた。「そう、そのとおりなんだ。その発見についてのレポートを社から依頼されて、ぼくはここに派遣された。ここにいる人たちは——実は……アラスカでトラブルに巻き込まれて——それ以降、用心のために、ついて来てくれることになったんだ」

マットは気を取り直し、頷いた。「何者かが、この人を殺そうとしたんでね」

今度は少佐が眉毛を上げる番だった。

マットは続けた。「軍隊、ないしはそれに準ずる組織のコマンドだと思うんだが、そういう連中が、この人の乗った小型機に破壊工作をして墜落させたんだ。そのあと、落下傘で降りてきた奴らが仕事の仕上げをしようとしたんだが、我々はなんとか逃げのびて…結局……アラツーク保安官に保護を依頼した、とまあ、そういう話なんだ」

ジェニファーが頷いた。「それ以来追いかけられっぱなしなの。プルドーベイの爆発だって、なんらかの形で関連があるんじゃないかと思えるぐらいよ、このことに——つまり……ここでの発見に」

「どんなふうに?」そう問う少佐の眉根がぴくりと上がった。「ちょっと待ってくれたまえ！　そもそもいったい誰が、ロシアのアイスステーションについてあなたに教えたんです？」

「取材源に関しては、秘匿義務があるもんで」厳しい表情の少佐を真正面に見据えながら、クレイグが言った。「これ以上のことは、責任者、つまり、自己の判断で行動できる人にじゃないと」

　海軍少佐は、ジェニファーとどっこいの、険しい顔になっていた。少佐が、守備隊の責任者として、マットたち来訪者に疑念を抱いていることは明らかだった。クレイグもまた相手の心理を読もうと、じっと目を向けていることに、マットは気づいた。

「何をどうするか決める前に、ペリー艦長と相談する必要があります。艦長が戻るまでお待ち願いたい」スーエル少佐が、やがてそう言った。

〈責任は、上に順送りか〉マットは思った。

「で、艦長はいつ戻る予定なんです？」クレイグが訊いた。

　少佐はただクレイグを見つめただけで、その質問には答えなかった。

「じゃあ、取り敢えず、現在の責任者は誰なのかしら？」ジェニファーが訊ねた。

「研究者グループの責任者はどこかしら？　誰か、わたしたちと話ができる人がいるはずよ」

　少佐は溜息をついた。礼儀を重んじるべきか、権威を示すべきか、決めかねているにちがいなかった。「アマンダ・レイノルズ博士ということになりますかね。博士は……博士もちょっと基地外に」

「それじゃ、わたしたちはどうなるの?」ジェニファーがきつい口調で訊いた。「まさか、ここに閉じ込めたままってことは、ないんでしょう?」

「お気の毒ですが、そういうことになります」少佐はテーブルに背を向けると、立ち去った。監視兵はそのまま、ドアの位置に残った。

「結局、どうにもならなかった、ってわけだな」長く気まずい沈黙があったあと、ようやくマットが口を開いた。

「いや、その逆だよ」クレイグがテーブルに身を伏せるようにし、声を潜めて言った。「ロシアのアイスステーションだってことが分かった。ぼくの派遣先は、ここだったんだよ。基地で何か見つかったにちがいない。政治絡みの難問がね」指を開いてひとつずつ要点を数え上げながら、クレイグは言った。「海軍がドリフトステーションを握っている。科学者に箝口令が敷かれている。そして、誰かがぼくの旅程を入手している。だから、ここに来させまいとしたんだ」クレイグは、皆を見まわした。

「ロシア側が?」ジェニファーが訊ねた。

クレイグは頷いた。「もしこっちの政府なら、ぼくを合法的に止める方法なんて、それこそ腐るほど持っているだろう。誰であれ、ぼくらを追いかけている連中は、レーダの網に引っ掛からないように、身を低くし地べたを這《は》いずるようにしてるんだ」

マットは頷いた。「クレイグの言うとおりかもしれない。例のコマンドたちは、間違いなく軍隊上がりだ。ひとりを確実に仕留めるために編成された、小規模の攻撃チームだった可能性もある」

「それにしてもなんでぼくを狙うんだ？」クレイグがぶつぶつ言った。「ただの新聞記者だぜ」

マットは首を振った。「きみひとりが部外者だった、ということかもしれない。つまり、この基地の人間でもなく、あるいは、政府内でこの件を秘密裡に担当している部局の人間でもなくて、いささかなりとも今回の発見に気づいているのは、きみだけかもしれない、ってことだ」マットは言葉を切り、頭の中で書いてみたシナリオを、さっと読みとおした。どうも、何かが欠けている。殺人も厭わぬほどの対処を強いるほど、重要なこととはいったいなんなのだ？

マットは監視兵に目を向けた。ふたりとも、直立不動で立っている。民間人のお守りをしている兵士というものは、もっと気楽な感じが普通なのだが、ふたりには、そんな様子が全くない。以前にも、見たことがあった――戦場に赴く直前の兵士たちだ。そして、スーエル少佐の沈黙も気になった。マットが潜水艦とその艦長はいつ戻るのだと訊いたとき、少佐はなぜ答えなかったのか……。頭の中で警報が鳴った。もしすでに潜水艦がプルドーベイに向かったのなら、何日も戻らないはずだ。当然、少佐はマットたちに部屋を用意したろう。潜水艦とその乗組員がいまだにこの付近にいるならば、艦長は間もなく戻るということになる。そしてこれが事実であるならば、なぜ潜水艦はプルドーベイに行くよう、応援要請を受けないのだ？　合衆国のまさに裏庭で起きた惨事であるのに、なぜ、潜水艦は残ったのだ？　なんの必要があって、ここにいるのだ？

クレイグが口を開き、言うまでもないことを言った。「何が起こっているのか、知る必要があるな」

「何かいいアイディアはあるのか？」マットが言った。

ジェニファーがマットの視線を捉えた。「まずは、ロシアのアイスステーションとやらに行く方法を考えなければいけないわね。何がどうなっているんだかは分からないけど、今回のことは、全部そこから始まっているようだから」

「でも、どうやって？」マットが訊いた。「歩いていくなんてことは、まず無理そうだし、オッターは見張られているし」

答えられる者はいなかった。だが、不安そうな表情から、皆、事態が切迫していることだけは認識していた。

この氷の世界に吹くどんなブリザードより激しく暴力的な力を、マットは感知していた。ロシア……アメリカ……秘密を隠した氷の廃墟……

秘密裡に遂行される戦い。おれたちが巻き込まれたのは、いったいどんな戦争なのだ？

第七章 沈黙の疾走

ᐃᖅᐸᓐᖅᑐᖅ ᓂᑉᓐᖅᓯᒪᐃᑐᒥᖅ

四月九日、午前八時三十八分
ロシア原子力潜水艦ドラコン

ヴィクトル・ペトコフは、若い艦長が焦りの色を濃くしていることに、気づいていた。この一時間、艦は完全に停止した状態だった。エンジンを停めたまま、海面下二メートルの位置に静止したままなのだ。氷の底からはもっと近い。一メートル足らずだろう。一時間前、氷床に小さな隙間を見つけたのだ。それはごく狭い亀裂程度のもので浮上に使うのは無理だったが、海上にアンテナを出すには充分な幅だった。先の指示にあったとおり、FSB、チェンコ上級大将からのゴー・コードが、モルニヤ通信衛星経由で届くのを待っていた。しかし、ルビヤンカからの連絡は遅れていた。ペトコフ自身の我慢も、すでに限界に達しようとしている。ペトコフはまた、腕時計を見た。

「不思議ですね」ミコフスキー艦長は言った。「我々は、二日後にアメリカ側のリサーチステーションに着く予定になってます。今になって、何を待っているんでしょうか？　また別の作業でもしろというんですかね？　別の〈測定機器〉を設置しろとか？」艦長は、皮肉っぽい調子を隠しもせず、最後の部分に力をこめて言った。この艦長は相変わらず、ポラリス・アレイのことを、対アメリカの盗聴機器だと信じ込んでいるのだった。

ならば、そのままにしておくに越したことはない。

コントロールルームにいる全乗組員が苛々していた。皆、昨夜、アラスカにあるアメリカの石油基地が攻撃されたことを知っている。それが意味することがなんであるかを知っている者はいなかったが、当該地区のアメリカ軍全部隊が非常警戒態勢に入っていることについては、皆が知っていた。この辺りの海域は、普段よりずっと熱くなっているのだ。それは、ペトコフたち、外交派遣団にとっても同様だった。

ペトコフは、腕時計をかけているのとは逆の腕に目をやった。そこには、重量感のあるポラリスのモニタが着けられている。プラズマのスクリーンが、五角の星を映し出していた。ひとつひとつの頂点が、マスタートリガーの起動を待ちながら、光を放っている。

すべてが順調だった。一晩中かけて行ったポラリスの診断テストは、特に不具合もなく終了し、設定に若干の修正を加えただけですんだ。ペトコフはまた、腕のモニタを見た。この核使用の装置は最新の音波技術を利用していて、氷床をまるごと粉砕する能力があるのだが、静止モードにあるときには高感度レシーバとしても作動する。星形の頂点五つは、直径百キロに及ぶ巨大な氷のアンテナを具《そな》えたレーダ装置として機能するのである。潜水艦で使われている極超長波《ELF》システム同様、ペトコフが地球上のどこにいようと、このモニタはポラリス・アレイと通信が可能なのだ。

画面の隅で、小さな赤いハートのマークが、ペトコフの鼓動に合わせて規則正しく点滅を続けている。

ペトコフは目を上げた。無線室から当直士官が慌ただしく駆け込んできたのだ。

「提督宛てに、緊急通信が届きました！」

クリップボードが、ミコフスキー艦長の手を経て、ペトコフへ手渡された。

ペトコフは数歩離れ、クリップボードを開いた。簡潔に記された指示に目を通す。口許に冷たい微笑みが浮かんだ。

〈緊急〉
発信元　ロシア連邦保安庁
送信先　ドラコン
参照先　ルビヤンカ　七六ー四五四A　四月九日
標題　作戦承認

〈艦隊司令官宛極秘〉

本文
(一)PBに於けるレオパード作戦、敵攪乱《かくらん》に成功。
(二)一号標的《ターゲット・ワン》、オメガに対するゴー・コード承認。
(三)その後、準備整い次第、ターゲット・ツー、グレンデル攻撃に移行。
(四)最優先事項に変更なし。ロシア共和国のため、資料を回収せよ。
(五)二次優先事項に変更なし。作戦遂行の痕跡を除去せよ。
(六)アメリカ合衆国デルタフォース出動。警戒されたし。情報局の報告によれば、敵部隊にも、同一の目的が与えられた模様。作戦指揮官はいまだ所在不明。デルタフォースの任務は、アメリカ国家安全保障局《NSA》によって、〈ブラック〉に認定。繰り返す。〈ブラック〉に認定。
（七）複数の情報筋が、両国の意思を確認。
（八）敵側の資料落手を、断固阻止せよ。必要な行動は、例外なく承認される。
（九）送信者：チェンコ上級大将

送信終了

ペトコフはバインダを閉じた。チェンコの言葉を反芻してみる。NSAによる、〈ブラック〉の認定……両国の意思を確認……。ペトコフは頭を振った。隠密作戦には珍しくもない、持って回った言い方だった。直接的表現は避けているものの、米露双方が、ここで見えない戦争を起こすことに関して、暗黙の諒解《りょうかい》をしている、ということを表している。両政府ともに、戦争は行うが、起こったことさえ認めない、ということである。

そしてペトコフには、その理由も分かっていた。

両国ともに永遠に伏せておきたいどす黒い秘密があり、その秘密には、更に黒い〈景品〉がくっついているのだ。どちらの政府も、その存在を決して認めはしないだろうが、さりとて、このまま放っておくわけにもいかない、というわけだった。そしてその景品こそ、父の血と涙と汗の結晶であり、世界を根こそぎひっくり返すような発見なのだ。

さて、それは最終的に、誰の手に落ちることになるのだろう?

ペトコフにとって、ひとつのことだけは確かだった――〈それは父の遺産だ〉アメリカ人などの手に、決して渡しはしない。そう、ペトコフは誓っていた。

それさえ叶えば……他の問題はなんとかなりそうだった。

ペトコフは、腕のモニタに視線を戻した。ゴー・コードを得た今、自らの作戦に着手するときだった。モニタの横についた銀色のボタンを押し、丸三十秒間、そのまま押しつづけるのだ。すぐそばにある赤いボタンに手を触れぬよう、ペトコフは細心の注意を払った――このボタンを押すのは、まだ早い。

ペトコフはモニタを見つめた。考え直す時間が三十秒ある。ひとたびポラリスが起動すれば、もう後戻りはできない。前進あるのみなのだ。ペトコフはボタンを押しつづけた。決心が揺らぐことはなかった。

祖国ロシアが経験した激動の二〇世紀。国王と宮殿のツァーリスト国家。スターリンやフルシチョフのコミュニスト国家。そして旧ソ連邦がばらけたあとの、荒廃した風景。戦争と貧困。破滅寸前の国家。それぞれの変化が、国を弱体化させ、国民を疲弊させた。ペトコフは、六十四年間の人生で、その変化の過半をつぶさに見てきたのだ。

　そして世界もまた、似たようなものだった。北アイルランド、バルカン諸国、イスラエル、アラブ諸国を見るがいい。民族的憎悪という何世紀もに亘《わた》る宿痾《しゅくあ》が、世界を闘争と恐怖の隘路《あいろ》に封じ込めたのだ。これこそ、解決策も希望もないまま、際限なく繰り返されてきた構図なのである。

　ペトコフはボタンを押しつづけた。

　新しい世界が現れるべきときだ。古い秩序が永遠に葬り去られ、あらゆる国家は、生き延び再生するために、否応なく協調させられる――そういう世界が求められているのだ。そしてその新世界は、氷と混沌《こんとん》から生まれるのである。

　それは、父と母への追悼であり、ペトコフ自身の遺産ともなるだろう。

　マスタートリガーを示すマークは、まだ暗いままだった。だが、星の頂点にある五つの、より小さなマークが代わる代わる、画面上を回るように点滅しはじめた。

　ペトコフはボタンから指を離した。

　これで完了だった。

　ポラリス・アレイは起動した。あとは、アイスステーションに、マスタートリガーが設置されるのを待つだけだった。ショックウェーブ・プロジェクトが、いよいよ理論から実践に移行するのだ。ペトコフは、星形の頂点で点滅する光を見つめた。それはぐるぐると回転しながら、ペトコフからの最終命令を待っていた。

この段階でもう、中止を命ずるコマンドはない。

フェイルセーフ機能は、組み込まれていないのだ。

ミコフスキー艦長が、ペトコフに一歩近づいた。「提督？」

ペトコフにその声は、ほとんど聞こえなかった。今この瞬間、艦長が異様に若く感じられた。この男は全く現実を知らない。自分の世界がすでに終わったというのに、そのことすら知りもしないのだ。ペトコフは溜息をついた。これほどの解放感を感じたのは、人生で初めてだった。

未来という呪縛から解放された今、ペトコフには、たったひとつの目的しかなかった。父の遺体を取り戻し、家族のものであるはずの財産を奪還するのだ。

世界が終末を迎えるとき、他のことなど、なんの意味も持たない。

「提督？」

ペトコフは艦長に顔を向け、咳払いをしてから、言った。「ドラコンは、新しい命令を受けた」

午前九時二分
米海軍潜水艦ポーラー・センティネル

ペリー艦長はコントロールステーションに立ち、第一潜望鏡を覗いていた。十分前に、氷床の隙間を利用して潜望鏡深度にまで上昇し、今は氷丘脈のあいだを徐々に浮上していた。ペリーは潜望鏡を通して、遙か遠くまで広がる氷原を見つめていた。風が強まってきたのが分かる。氷の平原に雪煙が激しく舞っている。上方に目を転じると、空が白くなっていた。大嵐が来るのだ。だがそのことは、改めて外の天気を調べるまでもなく、分かっていたことだ。


ポーラー・センティネルは命令に従い、ドラコンの艦影を求めて、ひと晩中ドリフトステーションとロシア・アイスステーションの海域をパトロールしていた。しかし、夜の闇に包まれた海には、何もそれらしきものはなかった。ソナーも、探知範囲ぎりぎりを通過したシロイルカの群を捉えたとき以外には、なんの反応も示さなかった。

　ポーラー・センティネルは、広い海域を航行するただ一隻の船舶のようだった。

　それでも、クルーはひどく緊張していた。この戦士たちは非武装の潜水艦で、アクラⅡクラス高速攻撃型原潜を追っているのだ。ペリーは、ドラコン、すなわち、英語にすればドラゴンという、いかにも似つかわしい名前を与えられた潜水艦の装備に関する情報を、すでに入手していた。ドラコンは、通常の魚雷に留まらず、ロケット推進式の武器をも搭載している。超高速魚雷シクヴァルとSS-N-16対潜水艦ミサイルだ。アメリカ合衆国の最強艦隊にとってさえ、恐るべき強敵である……このちっぽけなポーラー・センティネルが相手となれば、それはもう、オタマジャクシとウツボの戦いに等しい。

当直の通信士官である少尉が、コントロールステーションに入ってきた。「艦長、デッドホースの司令官を呼び出しましたが、回線のほうがいつまでもつか分かりません」

「よろしい」ペリーは潜望鏡のグリップを畳むと、少尉のあとに続いて無線室に向かった。

「UHF波を電離層に反射させてなんとか繋げましたが」少尉は無線室に入りながら言った。「それも、いつまでもつか……」

ペリーは頷き、受信機に近づいた。潜望鏡深度まで浮上したあとアンテナを上げ、昨夜はひと晩中報告を送信しつづけていたのだが、それと同時に、ペリーはなんとかプルドーベイを呼び出すよう、少尉に依頼しておいたのだった。乗組員たちは新しい情報に飢えているのだ。

ペリーはレシーバを取り上げた。「ポーラー・センティネル艦長、ペリー大佐だ」

「こちらトレイシー中佐」不明瞭な声が耳元で囁いた。途切れ途切れの弱い声だ。まるで月から聞こえてきているようだった。「いや、連絡をくださって助かりました」

「探索や救助の状況はどうなっている？」

「相変わらず、上を下への大騒ぎですが、火事のほうはようやく収まりました。それから、破壊工作をやった連中に関しても、はじめて、手掛かりらしい手掛かりが見つかったという段階です」

「本当か？　誰の仕業か見当はつくのか？」

長い間《ま》があった。「大佐がその答を教えてくださると期待していたんですが」

ペリーは眉を曇らせた。「わたしが？」

「そちらに呼び出されたとき、ちょうどわたしのほうも、オメガと繋ごうとしていたんです。一時間前、匿名で動画を送ってきた者がいまして、それに写っていたのが、プルドーベイの一号集油所《ギャザリングステーション》上空を飛ぶ小型機の映像だったんです——それも爆発直前に。モノクロで、粒子も粗くて……まるで、暗視カメラで撮った映像みたいではあるんですが」

「そのこととオメガに、どんな関連が？」

「大佐のところの守備隊が、フェアバンクスの保安官事務所に連絡を取って、事務所所属の飛行機一機と保安官ひとりについて照会をしているんです。それが分かったのは、動画に写っていた機体のコールサインを追跡した結果、たまたま我々も、フェアバンクスに連絡を取ったせいなんですが。で結局、同一の飛行機だと判明しました」

「それで、その飛行機は今どこに?」ペリーには答が分かる気がした。一瞬ののち、予感の正しさが証明された。

「オメガ基地に着陸しました」

ペリーは目を閉じた。徹夜明けに一時間でも二時間でもキャビンで眠ろうという目論見は、もろくも崩れ去ったのだ。

「当該飛行機に搭乗していた人間を、尋問のためデッドホースに移送してほしい旨、わたしのほうから、そちらの上層部に依頼してあります」

「その連中が集油所を爆破したと、きみは考えているのか?」

「それをはっきりさせようとしているわけなんです。まあ、犯人であろうとなかろうと、また連中の身元がなんであろうと、保護監視下に置かなくてはならんでしょうが」

ペリーは溜息をついた。確かにもっともな意見だった。だが、もしその連中が破壊工作を行った犯人なら、ドリフトステーションなどで、いったい何をやっているのだろう? 一方、その連中が犯人ではないからといって、一連の出来事を偶然の一致に帰することには無理がある。まず、プルドーベイで爆発。次に、ロシア側の不穏な動き。そして今、突然の謎めいた来訪者。この連中が今回の件に、なんらかの形で絡んでいることには疑う余地がない。だが、どういう形で？

「わたしも、太平洋潜水艦隊司令部《COMSUBPAC》と、協議しなくてはならないようだ」ペリーは話を打ち切った。「そのあとになるな、拘束している連中を移送するのは。心配は要らない。こちらでしっかり保護するから」

「了解しました。ご幸運を、ペリー大佐」トレイシー中佐は通信を終了した。

ペリーはレシーバを置き、無線係の少尉に顔を向けた。「オメガに戻り次第、レイノルズ提督と連絡を取らなくてはならないんだが」

「イエス、サー。最善を尽くします」

ペリーは通路に出て、コントロールルームに戻った。ブラット少佐が、ダイビングステーションから興味津々の視線を向けてきた。「プルドーベイに関して、何かありましたか？」

「今回のごたごたの鍵が、おれたちの足下に投げられてしまったよ」

「どういうことですか、艦長？」

「つまり、ドリフトステーションに戻るってことだ。客がいるらしいんで、サービスしてやらんとな」

「ロシア人ですか？」

ペリーはゆっくりと首を振った。「とにかく、ドリフトステーションに向かってくれ」

「了解」ブラットは潜航準備に入った。

ペリーは頭の中で、パズルのピースを合わせようとしていた。しかし、まだ足りないピースが多すぎるようだった。ペリーはやがて諦めた。ひょっとするとドリフトステーションに着くまで、仮眠が取れるかもしれない。この後は間もなく、眠るどころではなくなるだろうと、ペリーは直感的に気づいていた。

ペリーは、ブラットに指示を出そうと口を開けた。その瞬間に、ソナー主任が声を上げた。「当直士官へ、シエラⅠクラス原潜からのソナー反応感知！」

その瞬間、全員に緊張が走った。〈ソナーが敵を捉えた！〉

ブラット少佐は、主任と電子技術者がいるBSY－1ソナーのところまで足を運んだ。ペリーもそれに加わり、モニタをじっと見つめた。画面上を滝のように緑色のソナー信号が走る。

主任がペリーの方に顔を向けた。「潜水艦です、艦長。大型です」

ペリーは画面を見つめた。「いや、アクラだ。ドラコンだよ」

「間違いないですよ、艦長」隣の火器《ファイア》コントロールステーションに立っている、ブラットが言った。ターゲットの進路と速度を読んでいる。「連中、真っ直ぐオメガに向かっています」

午前九時十五分
グレンデル・アイスステーション

アマンダはクロール・スペースを出るとパーカを脱ぎ、ステーション本体に入った。氷島中央部で凍てつく冷気に晒された身体に暖気はありがたかったが、空気の湿っぽさは相変わらずで、やや汗ばむ感じがする。アマンダはパーカをドアのフックに掛けた。

ウィリグ博士はコートを着たままだったが、さすがに暑いと見え、前を開けた上でパーカのフードを後ろにやった。更にミトンを外してポケットに収め、両掌を擦り合わせている。七十歳の海洋学者は、暖気にほっとしたような溜息をついたあと、アマンダに訊いた。「さて、これからどうするつもりかな？」

アマンダは通路を歩きながら答えた。「大嵐が近づいているっていう話ですから、オメガに戻るとなると、もう出発しなくては。さもないと嵐がやむまであと一日か二日、ここに釘づけってことになってしまいますから」

「つまりきみとしては、釘づけにされちゃたまらんってわけだね？」

アマンダは、相手の口許に浮かんだ微かな笑みに気づいた。

「ペリー艦長がオメガに向かっているようだよ」博士はそう言いながら、通路脇のドアに立っている兵士の方に顎をしゃくった。ひとりだけだった。数が減らされている。訓練のため、潜水艦に戻されるということだろう。「チャンスを逃す手はないね」

「先生」アマンダは、その言葉を遮るように言ったが、口許がほころぶのを抑えることはできなかった。わたしって、そんなに心を見透かされやすいタイプだったかしら？

「それでいいんだよ、アマンダ。わたしだって、ヘレナに会いたいと思うんだ。会えないということは、辛いもんだよ」

アマンダは、師とも仰ぐ老人の手を取り、握りしめた。夫人は二年前に亡くなっていた。ホジキン病だった。

「オメガに戻るんだ」ウィリグ博士が言った。「一緒にいられる時間を逃すんじゃない」ふたりは、立入禁止区域のドアを監視している兵士の前まで来ていた。ウィリグは、兵士に目をやったあと、アマンダの方に向き直った。「まだ、この中に何があるか、教えてくれる気はないんだな？」

「知らないほうがいいことって、ありません？」

ウィリグは肩をすくめた。「科学者というものは、目を背けたくなるような真実ってものに、免疫があるんだがね……とくに、この基地ほど古いものならば、尚更だ」

アマンダは博士と並んで、ドアの前を通り過ぎた。「真実はいずれ明らかになると思います」

「ロシア人一行が、着いてからか……」

アマンダは肩をすくめた。が、口調に苛立ちが交じるのを抑えることはできなかった。「政治、政治、政治――すべて政治――」アマンダは、仲間の研究者に隠し事をすること自体、死ぬほど嫌だったが、それにも増して、世界中の人々に、六十年前ここで起こった出来事を知る権利があると考えていた。誰かが説明する責任を負うべきだ。情報公開の遅れは、ただの時間稼ぎに過ぎない――衝撃を最小限に留め、あわよくば隠蔽を狙うための。アマンダは腸が煮えくりかえる思いだった。

アマンダは、螺旋《らせん》階段の昇降口に着くと、ステップを上がっていった。踏み板が足下で小さく振動している。階段中央を抜けているシャフトの中を、動くものがある。アマンダは目を向けた。金属製のかごが上がってきて、アマンダたちの脇を通過し、更に上の階に運ばれていく。アマンダはウィリグに顔を向けて言った。「エレベータを直したのね、あの人たち！」

ウィリグ博士は頷いた。「リー・ベントリー率いるＮＡＳＡチームが、あのポンコツ機械を相手に工具を振り回して、まさに大変な盛り上がりようだったよ。子どもにおもちゃを渡したようだった」

アマンダは頭を振った。壊れたまま氷の中に眠っていたものが、解けてまた息を吹き返している。それらは、沈黙したまま、じっと蘇る日を待っていたのだ。

第一階層に到着すると、アマンダはウィリグ博士に暇《いとま》を告げ、前夜使用したのと同じ、自分用に空けてもらった部屋に入ると、荷物をまとめサーマルスーツに着替えた。生物学者と地質学者間の紛争は、あと二日間、なんとか繰り返されずにすむだろう。安心してオメガに帰ることができるというわけだ。

外に向かおうと氷上に続く通路に出ると、紺の制服を着た女性が、アマンダに向かって手を挙げながら近づいて来た。セリーナ・ウォッシュバーン大尉だった。ここに配属された海軍軍人では唯一の女性で、基地内勤務だった。長身に漆黒の肌、髪はクルーカットにしている。会う人は皆、優雅にして勇猛な、伝説のアマゾネスを思い浮かべるだろう。だが、本人は、真面目な態度を崩さぬ静かな女性だった。大尉はアマンダの前で立ち止まり、半ば気をつけの姿勢を取って敬意を表した。

「レイノルズ博士、オメガから届いたメッセージをお知らせに参りました」

アマンダは溜息をついた。今度はなんだというのだ？「何かしら？」

「今朝、数人の民間人がオメガに着陸しまして、現在、守備隊の保護監視下に置かれています」

アマンダは驚いた。「誰なの、いったい？」

「全部で四人。保安官、魚類野生動物庁職員、そして新聞記者もいます。身元に関しては確認が取れています」

「それじゃどうして、監視下に？」

ウォッシュバーン大尉は、心持ち、姿勢を楽にした。「プルドーベイで破壊工作があったわけですから……」大尉は肩をすくめた。

用心に越したことはないというわけだ。「なぜオメガに来たかは分かっているの？」

「このアイスステーションのことを知っています」

「そんなことって……」

大尉はまた肩をすくめた。「危険が迫っている、と、それしか言わないんです。プルドーベイ油田の爆発とも、ひょっとすると関連しているかもしれない、と。それ以上の話は拒んでいます。責任者と話せるのを待つということで。ところが、ペリー艦長とは通信が繋がらない状態でして」

アマンダは頷いた。基地の責任者として、自分には調べる責任がある。「ちょうどオメガに戻るところだったの。着いたら調べてみるわ」

アマンダがその場を離れようとしたとき、大尉が手で遮った。「実は、もうひとつあるんです」

「何かしら？」

「記者を含めて全員が、ここに来ると言って聞かないんです。とにかく、それに関しては、もう手がつけられないほど頑固でして」

アマンダは、来訪を拒むことも考えた。しかし、ほんの少し前まで、第四階層を巡る秘密主義と政治的思惑に、自分がやり場のない怒りを感じていたことを思い出した。

〈もし、新聞記者が――すべてを記事にできる人がここに来たら……そうそれに、保安官には報告書を書く義務がある……〉

アマンダは、選択肢を秤《はかり》にかけてみた。戻って、四人と話をした場合、これから来る嵐に阻まれてオメガから動けないことになる。それに、ペリー艦長が戻ったら、記者がここに来るのを断固阻止するだろう。上司の命令に縛られている以上、ペリーには、ほかに選択の余地はない。一方、自分にはそのような束縛はない。アマンダは深く息を吸った。これは突破口になる。政治的膠着《こうちゃく》状態を脱却するきっかけになり、あの怖ろしい発見が嘘と言い逃れによって隠蔽されてしまう前に、ささやかな真実を明らかにする機会になる。

アマンダは厳しい表情をして立っている大尉に顔を向けた。「その民間人をここに連れてきて」

「はあ？」

「ここで会うわ」

ウォッシュバーン大尉は、片方の眉毛を上げてみせた。反応はそれだけだった。

「スーエル少佐が、そのご決断に同意するとは思えませんが」

「安全という点じゃ、こっちに来てもらっても変わらないわ。もし少佐が監視を続けたいと仰るなら、それに反対する気はない。好きなだけ兵隊さんを送ってくればいいのよ。とにかく、嵐が来る前に、その人たちをここに連れてきてちょうだい」

ウォッシュバーン大尉は、一瞬、黙り込んだあと、頷いた。「イエス、マーム」大尉は回れ右をし、出入口そばのスペースを抜けて、オメガ直通の短波通信機があるキャビンに向かった。

アマンダは辺りを見まわした。ついに外部の人間が、ここに何が隠されているかを知ることになる。少なくとも、真実の一部は明らかにされるだろう。アマンダは、さささやかとは言え、そんな確信を持っていた。

それでも、何か落ち着かない気分だった。その原因を辿ろうとした矢先に、長い影が自分を包むのを感じ、アマンダはひどく驚いた。耳が聞こえないことで最悪なのが、この種のことだった。背中から近づいてこられると、手に負えないのだ。

振り向くと、コナー・マクフェランが聳《そび》え立っていた。うろたえたような表情をしている。「レイシーを見ませんでした？」

「レイシー・デヴリン？」

マクフェランは頷いた。

アマンダは鼻先に指を置き少し考えた。「クロール・スペースに入るときに見かけたわ。スケート靴を持っていたわよ」レイシーとは、アイススケートという共通の趣味を持っているせいで、ときどき話をすることがある。

コナーは腕時計を見ながら言った。「もう一時間も前に、スケートから戻っていなけりゃいけないんだが。会う約束をしていたんでね……その……一緒に目を通したいデータがあって」

「トンネルの中で別れて以来、見かけていないわ」

スコットランド人地質学者の顔が曇った。

「ひょっとして、下で道に迷ったって考えているの？」アマンダが訊いた。

「行って調べてみないと。走るコースは知っているから」マクフェランは、グリズリーのように、のそのそとした足取りで立ち去った。

「ひとりで行っちゃだめよ！」アマンダは大声で呼びかけた。「見つけたら、ちゃんと教えてね」

マクフェランは片腕を上げた。それが、分かった、という意味なのか、放っておいてくれ、という意味なのかは判然としなかった。

アマンダはその後ろ姿を見つめた。漠とした不安は心配に取って代わった。あの若いレイシーが怪我などしていなければいい。アマンダは、サーマルスーツのジッパーを下ろしながら、自分のキャビンに向かった。出入口そばのスペースに並んだテーブルのひとつに、ウィリグ博士がいる。

ウィリグ博士が、こちらに来いと手を振っている。「もう出発したのかと思っていたよ」

「ちょっと、計画に変更があって」

「そうかね。いいや、今、グストフ博士と話をしていたんだ」ウィリグは、同じテーブルに着いている、カナダ人気象学者の方に手を向けた。エリック・グストフは、そのいかにもノルウェー系らしい風貌が特徴の人物だった。短く切り揃えた顎鬚に、サンドウィッチのパン屑《くず》がくっついている。グストフ博士は、それを手で払うと、アマンダに向かって会釈した。ウィリグが話を続けた。「グストフ博士は、周辺地域に何箇所か観測機器を設置しているそうなんだが、そこから送られてきたデータを分析したところ、今来ている嵐が、本格的なブリザードに発達中だと分かったそうだ。すでに、風速、毎時七十マイル超を記録しているってことだな」

グストフ博士が頷いた。「大荒れになるよ。外に出ることもできなくなる」

アマンダは溜息をついた。オメガに着いたという民間人の言葉を、アマンダは思い出していた。〈危険が迫っている〉何について語っているのかは、本人たちしか知らない。だが、アマンダには直感があった――真の脅威が迫っているとしたら、それは、嵐でもブリザードでもない。

「大丈夫かい?」ウィリグ博士が訊いた。

「ええ、大丈夫」アマンダは、上の空で答えた。「今のところは」

午前十時五分
オメガ・ドリフトステーション

ジェニファーは、パーカの首に頭を通したあと、監視の兵士たちを睨《にら》んだ。他の者たちも、それぞれ、防寒用衣服を身に着けた。ミトンやスカーフ、セーターなどは、基地が提供したものだった。マットは、つぎを当てた緑のアーミージャケットを着ていたが、それにフードがついていないこともあって、ウールの帽子を借りて被った。海軍のパーカに着替えたらと勧められたが、マットは持ち前の頑固さで、それをきっぱりと拒絶した。陸軍時代の思い出の品だ。マットがそのぼろ布を脱ぐわけがない

――ジェニファーはそう思った。

「全員、サングラスも着用するように」スーエル少佐が命令口調で言った。

「持ってないんで」クレイグが、カメラとその他の所持品が入ったバックパックを、ぐいと肩の上に引っ張り上げて見せた。下士官のひとりがツイン・オッターまで行って、取ってきた荷物だった。

三十分前、スーエル少佐が新しい命令を携えて戻ってきた。オメガの民間人責任者と連絡がついたという話だった。どうやらその責任者とは、基地配属の海軍部隊を率いる最高司令官の娘らしかった。親の威光を笠《かさ》に着て、と言いたいところだったが、ジェニファーに文句はなかった。レイノルズ博士は，ロシア基地へ行くことを許可してくれたのである。

スーエルは、自分のポケットからサングラスを出すと、それをクレイグに手渡した。少佐はここに残るということだろう。同じく、マット隊の一員も居残ることになっていた。

ジェニファーは膝をついてベインを抱きしめた。ベインは尾を振りながら、ジェニファーの耳を優しく噛んでいる。スーエル少佐が犬の同行を許可しなかったのだ。

「いい子にしてるのよ」ジェニファーは言った。

クンクンと、ベインは仔犬のような声を出した。

マットもジェニファーの脇に寄り、ベインの耳の後ろを軽く掻《か》いた。「明日には戻るからな、ベイン」

ジェニファーは横目でマットを見た。ベインはふたりを結ぶ最後の絆だった。愛を、いささかなりとも共有できる対象だった。マットがジェニファーの視線に気づき、ふたりは視線を合わせた。だがすぐにふたりとも、気まずい思いに襲われた。最初に視線を逸らしたのは、マットのほうだった。

「この犬は、自分がちゃんと世話をします」ジェニファーが立ち上がると同時に、ひとりの海軍少尉が言った。ベインを繋いだ革紐を握っている。

「せいぜい、頑張るんだな」マットが冷たく言い放った。

二十歳そこそこの若者は頷いた。「実家で父が、ハスキーのチームを持っているんです」

その言葉に驚いて、ジェニファーは少尉を改めて観察した。オリーブ色の肌をし、瞳には無垢と若さと活力が宿っている。ネイティブ・インディアンのようだった。ひょっとすると、アリューシャン列島の先住民族、アリュートかもしれない。ジェニファーはネームプレートに目をやった。〈トム・ポマウツーク〉馴染みのある名前に、ジェニファーの目は大きく見開かれた。「あなたまさか、スノーイーグルの息子じゃないでしょうね？　そうなの？　ジミー・ポマウツークの息子さんなの？」

少尉はジェニファーの驚きに目を瞬かせた。「父をご存じなんですか？」

「アイディタロッド国際犬橇レースに出たでしょう。一九九九年に。三位だったわ」

誇らしげな微笑みが、少尉の満面に広がった。「はい、そのとおりです」

「わたしも出場したのよ、あのレースに。倒木に乗り上げて橇がひっくり返ってしまったときに、お父さんが助けてくれたの」スノーイーグルの息子に託せるなら、ベインのことも安心していられる。「ナヌークは元気にしている？」

少尉の笑みが、少しだけ寂しそうな色を湛えつつも、更に大きくなった。「やっぱり歳には勝てなくって。遠出するときには、父の助手役をやってます。もうチームを引っ張っていくことはできません。でも、フォックスアイランドで、ナヌークの子どもを一頭、今訓練中なんです」

スーエル少佐が、ふたりの会話を遮った。「皆さん、嵐を避けようと思ったら、もう出発しなくてはなりません」

ジェニファーは、もう一度、ベインの頭を撫でた。「トムの言うことをよく聞くのよ、ベイン」ジェニファーはそう言うと、ベインから離れた。

「知らない奴にベインを預けていくのは気が進まんな」マットがジェニファーの横に来て、ぶつぶつと言った。

「じゃあ、ベインとここに残ればいいじゃない」ジェニファーはそう言うと、マットの身を避けるようにして、他のふたりと一緒にドアに向かった。

マットもふくれ面をしながら、背後霊のように、ジェニファーのあとに続いた。

マットたちは、雲の降りた暗がりの下で煌々《こうこう》と明かりの点る暖かい室内から、凍える冷気の中に押し出された。朝の太陽が、鈍く光っている。夜と昼の狭間にある、永遠の薄暮だった。今朝になって、ドリフトステーション周囲では、濃霧のために空と氷の境が見えなくなった。これこそ、ジェニファーがいつも心に描く煉獄《れんごく》の風景だった。終わりなき白い闇。

最初の息を吸っただけで、胸の中に冷気が達した。肺の中に、冷水が満ちてくる感覚だった。ジェニファーは反射的に咳き込んだ。気温はすでに下がってきている。このレベルの寒さになると、皮膚が少しでも外気に触れただけで、即、凍傷になる。鼻毛の一本一本が、棘《とげ》のように固まる。涙でさえ涙腺で凍りつくのだ。ここは、人が生きられる場所ではない。

ジェイムズウェイ・ハットの陰から出た途端に、強風が吹きつけ、温かい皮膚を探すかのようにジェニファーの服をまさぐってくる。冷たい海風を感じた瞬間に、ジェニファーは空気に嵐の匂いを嗅いだ。

一行はひと塊になって、身体を丸め、二台のスノーキャットが停めてある場所に向かっていった。

彼方から、ゴーンという音が氷の上を転がるかのように響いてくる。

クレイグが周囲を見まわした。「なんだろう、あの音は？」

「流氷同士が当たって、砕けているの」ジェニファーが答えた。「嵐が氷をかき混ぜているんだわ」音が繰り返し聞こえる。水平線の彼方から聞こえる雷鳴のようだった。振動がブーツを伝わってくる。大変な嵐になるだろう。

スノーキャットまで辿り着くと、ふたりの上等兵がジェニファーとジョンを一台に連れていった。クレイグとマットは、もう一台に向かう。ふたりには、武装した別のエスコートがついている。スーエル少佐は、ロシア基地訪問を許可するということで協調の姿勢を明らかにしつつも、ふた組に分けた上で常時監視をつけるという保険を掛けたのだ。

監視役のひとりがスノーキャットに近づき、ドアを開けた。「お父上と一緒に、こちらにお乗りください、マーム」

ジェニファーは頭をひょいと屈めて、アイドリング状態にあるスノーキャットに乗り込んだ。寒さから解放されて、ほっとした気分だった。

紺のパーカを着込んだドライバーが、ベンチシートのど真ん中を占領している運転席に着いている。ドライバーが頷くのに応じて、ジェニファーは尻をずらしてドライバーの隣に落ち着いた。「よろしく、マーム」

ジェニファーはドライバーに、不機嫌な表情を向けた。今度誰かが、〈マーム〉なんて呼びかけたら、ただじゃ……

父親のジョンは、ドライバーを挟んで、ジェニファーの反対側に座った。ふたりの上等兵がリアシートに乗り込んだ。

「もうしわけないですが、暖房はなし、ということで」ドライバーが全員に向けて言った。「三十マイル走るとなると、燃料を節約しなけりゃならないもんですから」

全員が乗車すると、ドライバーは、キャタピラ式雪上車を発車させた。もう一台のスノーキャットがつけた轍を追いながら、オメガ・ドリフトステーションをあとにする。順調に走行を始めたところで、ドライバーがひとつのボタンを叩いた。小さなスピーカから、ロカビリー・サウンドが流れ出す。

リアシートから、不満の声が上がった。「こんなダサい曲、勘弁してくれよ。ヒップホップかなんか、ないのか?」

「誰が運転してると思ってんだ? なんなら、バックストリート・ボーイズだって持ってるぜ」ドライバーは凄みの利いた声で応じた。

「いや、いや……そいつでいい」相手は諦めた声で言い、シートに沈み込んだ。

順調に、ドリフトステーションから遠ざかっていく。皆、無言のまま、それぞれの思いに耽《ふけ》っていた。雪がキャタピラの下で鳴っている。

ドライバーが、音楽に合わせてハミングしている。ジェニファーは背後に目をやった。もう四分の一マイルほど来ていた。赤いジェイムズウェイ・ハットが、風の変化に応じ、朝霧の向こうに現れては消える。吹雪もまた強まってきた。

身体を捻《ひね》って、後ろを見ようとしたちょうどそのとき、ある動きがジェニファーの視線を捉えた。ドリフトステーションではない、もっと先だ。一面の白い世界に、黒い影がぬっと現れたのだ。海面に躍り出た鯨のような姿だった。何を見たのか判然とせず、ジェニファーは更に目を凝らした。

そのとき、強風が霧を吹き飛ばし、束の間、視界が鮮明になった。氷丘脈の不規則な稜線を見下ろすように、潜水艦の黒い司令塔が突き出ていた。まるで生き物のように、華氏零下の大気の中で湯気を上げている。司令塔側面で、小さな点が光った。それより更に小さな赤い光の点が、霧の向こうで、氷上を行き交っている。氷の尾根を這い登る、いくつかの人影が見えた。

「あなたがたのところの潜水艦？」ジェニファーは訊ねた。

上等兵ふたりが、揃って後ろを見た。最もよく見える位置にいる、音楽に不満を述べたほうが、シートから跳び上がった。「とんでもない！」上等兵は慌てて後部ドアを開けた。「ロシア野郎のだ！」

車内に、叩きつけるような強風が吹き込む。ドライバーがブレーキをかけた。前方を行く雪上車は、相変わらず冷たい霧の中を前進している。潜水艦の姿に、まだ気づいていないのだ。

ジェニファーは、父親を見た。ドリフトステーションを、やはりじっと見つめている。「奴ら、白いパーカを着ておる」落ち着いた口調だった。

ジェニファーも、そのことに気づいていた。

スノーキャットが唸り声を上げて停止する。監視兵が、攻撃用ライフルを持ってドアから飛び出した。

「停まっちゃだめ」ジェニファーが、ドライバーに向かって突然叫んだ。叫びは無視された。

車外に出た監視兵がライフルを構えた。氷丘脈周辺を駆けまわる兵士たちと潜水艦を、じっと見つめている。

霧の中で、レーザー照準器《サイト》の光が躍った。その直後、潜水艦上から激しい光が放たれた。ミサイルが小さな弧を描き、大気を切り裂いてドリフトステーションに向かい、周辺に並ぶ小さな付属施設のひとつを吹き飛ばした。

爆発で建物は完全に粉砕され、炎に包まれた破片が雨霰と飛び散った。直径十フィートの穴が氷に穿たれる。

「衛星通信装置を吹き飛ばしやがった」リアシートに残った監視兵が呻いた。開いたドアから身を乗り出している。

ジェニファーは、レーザーポインタの赤い光が一筋、氷上を舐《な》めながら自分たちの方に向けられてくるのに気づいた。見つかったのだ。「車を動かして！」ジェニファーは金切り声を上げた。

ドライバーの反応がないのを知ると、ジェニファーは自分の足をアクセルに思いきり叩きつけた。ギアは入ったままだった。スノーキャットはガクンという衝撃とともに前進を始めた。

「何をする！」ドライバーが怒鳴り声を上げ、ジェニファーの脚を思いきり横に押した。

「連中は、通信施設を壊したのよ！」ジェニファーが怒鳴り返した。「わたしたちをこのまま逃がすと思うの？」

ジェニファーの言葉を裏づけるように、外で銃声が起こった。外の監視兵が片膝をつき、銃撃しながら叫んだ。

ドライバーはほんの一瞬躊躇したあと、自分の足でアクセルを踏んだ。「しっかり掴まって！」

「乗れ、フェルナンデス！」リアシートの監視兵が外の仲間に向かって叫んだ。「行け！」

外では、フェルナンデスと呼ばれた兵士が、膝をつき、スノーキャットのために掩《えん》護《ご》射撃をしていた。銃身から湯気が立ち昇っている。レーザーサイトの光が、逃げまどうスノーキャットに次々と照射される。フェルナンデスは身を翻し、車へと駆けた。だが、あと一、二歩というところで、躓《つまず》いたように前のめりになった。身体の下で、右脚がだらりと伸びるのが見えた。フェルナンデスは、氷に叩きつけられ、滑っていった――氷上に赤い筋を残しながら。

「フェルナンデス！」リアシートの兵士が車から飛び降りると、仲間の元に突進し、襟首を摑んで引きずりながら、スノーキャットを追う。

ドライバーが速度を落とす。

ジェニファーは背もたれを乗り越えてリアシートに移り、怪我人を引き上げるのに手を貸した。

ふたりとも車内に入った。フェルナンデスが、ドライバーに向かって怒鳴った。

「くそっ、なめた真似しやがって！」撃たれたことに対して、怯えているというより、怒っているようだった。フェルナンデスはシートを思いきり叩いた。

相棒のほうは、手袋をしたままの手で、フェルナンデスの太腿を必死に押さえている。指のあいだから血が溢れ出してくる。

スノーキャットは、全速力で前進していく。ジェニファーは前方を見つめていた。先行しているスノーキャットは、もう霧の中に姿を消している。この車も、同じように姿を消すことさえできたなら……

ロカビリーが、相変わらず、スピーカから流れ出ていた。雪が鳴る音が聞こえる。突然、空気を切り裂くような鋭い音が、それらをかき消した。

「やばい！」ドライバーが言った。

目の前で何かが爆発し、吹き飛ばされた氷塊がスノーキャットに降りかかった。フロントガラスに、蜘蛛《くも》の巣のようなひびが入る。一瞬何も見えなくなった。

何を避けようとしたのか、ドライバーが急ハンドルを切った。スノーキャットの重心は高い。片方のキャタピラが浮き上がり、車体を傾けさせたまま横滑りした。雪煙の向こうに、ドライバーが避けようとしたものが見えた。

氷を貫いて、穴がぽっかりと口を空けていた。十フィート下で海水が跳ねている。爆発の余韻で、穴の縁からは湯気が上がっている。

スノーキャットは、片方のキャタピラを浮き上がらせたまま、車体後部を振りながら、その穴に向かって滑っていった。ジェニファーは、もう絶対に避けることができないと覚悟した。ドライバーは、諦めずハンドルと格闘していた。

皆、息を止めていた。

が、考えられない奇跡が起こった。まさに割れ目の縁ぎりぎりのところで、頑固者のスノーキャットが踏ん張ったのだ。

パニック寸前で緊張から解放されたドライバーが、ほっとして汚い言葉を吐いた。傾いていたスノーキャットが、ドシンという音とともに、両方のキャタピラで氷上に立った。その衝撃にジェニファーは顎をがたつかせた。音はしばらく反響し、衝撃の余韻もしばし続いた。

ジェニファーは、心臓を摑まれた気がした。「外に出るのよ！」呼吸が止まりそうだった。ドアを開けようと手を伸ばした――だが、手遅れだった。

海岸の氷が分離していくように、スノーキャットの下にある氷が、水中に沈みつつあった。スノーキャットは、氷と一緒に沈下を始め、ロカビリーを流しながら、車体の腹を上にして氷の海に没していった。

午前十時三十八分
米海軍潜水艦ポーラー・センティネル

ペリー艦長はコントロールブリッジに立っていた。乗組員全員が息を潜めている。すべての視線が、モニタと感知機器類に注がれていた。ペリーは画面のひとつを食い入るように見つめている。艦体外部のカメラから送られたデジタル画像だった。半マイル先で、ドラコンの影が水面に浮かんでいる。ポリニヤのほとりから湖面全体を照らす電灯の光を受けて、輪郭も鮮やかな影を作っているのだ。敵潜水艦は、こちらの小さな影に気づいていないようだった。

「艦長」ブラット少佐がファイアコントロールステーションから囁き声で呼んだ。ヘッドフォンを着けている。「水中聴音機が、火器の発射音を感知しています」

「ちっくしょう！」ペリーは拳を握りしめ、押し殺した声で言った。

ブラットはペリーと視線を合わせた。「ご指示を」

最初にソナーが感知したときから、ポーラー・センティネルはこのアクラⅡクラス原潜を追跡し、この艦がスクリュー音を抑えつつも、高速でオメガに接近、急襲したことを確認していた。火器を搭載していないポーラー・センティネルは、より大型の武装したドラコンに対し、防御も攻撃もすることができない。更に、浮上して身を晒すこともできない以上、ドリフトステーションに警告を発する方法もない。だからこそ、影のようにドラコンについて来たのだ。

「ミサイル発射を感知」ソナー主任が、息を殺して言った。

画面には、海面上の氷が閃光《せんこう》とともに、水中に向かって吹き飛ばされる様子が映った。まるで隕石《いんせき》が衝突したかのようだった。水中を伝わってくる爆発音を聞くのに、水中聴音機の助けを借りる必要はなかった。

束の間、茫然自失の沈黙があった。

「衛星通信棟がやられたようです」オメガ・ドリフトステーションの電子地図に指を置き、ブラットが囁いた。

〈オメガを孤立させる気だ〉ペリーは悟った。衛星通信送受信機だけが、外界とオメガを結ぶ唯一の手段なのだ――ポーラー・センティネルを除いては。

「どうします？」ブラット少佐が訊ねた。

「浮上する必要がある」ペリーは答え、声を大きくして続けた。「副長、艦をロシア基地に向かわせるよう命令してくれ。基地の民間人全員を艦に避難させる。そのあいだに、その場から状況を無線伝達する。間違いなく、次のターゲットはロシア基地だ」

「アイアイ、サー」

ブラット少佐は声を抑えたまま、ダイビングステーションに命令を伝達しはじめた。主舵操作手と水平蛇操作手が、平衡を保ちつつ艦の方向を転換する。ポーラー・センティネルは、滑るようにその場をあとにした。

爆発音がいまだに響いていた。氷を伝わった反響音が届く。その音が、ポーラー・センティネルの撤退を助けた。だが、実のところ、全く無音の状況でも、ポーラー・センティネルは逃げおおせた可能性が高かった。最新の無音推進システムと、通常より厚いソナー吸収性無響コーティングの効果で、ほとんどの探知システムをかいくぐることができるのだった。ポーラー・センティネルは、ドラコンに存在を探知されるような形跡を残すことなく、その場から姿を消した。

ペリーは画面を見ていた。ポリニヤからの光は、やがて見えなくなり、あとには漆黒の闇だけが残った。

ブラット少佐が、ダイビングステーションから報告した。「アイスステーションへの予想所要時間は三十分です」

ペリーは頷き、ブリッジの周囲を見まわした。皆、厳しい顔つきをしていた。腹が立っているのだ――戦闘から尻尾を巻いて逃げ出したことに。だが、やったところで、勝ち目のない戦いだった。それに、ポーラー・センティネルこそ、アイスステーションから人々を避難させる、唯一の手段なのである。

それは分かっていても……。コントロールブリッジ中央に立ちながら、ペリーは、心が凍りつくような、強い不安に襲われていた。アマンダ……。昨日、アイスステーションに向かい、生物学者と地質学者との揉《も》め事を収めるということだった。しかし、オメガに戻るのは今朝の予定だ。もう戻っているのだろうか？　それとも、まだアイスステーションにいるのか？

ブラット少佐が、そばに来た。「ロシアの連中がオメガを孤立状態に置くまで、さほど時間がかからないと思われます。我が方には応戦の準備もありませんからね。そしてオメガを押さえたあとは、ロシア基地に急行するつもりでしょう」

副長ブラットの言うとおりだった。民間人を避難させる時間は限られている。ペリーは咳払いをした。「副長、緊急対応チームを編成して、きみが指揮を執れ。即刻装備を整えて、浮上し次第、行動を開始できるように皆に準備をさせてくれ。避難は一刻を争う」

「了解しました。避難完了までの時間は？」

ドラコンの速度とオメガの脆弱《ぜいじゃく》な防御能力を考慮しつつ、ペリーは答を探した。時間はなるだけ欲しい。だが、浮上して発見されるリスクを冒すわけにはいかない。

「十五分だ」ペリーは言った。「きっかり十五分後に、また潜水する」

「いささか、きついですね」

「シャワーの最中に、裸のまま引っ張ってきても構わん。とにかく連中を乗艦させるんだ。機械だの、食い物だの、いっさい考えるな。ひとり残らず乗せるだけでいい」

「了解。任せてください」ブラット少佐は、回れ右をするが早いか、すでに命令を飛ばしていた。

ペリーは、副長の後ろ姿を見つめた。ブリッジの周囲では、全員がそれぞれの持ち場で忙しく動いている。ペリーはひとり考えを巡らした。アマンダを心配する気持が

どんどん強くなっていく。〈いったい、今どこに？〉

午前十時四十四分
グレンデル・アイスステーション

クロール・スペースのごく深い区域を、アマンダはコナー・マクフェランの広い肩を見つめながら歩いていた。新聞記者とその同行者をアイスステーションに呼ぶ手配を済ませたあと、アマンダは自分の神経が極度に高ぶっているのを感じていた。ここに新しく人を迎え入れるということによって、自分が海軍による箝口令に、字義通りに解釈すればそうでないにせよ、本質的な意味で背くことになると自覚していた。第四階層での発見を外の世界に公表してはならない、ということは、アイスステーションにいる人間に対してまで、その発見を明らかにしてはいけない、という意味にはならない。保安官、新聞記者、そしてその他のふたり……この一行も、ステーションにいるかぎりにおいて、箝口令という傘の下に入るのであって、傘の外にいるわけではないからだ。

それでも、自分が薄氷の上を滑走しているということが、アマンダには分かっていた。グレッグ、いや、ペリー艦長は……決してこれを喜ばないだろう。父と同じ、海軍軍人なのだ。規則を曲げるということを、たやすく受け容れられるわけがない。それでも、アマンダは自分の心に誠実でありたかった。事実は隠蔽されてはならない。それを記録し、公表する、公平な立場の人間が必要なのだ、例えば新聞記者のような。

そう決心したとき、苛々した状態のまま、移送を完了するまでの二時間ほどをただ座って過ごすのも堪らない気がした。そこでウォッシュバーン大尉から移送の確認を取ったあと、レイシー・デヴリンの消息がどうなっているかを知ろうと、クロール・スペースまで降りてきたのだった。

それも巡り合わせというものだろう。

アマンダが顔を合わせたとき、コナー・マクフェランは、トントンと、ブーツの底にアイゼンを打ちつけていた。ゴルフシューズのようにスパイクをつけ、滑りやすい氷の表面でも足下をしっかり確保するためだ。アマンダの言うことを聞かず、ひとりで下に向かおうとしているのは間違いなかった。「みんな忙しいと言ってるし」マクフェランはそう愚痴ったあと、ダウンベストを叩いて見せた。「それに、トランシーバを持ってるからね」

無論、マクフェランが単独で降りることを許可するわけにはいかなかった。それに、まだサーマルスーツを着ていたこともあって、あとはアイゼンをブーツに打ち込めばすむ話だった。

アマンダの前を歩いていたマクフェランが、足を止めた。トンネルが複雑に交差している地点だった。マクフェランは、地質学者用のヘルメットについたライトで、あちこちのトンネル口を照らした。両掌をメガホン代わりにして、胸を大きく膨らませている。口許は隠されていたが、アマンダには、マクフェランがレイシーの名を叫んでいることが分かった。

アマンダは待った。マクフェランの呼びかけに応答があったにせよ、自分には聞こえない。アマンダは、片手にフラッシュライトを持ち、肩にナイロンロープをひと巻き掛けていた。クロール・スペースでも、この辺りのトンネルは道筋が確認されていない。トンネルと亀裂と洞が密集した迷路であることしか、分かっていないのだ。

マクフェランは、壁にペイントスプレーで記されたオレンジ色のマークに触れた。このマークがレイシーの滑走コースを示しているということは、すでに教えられている。だがレイシーの足跡を追うのに、そのマークは要らなかった。コースの路面には、ブレードの痕が無数についている。金属が氷に記したこの暗号を読み解けばよいのだ。

マクフェランは、マークのついたトンネルを奥に向かって進みつづけた。手を口許まで上げ、レイシーの名を呼んでいるようだ。しかし、歩調を緩めないところから見て、返事はないらしかった。

ふたりは、更に二十分、くねくねとした長い氷のチューブを歩き、捜索を続けて、ようやく、元の迷路に戻った。マクフェランはレイシーの名を呼び、オレンジのマークを追いつづける。

聞き耳を立てては、次のマークを探す——そればかりに気を取られていたマクフェランは、ブレード痕の中に、コースから外れて長い裂け目に入っていくものがあることに気づかなかった。

「コナー！」アマンダが呼んだ。

マクフェランは跳び上がった。よほどの大声だったのだろう。

マクフェランが振り向いた。「なんだい？」

アマンダは、コースから逸れていくブレードの痕跡を指差した。「こっちに行ったのよ」アマンダは屈み込んで、氷が削り取られた痕跡に触れた。この傷がいつついたのか、判断するのはむずかしかった。だが、調べてみる価値はあるだろう。アマンダはマクフェランを見上げた。

マクフェランは頷くと、亀裂の中に入っていった。

アマンダも、フラッシュライトを手に、あとに続く。

ふたりは、アイゼンをしっかり利かせながら、奥に入っていった。トンネルは奥に進むほどすぼまっていく。それでも、ブレードの痕はまだ続いていた。

前を行くマクフェランが、立ち止まった。振り返る――アマンダを、ではなかった。その視線は、今通ってきたばかりの通路に向けられている。マクフェランは、眉根を寄せた。

「どうしたの？」アマンダは訊ねた。

「何かが聞こえた気がしたんだ」マクフェランは立ったまま、しばらく耳を澄ましていた。が、やがて、大きな肩をすくめると、また前方に向き直り奥に進みはじめた。

そして、更に十歩進んだとき、道がいきなり途切れた。崖になっている。

マクフェランが先に崖の縁まで行き、身を乗り出した。ヘルメットのライトで下を照らす。突然身を強張らせ、膝をついた。

アマンダが身を屈めてにじり寄った。トンネルが極端に細くなっている。穴は十五フィートほどの深さだ。氷に飛び散った赤い液体は、まだ新しかった。血溜まりに、スケート靴の片方が落ちている。ヘルメットもあった。地質学チームのもので、ライトは潰れている。

マクフェランがアマンダに顔を向けた。「レイシーのものだ」

本人の姿はなかった。ただ、赤い血の筋が、ずっと横に続いている。先の方までは見えなかった。

「行ってみる」マクフェランが言った。「ここからは見えないが、先に別の出口があるのかもしれない。レイシーがそこから自力で脱出しようと……」

アマンダは、大きな血溜まりを見つめた。希望はありそうになかった。だがそれでもアマンダは、肩をゆすって、ナイロンロープを氷に落とした。「わたしのほうが軽いわ。あなたはしっかりとロープを持っていて。わたしが行って見てくる」

自分で降りていきたいようだったが、マクフェランは、仕方なく頷いた。

アマンダはロープの先を、穴の底に落とした。マクフェランは、縁から二フィートほどのところに座ると、両脚を開き壁にアイゼンを当てて、保持体勢を整えた。それが済むと、ロープで輪を作って背中に回し、脇の下で押さえた。二度三度ぐいと引き、強度を確かめる。

「準備はいい？」アマンダが訊いた。

「きみみたいな女の子ひとり、支えられないわけがない」マクフェランはぶつぶつと言った。「いいから、レイシーを探してきてくれ」

アマンダは頷いた。フラッシュライトをポケットに入れロープを摑むと、懸垂下降の要領で、降りはじめた。身体を丸め、両手を代わる代わる送りながら、アイゼンを氷壁に当てて降りて行く。底までは、あっと言う間だった。

「ロープを緩めて！」爪先が氷についた瞬間に、アマンダは上に向かって叫んだ。

ロープが揺れた。上の大男が、保持体勢を解き、穴の縁まで這い寄ってくる。胸にはまだロープを巻いたままだ。心配そうにアマンダを見つめ、しきりに口を動かしているが、もっさりした顎鬚と、ヘルメットの眩しいライトのせいで、唇を読むことができず、何を伝えようとしているのか分からなかった。が、分からないことを認めるのもしゃくなので、アマンダはただ手を振って見せ、それからフラッシュライトを取り出した。

辺りを照らしながら、アマンダは鼻をうごめかした。嫌な臭いがする。洞の底に溜まった悪い空気のように、悪臭は穴の底に厚く濃く滞留しているようで、息が詰まりそうだ。アマンダは思わず唾を呑み込んだ。スタンフォードの学生だった頃のある夏に、動物学研究施設にある犬舎で働いたことがあったが、ここの悪臭は、それを思い出させた。血液に糞尿――それは悪臭というより、恐怖そのものだった。

アマンダはフラッシュライトの光を頼りに、血痕を追った。血は氷のフロアから、壁に空いた穴へと続いていた。それは横長の四角い穴で、底の部分は平らな床になっている。下水道に繋がる側溝のような形だ。高さはアマンダの膝くらいまでだが、幅は背丈ほどあった。

〈大きな側溝みたいだわ〉

アマンダは、〈側溝〉の奥に向かって呼びかけた。「レイシー！」

返事があっても、自分には聞こえない。アマンダはマクフェランを見上げ、何か反応があったかを確認しようとした。マクフェランは相変わらず崖の縁に跪いていたが、その視線は、穴の底ではなく背後のトンネルに向けられていた。

爪先が何かにぶつかった。アマンダは視線を下に戻した。レイシーのスケート靴だった。足にぶつかった勢いで、くるくると回りながら遠くまで滑っていく。アマンダは反射的に、フラッシュライトの光で靴を追った。靴は壁に当たって、止まった。たまたま角度が合い、光がブーツの中を照らした。中身が入っていた。関節で引きちぎられた骨が、靴の口から白く飛び出していた。

アマンダは悲鳴を上げた。だが声にならなかった。いや、声を上げたのかもしれない。だが、それを知る術はなかった。アマンダは、氷を蹴り、後じさった。アイゼンがブレード代わりになった。

アマンダは、崖の上を見上げた。

誰もいない。

「コナー!」

ヘルメットの光は見える。トンネルの奥まったところからだ。しかしその光は、落ち着きなく上下動している。まるで、スコットランド民謡に合わせて、マクフェランが踊っているかのようだった。穴に降りてきているロープも、氷壁を跳ね回っている。

「コナー!」

その瞬間光が、まるでその声を聞きつけたかのように、踊りをやめた。ライトは動かぬまま、トンネルの天井を照らしている。ロープもまた、だらりと垂れ下がった。アマンダは何歩か後退した。距離を取れば、トンネルの奥をもう少し覗けるかもしれない。アマンダは懐中電灯を上に向ける。喉は強張り、聞こえない耳の中で、血が脈打っている。フラッシュライトを上に向ける。もう、大声で呼ぶ気はなかった。

ヘルメットの光を、何かが遮り、天井に影が見えた。身体を丸めた巨大な何かだった……

アマンダは、フラッシュライトを両手で持ち、まるでピストルのように、それに向けた。そんな、コナーに決まっているじゃない。耳が聞こえないから、はっきりとは分からないけれど、きっと、わたしを呼んでいるんだ……

恐怖が、アマンダの腸を鷲掴《わしづか》みにした。

影が近づいて来る。

アマンダにはもう、その正体を見極める気はなかった。

氷上を突進し、レイシーの血痕に沿って逃げる。脱出口はひとつしかない。アマンダは氷上にダイブした。衝撃で息が詰まった。気にはしていられない。アマンダは、暗いトンネルに向かって滑っていった。フラッシュライトが前方を照らしている。

アマンダの姿が、洞の底から消えた。

〈側溝〉がアマンダを呑み込んだのだ。

そのままの勢いで、アマンダは数フィート滑りつづけ、トンネルの奥に入っていった。光の先で、天井が高くなっている。速度が落ち、やがて少しスピンしながら止まった。アマンダはなんとか、膝を使って這い進んだ。

緩やかな下り斜面を最後に、いきなり、ぽっかりと空いた洞に出た。アマンダは氷に尻をついて座った。首さえ曲げれば立っていられるほど、天井は高い。が、アマンダは座ったままでいた。フラッシュライトの光が揺れ、周囲を照らした。

ここまでだった。もう終わりだった……文字どおり、終わりだった。

浅いボウルのような恰好《かっこう》をしたフロアの至る所に、骨が散らばっている。裂かれ、千切られた骨。白い骨、黄色い骨。空っぽの頭蓋骨。人間のものも、獣のものもある。大腿骨。肋骨。肩胛骨《けんこう》。皆、フラッシュライトの光を反射している。

アマンダの脳裡に、ひとつの言葉が浮かんだ。

〈巣……〉

洞の片隅に、ひしゃげたものがあった。折れ曲がり、動かないもの。赤白紺、三色の布で作った花綱《フェストゥーン》が巻きついているように見える。それが、凍った血溜まりに身を横たえていた。

レイシーが、そこにいた。

午前十時四十七分
氷上

スノーキャットのリアシートで、マットは、両側に座っている監視兵たちと激しくやり合っていた。「とにかく、戻るんだ！」

肘が鼻梁《びりょう》を打った。激しい苦痛。目に星が飛ぶ。マットは一瞬目が眩み、シートの上で背を丸めた。「大人しく座ってるんだ。それとも、手錠を掛けられたいか？」ミッチェル・グリア大尉が、しかめ面をしながら、肘をさすっている。

もうひとりの監視兵が銃を抜いた。ダグ・パールソンという名の、猪首《いくび》の上等兵だった。今のところ銃口はルーフを向いていたが、ただの脅しでないことは確かだった。

「マット、落ち着いてくれ」フロントシートにいるクレイグが声をかける。

「おれたちは命令に従っているだけだ」ドライバー役の伍長が言った。

ほんの一分ほど前、スーエル少佐がこの車に無線連絡を寄越し、とにかくロシア基地に急行しろ、と命令してきた。オメガからは連絡することができないため、アイスステーションまで行って、ロシアの奇襲に備えるよう警告せよ、と言うのだった。

しかし、少佐と交信している最中に爆発が起こり、通信が途切れた。すぐ近くに落ちたらしく、耳元で爆発音が聞こえ、キャタピラの下で氷が揺れた。何が起こったのかを知ろうと，全員の視線が車両の背後に注がれた。遠くから銃声が聞こえた。

が、そのときすでに、嵐がこの地域を呑み込みつつあり、氷上は激しいブリザードに見舞われていた。もう一台のスノーキャットには、何度試しても無線が繋がらなかった。ジェニファーとジョンを心配して、マットはハンドルを奪おうとさえしたが、武装した三人を相手に、ひとりで勝てるわけがなかった。

相変わらず、後続のスノーキャットが来る気配はなかった。

「それじゃ、もういっぺん、無線を試せ！」鼻の痛みで溢れそうになる涙を、瞬きして抑えながら、マットが言い返した。喉の奥に、血の味がした。

ドライバーは頭を振りながら、通信用マイクを取った。「キャット2、こちらキャット1。応答せよ。オーバー」ドライバーはそれだけ言うと、マイクを口許から離した。

応答はなかった。

「小さいブラインドスポットに入っただけかもしれないさ」ドライバーは言った。

「この辺じゃ、よくあるんだ。地球の裏側とも話ができるのに、裏庭にいる奴と話ができないってこともあるだろ？」起伏を乗り越えるたびに、身体を軽く上下動させせながら、ドライバーは肩をすくめた。

マットはその言葉を全く信じなかった。ジェニファーが困難に直面している。マットはそれを確信していた。だが、ジェニファーの乗っているスノーキャットとは、すでに二マイルほど離れているだろう。なんとかこの車を降り助けに駆けつけても、間に合うかどうかは分からなかった。

「ジェニファーは、きっと大丈夫だよ」クレイグが、マットの目を探りながら言った。

マットは、言い返したい気持を抑えた。

スノーキャットは、ブリザードを突いて、ひたすら前進していった。離れてゆく、どんどん離れてゆくのだ――かつて自分が愛した女性から――おそらく、今も愛している女性から。

午前十時四十八分

おそらく、一瞬失神したちがいない。スノーキャットがひっくり返ったあとすぐに、〈火傷するほど〉冷たい水がジーンズに滲み込んできて、ジェニファーは我に返った。

体勢を立て直し、瞬時に周囲の状況を把握する。

スノーキャットは、上下逆さまになっていた。深さ一フィートほどまで浸水している。エンジンはまだ動いており、逆さまになった車体が振動している。足下の水中で光るルーフライトが、意地悪く、車内の光景を照らし出している。

ジョンが起き上がろうとしていた。手首を押さえている。

「パパ？」ルーフをそっと移動し、ジェニファーは父親に近づいた。

「うむ、大丈夫だ」ジョンはぼそぼそと言った。「手をやられただけだ」

ジョンの視線はドライバーに向けられていた。顔を下にして水に浸かり、頭部が不自然な恰好で後ろに曲がっている。「首の骨が折れている」ジョンが言った。

監視兵のふたりは、ドアと格闘していた。

フェルナンデスがドアの把《と》っ手に肩をぶつけている。びくともしない。氷下に半ば没したスノーキャットが、水圧を受けているのだ。「ちっくしょう！」フェルナンデスはそう言うと、片脚立ちでドアの前から退いた。銃創から流れ出した血が、水中に尾を引く。

「なんでもいい、ドアをぶち破るものを寄越せ」フェルナンデスが吠えた。白目が、ルーフライトの光を反射している。

ジェニファーがふたりのそばに寄った。「これはどう？」ジェニファーは、背中を向けている監視兵の方に手を伸ばし、拳銃を抜き取った。身体の向きを変え、親指で安全装置を外して、フロントウィンドウに向けて発砲する。極地仕様の強化ガラスにひびが入り、裂けるように割れた。

「なるほど」フェルナンデスが頷きながら言った。「そういう手があったか」

もうひとりの監視兵が、ジェニファーを睨みつけながら銃を取り上げ、ホルスターに収めた。

「こいつの目つき、勘弁してやってください。コワルスキーは、自分のものに触られるのをひどく嫌がるんで」フェルナンデスはそう言ったあと、ジェニファーとコワルスキーに、前に行くようにと手で合図した。

ジェニファーたちは、ルーフにしゃがみ込むようにしてシートの下を移動した。

コワルスキーが、フロントウィンドウに残ったガラスを蹴り飛ばした。

外の水が大量に流れ込み、中で泡を立てた。大小の氷塊が交ざっている。

「一難去ってまた一……」フェルナンデスが呟いた。

「あそこの氷に出来てる割れ目を利用するのよ」ジェニファーは、氷の切断面を指差した。登れそうな亀裂がある。

「レディ・ファーストで」コワルスキーが言った。

水はもう、太腿の辺りまで上がってきていた。ジェニファーは、感覚を失った脚をなんとか突き出した。海に入ると、冷たい水が全身を切り裂いた。冷たさに全身が反射的に丸まろうとする。ジェニファーはそれに、歯を食いしばって耐えた。海水の氷点は華氏二十八・六度（摂氏マイナス一・九度）。だが、感覚的には、それよりずっと冷たい。冷たすぎて、〈火傷する〉のだ。氷の塊を手足で払いのけるようにして、ゆっくりと数ヤードを泳ぎきり、目標の斜面に辿り着くと、身体を割れ目に押し込み、痺《しび》れた指先で氷の突起を摑んだ。

水から上がり、ジェニファーは振り返った。他の連中もやって来る。コワルスキーが貸そうと出した手を、フェルナンデスが振り払っている。

ふたりの後ろで、スノーキャットが、車体の前部から傾き、紺青《こんじょう》の深みに沈んでいった。ライトが光の筋を残して、氷下の闇に消えてゆく。一瞬だが、側窓のガラスに押しつけられた蒼白な顔が見えた。やがて、スノーキャットは、ドライバーひとりを乗せたまま、海中に没した。

ジョンが、水から上がろうとしていた。ジェニファーが伸ばした手を取り、父親は無事、割れ目に身を置いた。氷壁の隙間は、ごつごつした塊とぎざぎざの突起で出来ていたが、かえってそれが幸いし、自然の梯子を提供してくれそうだった。

ふたりは助け合って、登っていった。濡《ぬ》れた身体が今にも凍りつきそうだった。服は氷結し、凍った髪が肌に張りついている。四肢が発作を起こしたように震える。肉体が、体温を保とうとする空しい努力を続けているのだ。

ふたりはやっと、割れ目を抜けきった。ひとりずつ氷上に這い上がる。身体が動かないのは、疲労のせいではない。寒さのせいだった。酷寒という鎖が、幾重にも巻きついていた。ふたりに逃げる術はなかった。

風が更に強まってきた。ジェニファーのまわりで、雪と氷が激しく舞う。

なぜか父親がそばに来て、ジェニファーを包み込むように優しく抱いた。父が自分をこんなふうに抱くのは、何年ぶりだろうか？　母を亡くしたとき、ジェニファーはまだ十六歳だった。そのあとの二年間、つまり、父親が刑期を終え、リハビリを完了するまでのあいだ、叔父と叔母がジェニファーの親代わりになった。そしてその後、ふたりが言葉を交わすことは、ほとんどなかった。とは言え、イヌイットの生活は、さまざまな社交的集まりを中心に成立している――誕生日、ベビーシャワー、結婚式、そして葬儀。そういうときは、ぎこちないながらも、父と取り敢えずは平穏な関係を保った。だが、それは到底、密接な関係と呼べるようなものではなかった。

これほどぴったりくっついているなんて……

頬を伝わった涙はすぐに凍りついた。心の中で何かが弾けた。「パパ……ごめんなさい」

ジェニファーを抱く腕に力がこめられた。「喋るんじゃない。エネルギーを残しておけ」

「なんのために?」ジェニファーは呟いた。だが声になったのかどうかは、自分にも分からなかった。

第八章　ハンター・キラー

ᖅᐊᖕᒍᓄᓯᐊᖅᑎᔭᐃᓇᐊᖅᑎ

四月九日、午前十一時十二分
米海軍潜水艦ポーラー・センティネル

「前方に天窓《スカイライト》！」当直士官が大声を上げた。「右舷四十度の方向！」
「やっと見つかったか」ペリーは接眼部に向かって呟くと、右舷四十度方向に潜望鏡を回転した。氷島近くの人造ポリニヤを探しはじめてから五分が経過していた。この地域を襲っている暴風雪が、海上の氷を予測地点から、角度にして数度ずらしたのだ。変わらぬものなど、何もない地だった。〈ただひとつ、危険ということを除いては〉
　潜望鏡の先には、黒い氷を天井にした世界が広がっていた。だが、右舷方向、当直士官が示したところに、アクアマリンに輝く、不自然に整った正方形の穴が空いている。バハマの海を思わせる透明な青い水に、上からの光が当たっているのだ。ペリーは、緊張した口許に微かな笑みを浮かべた。「そう、そのスカイライトだ。左舷エンジン加速三分の一、右舷エンジン減速三分の一。面舵《おもかじ》いっぱい。スカイライトの真下に着けるんだ！」

スカイライトというのは、北極氷床の下を最初に潜航して以来、乗組員たちが、氷の開口部を指して、呼び慣らわしてきた名前だった。つまり、浮上可能な穴のことである。だから、スカイライトを目にすることは、常に、無情の喜びなのだ。まして、危急のときとなれば、尚更だった。

ペリーからの命令が伝わると、艦は針路を変え目標に向かった。足下に微かな振動が伝わる。ペリーは潜望鏡を覗きながら命じた。「低速前進！」

分厚い氷に空いたスカイライトに接近すると、ペリーは潜望鏡に目をつけたまま、言った。「ソナー主任、氷はどんな具合だ？」

「大丈夫のようですよ。薄氷が張っているみたいですが」主任は、トップスキャン・ソナーのモニタを詳しく見ながら答えた。「張った氷の厚さは、せいぜい六インチですね。しかし、三インチ以下ということもありません」

ペリーはほっとして溜息をついた。それなら、わけなく浮上できるはずだ。

ペリーは、アクアマリンのポリニヤを取り囲んだ、黒い氷の様子を調べた。鮫の凶悪な歯を思わせる、ぎざぎざの断面が見える。

「スカイライトの真下に来ました」ブラット少佐が、ダイビングステーションから報告した。

「機関停止。舵位置ゼロ」命令が伝わったのを確認したあと、ペリーは潜望鏡をぐるりと回し、浮上するのに充分な余裕があるか否かを確かめた。ぎざぎざの氷が、艦体に接触しないとも限らないからだ。その心配がないことを確認すると、ペリーは背筋を伸ばし、潜望鏡のグリップを畳んだ。ステンレス製のポールが下降していく。「浮上用意」ペリーはブラットにさっと身体を向けた。「慎重に頼む」

ポンプが軽い騒音を立てて、バラストタンクから海水を排出する。ゆっくりと艦は浮上を始めた。

ブラットがペリーの方を向いた。「間違いなく、ロシア艦に排水音を聞きつけられてしまいますね」

「そいつは仕方がない」ペリーは潜望鏡台を降りた。「緊急対応チームは、ステーション上陸の準備が出来ているのか？」

「はい、出来てます。十分以内で、基地を空っぽにして見せますよ」

「最後のひとりまで頼むぞ」アマンダのことを考えるのは、これで何度目だろうか？

ブラットは相手の心を読んだようだった。ペリーをじっと見つめている。「ひとりとして見落としはしませんよ、艦長。任せてください」

ペリーは頷いた。

「足を踏ん張って！　氷を突破するぞ！」ソナー主任の大声が響いた。頭上で、高強度のブリッジが氷を突き破り、艦を揺らした。一瞬ののち、艦本体が艦内の至る所で、バルブ開閉やら計器チェックが行われ、報告の声が飛び交う。

「ハッチ開放！」ブラットが叫ぶ。「救助チームを降ろせ！」

回転錠《ロッキングドッグ》が解除され、ライフルを肩に掛けたパーカ姿の兵士たちが集合した。ひとりがブラットに紺のパーカを差し出す。

ブラットがそれを頭から着込む。「すぐに戻ります」

ペリーは腕時計を見た。ロシア艦はすでに、こちらに向かっているだろう。「十五分、それが限度だ」

「充分です」ブラットを先頭に男たちが出ていった。

ペリーはその姿を見送った。冷たく、湿った外気が上から吹き込んでくる。最後の兵士が出ていくと、ハッチがぴっちりと閉められた。ペリーは潜望鏡台の上を行きつ戻りつした。そこから降りてブラットとともに出ていきたかったが、自分に与えられた場所はその台の上だということを、ペリーはよく弁えていた。

だがそれも、ついに我慢の限度を超えた。「主任、ここを頼む。おれはキュークロープスでウォッチする。緊急対策チームから連絡があったら、向こうのインターコムに流してくれ」

「アイアイ、サー」

ペリーはコントロールルームを出て、艦首へ向かった。ハッチをいくつか抜け、今は空っぽの研究者居住区を通過する。ペリーは最後のハッチを開け、その先にある、自然光を受けた部屋に入った。

レキサン製の透明なアーチの下を進む。キャノピーを洗う海水が、ぎざぎざの氷に当たって飛沫《しぶき》を上げている。飛沫はまた返され、レキサンの表に複雑なフラクタル模様を描き出す。艦の先に見える風景は退屈だった。カーボン被覆の艦体から立ち昇る湯気と、氷丘脈の頂上から吹き下ろされて激しく舞う雪があるだけだった。

ペリーは、ロシアのアイスステーションに続く、洞穴のような入口に視線を向けた。身を屈め一歩一歩進んでいく人影が、ぼんやりと見える。ブラットのチームだ。やがてチームは、トンネルの口に消えた。

インターコムが鳴った。金属的な声が伝わってくる。「艦長、こちらコントロールルーム」

ペリーはインターコムに歩み寄り、ボタンを押した。「どうした、主任？」

「当直の無線員が、海軍衛星通信《NAVSAT》からの受信が途切れている、と報告してきました。

また別の磁気嵐の下に入った模様でして、目下のところ、送受信ともに不能です」

ペリーは、心の中で悪態をついた。衛星通信がダウンした状況で、外の世界に情報を伝達しなくてはならないのだ。ペリーはインターコムのボタンを押した。「衛星通信の復旧まで、どれくらいかかるか、おおよその目途は立つのか?」

「それが、どうにも、はっきりしないんです。無線員に言わせると、短時間ながら、磁気嵐の隙間が出来る可能性があるということですが、これも、いつかとなると、見当がつかないらしいんです。可能性として一番高いのは、現在のような密度の磁気嵐は、日没後のある時期にやむだろう、ということですね」長い間《ま》があった。「無線員は、UHFを電離層にぶつけてみるそうです。この天気では、誰に届く保証もないですがね。運がよければ、プルドーベイが拾ってくれるかもしれないですし」

「了解した。とにかく浮上中は、接続の努力を続けてくれと無線員に伝えてくれ。それともうひとつ、SLOTを設定して、氷上のどこかに隠しておいてほしいんだ」SLOT、すなわち、潜水艦発射送信機は、設置後、予め入力された時間が経過してから、衛星に接続する通信ブイのことである。「日没後、かなりの時間が経過してから通信を開始するように設定しておいてくれ」こうしておけば、磁気嵐が去り、衛星通信が復旧したあとに、自分たちのメッセージが間違いなく、外に伝えられるだろう。

「アイアイ、サー」

ペリーは時計に目をやった。五分が経過していた。アーチの下に戻ると、視界はわずか数ヤードまでになっていた。氷丘脈の稜線さえ、もう大まかにしか見えない。永遠とも思える一分が経過した頃、雪を抜けて、おぼろげな姿がやって来るのが見えた。それが最初の避難者グループだった。

外のハッチが開けられる音が、艦体を伝わって聞こえてきた。ヒューヒューという風の音が聞こえる気がする。人の群が次々と吹雪の中をやって来る。ペリーは数えてみようとしたが、狂ったように舞う雪で、人影と人影を分かつことも、男女を識別することもできなかった。

顎が痛くなるほど、ペリーは奥歯を嚙みしめた。

インターコムが鳴った。「艦長、こちらコントロールルーム。ブラット少佐からです」

続いて、雑音交じりの声が届いた。「艦長ですか？　全階層の退避を完了しました。現在、クロール・スペースのリサーチ区域にふたり送ってます。それぞれにメガホンを持たせて」

ペリーは、副長の言葉を遮ってでもアマンダについて訊ねたかったが、その気持を抑えた。

が、いずれにせよ、答は与えられることになった。「レイノルズ博士は、この基地にいるそうです」

ペリーはほっとして、大きな溜息をついた。アマンダはまだドリフトステーションには戻っていない。あの攻撃に巻き込まれてはいないのだ。アマンダは無事だ。ここに無事でいるのだ。

だが、そのあとの言葉は、不安をかき立てるものだった。「しかし、艦長、この一時間ほど誰も博士の姿を見ていないんです。博士と地質学者のひとりが、トンネルに入った無許可外出《AWOL》の学生を探しに行ったことは、分かっているんですが」

ペリーはインターコムのボタンを押した。「副長、誰ひとり残してはいかん」

「了解しました、艦長」

ペリーは時計を見た。「あと七分ある」

副長の応答が返ってくる前に、コントロールステーションが割り込んだ。「こちらコントロールルーム。過去数分間、水中聴音機からの火器発射音が途絶えています。ソナーのほうも、潜水艦の海中行動を示す波形を捉えてはいるんですが、換気音や機械音だけです」

ドラコンに間違いない。ロシアの対潜潜水艦《ハンター・キラー》が動きだした。時間は尽きたのだ。ここで人命を危険に晒すことはできない。ペリーはインターコムに向かって言った。

「ブラット少佐を頼む」

「アイアイ、サー」

一瞬ののち、副長の声が雑音の向こうに聞こえた。「ブラットです」

「副長、敵がこっちに向かっている。直ちに全員を退去させてくれ」

「艦長、クロール・スペースの捜索さえ、まだ完了していません」

「三分だ。三分きっかりで、基地を空にしろ」

「了解。以上」

ペリーは目を閉じ、ひとつ深呼吸をした。肩越しに背後を見上げ、キュークロープスに最後の一瞥《いちべつ》を加えると、ハッチを抜け部屋を出た。ペリーは、艦内を通り抜け、再びコントロールルームで指揮を執りはじめた。

乗組員たちが、目を大きく見開いたまま、ラダーを降りてくる民間人に手を貸し、コントロールステーションの先にある居住区画へと誘導していく。混乱はしているが、それなりに統率は取れていた。艦内の温度は、外を吹き荒れるブリザードの影響を受けて、すでに二十度以上下がっている。

ウィリグ博士が、突然ペリーの横に現れた。「お忙しいのは承知していますが、艦長」スウェーデン人海洋学者は、息を切らしたまま言った。髪についた雪が解けだしている。

「どうしました、博士？」

「アマンダのことで……。まだクロール・スペースの中にいます」

「ええ、分かっています」ペリーは、しっかりした声で、きっぱりと言った。今、自分がパニックに陥ってはならない。自分が指揮官なのだ。

「出航前に、全員の退避完了を確認するのでしょうね？」

「最善を尽くします」

その言葉で、老科学者の目に浮かんだ不安の色が消えることはなかった。アマンダはウィリグにとって、実の娘も同然なのだった。

無線主任が、手を振って合図をしている。「艦長、またブラット少佐です」

ペリーは時計を見たあと、開いたままのハッチに目をやった。ラダーに人はなかった。ブラットはどこにいるのだ？　ペリーは無線機に足を運んだ。「副長、時間切れだ。すぐ戻ってこい」

答の声は弱々しかった。コントロールルームにいる人間全員が押し黙った。「民間人数人の所在が、いまだに摑めません。現在、ウォッシュバーン大尉と一緒に、クロール・スペースにいます。当所に残留を許可願います。ここに残っているはずの人々を保護したいんです。見つけだして……その後、どこか隠れ場所を探すつもりです」

ペリーは拳を握りしめた。ウィリグとは別の人間が、そばに寄り話しかけてきた。NASA技術者のひとり、リー・ベントリーだった。「少佐には、ぼくが描いたアイステーションの図面を渡してきました。ステーションに通じるトンネルの詳細と、建造時に設けられたと思われる立坑も、全部記載してあります」

ベントリーの後ろにある目という目が、ペリーを注視している。ウィリグ博士の色白の顔が、更に血の気を失っている。皆、ペリーの決断を待っていた。

ペリーは、無線機に手をやった。「副長……」ペリーは、ボタンを押さえたまま言葉を切った。アマンダを心配するあまり、他のことはほとんど考えられなくなっていた。だが、艦内は、守るべき乗組員と民間人でいっぱいだった。「副長、もう待てない」

「分かってます」

「残りの人々を捜し……安全を確保してくれ」

「了解。以上」

ペリーは目を閉じた。

重苦しい沈黙を、ウィリグ博士の声が破った。信じられぬという思いが、口調にありありと現れていた。「置いていこうというのですか？」

ひとつ深呼吸をしたあと、ペリーは振り返り、当直士官に顔を向けて言った。「潜航！」

午前十一時二十二分
グレンデル・アイスステーション

耳の中で、血管が脈打っている。アマンダは骨の散乱した巣の中にいた。内臓と血の匂いが、その小さな空間に充満していた。レイシーの亡骸《なきがら》は壊れたマネキンのようで、どこか現実感がなかった。が、何かが、この地質学専攻の学生をばらばらにしたのは事実だった。それも、巨大な何かが。

アマンダは、歯を食いしばったまま、喘《あえ》いだ。

レイシーは仰向けに横たわっていた。四肢は折られ、顔面は潰されている。繰り返し振り回され、氷にぶつけられたようだった。

腹部からは、なるだけ目を逸らすようにしていた。そこは切り裂かれていた。露出された腹腔から流れ出した血が凍りついている。野生の世界では、狼がこれと似たことをやる。決まって、獲物の柔らかい腹部の内臓を食うのだ。まず獲物の腹を裂き、その中にあるご馳走を楽しむ、というわけである。

間違いなく、それと似た肉食動物がここにいる。だが、どんな動物がいるというのだ？　〈狼ではない……これほど北に棲息しているはずがない〉北極熊？　だが、北極圏の野生動物で王位にあると言っていいこの存在に関しても、基地には棲息の痕跡が全くなかった。糞もなく、白い毛がまとまって見つかることもなかったのだ。

〈ならば、いったい何がいるというのだ?〉

たったひとつしかない出口のそばに身を置いて、アマンダは頭の中で、いくつかのピースを繋いでみた。テスト中のディープアイ・ソナーシステムで見た影。あれがソナーのノイズではなかったことは、これで確かになった。

パニックに陥ったアマンダの頭は、普段なら働きそうもない回路を活性化させた。ここにいるものがなんであろうと、それがソナー・スキャンの存在を捉えたのは確かだ。だからこそ逃げ、氷島の核にある巣に戻ったにちがいない。だが、そんなことができる動物とは、いったいなんだろう? ソナーを感知できる動物とは? ディープアイ開発のために、ソナーの研究を徹底的に行ったせいで、ごく当たり前の答ならすぐに出せる。それは、コウモリとイルカ……それに鯨である。

アマンダは、束の間、四肢を広げて横たわっている、内臓を貪り食われた屍《しかばね》に目をやった。その姿は、氷の上に同じような恰好で横たわっていた、別の死体を思い起こさせた。

オグデン博士の、あの標本だった——アンブロケトゥス・ナタンス。

博士によれば、アンブロケトゥス・ナタンスは、現在の鯨の祖先に当たるという。

それを思い出したとき、アマンダは、いっそう身が凍りつく思いに囚《とら》われた。

〈そんなこと、あり得ない……標本が……凍ってる標本じゃなくて、生きてる標本がいるなんて〉

恐怖に圧倒され、アマンダは全身を震わせた。ばかげたことのように思えた。だがそう考えるしか、説明のしようがなかった。狼でもなければ、北極熊でもないのだ。そして自分は――ここにたったひとりでいるのだった。悪夢だった。それも肉と骨を持つ、実体化した悪夢だった。あり得ないことなんて――ないのかもしれない。

アマンダは、フラッシュライトの光に掌を被せた。トンネルの向こうで、マクフェランのヘルメットライトが、外の洞に反射しているのが見える。出口はそこしかない。見通せる範囲は限られていたが、それでもアマンダは、トンネルとその奥を凝視しつづけていた。時間が止まったようだった。何かが動く気配さえない。その獣が、トンネルの先にいるのか、あるいは、今にもここに戻ってくるのか――それさえ知る術はなかった。

アマンダは、囚われの身だった。氷下の洞に囚われているだけではない。静寂という繭《まゆ》の中にも囚われていたのだった。聴力を欠いているアマンダには、近寄るものがあっても、それを音で知ることはできない。唸り声とか、爪が氷をかく音とか、息遣いとか、そういうものは、いっさい役に立たないのだ。

外に出ていくのは怖かった。

だが、ここに留まることなど、どうしてできようか？

この巣の中にどこか隠れ場所はないかと、アマンダは背後に目をやった。壁にはいくつか亀裂が走り、崩落した氷が溜まった突出部もある。だがどれも浅すぎて、まともに身を隠せそうになかった。

アマンダは再びトンネルに目をやった。

ヘルメットライトの反射光をよぎる、大きな影が見えた。

アマンダは驚いて、フロアの氷を蹴散らすのも構わず、後ろに下がった。フラッシュライトを消す。巣の外、トンネルの喉元から漏れてくる光だけになった。何かがトンネルの向こうで、光の川を遮る巨大な石のように身を伏せている。

そしてそれが、ゆっくりと洞に向かいはじめた。

アマンダは亀裂のひとつに走った。パニックを起こしそうな心と戦いながら、アマンダは必死に考えた。フラッシュライトを再び点《つ》け、レイシーの亡骸のそばに投げ落とす。その光が、獣の注意を惹いてくれればいい。この考えが、また別の考えに繋がった。どうして、この生物は、暗闇でものが〈見える〉のだ？　体温を感知するのか？　振動を捉えるのか？　それとも、コウモリのように、反響定位《エコーロケーション》能力を持っているのか？

すべての可能性を考えねばならなかった。

スーツのフードを引き上げると、アマンダは横向きになって、身体を亀裂に叩きつけるようにして押し込んだ。ほんの少し、入っただけだった。片手で氷の表面を撫で、水分を顔になすりつけた。もし体温を感知するとしても、身体のほうは、断熱スーツが隠してくれるだろう。とすれば、露出しているのは顔だけということになる。アマンダは氷の解けた水で、できるだけ顔の皮膚を冷やした。

相手がエコーロケーション能力を持っていた場合に備えて、少しでも感知される部分を少なくしようと、アマンダは亀裂に身体を更に押しつけた。口許を手で覆い、息を殺す。温かい呼気で、相手に存在が知られるのを怖れてのことだった。

アマンダは、自らの存在を消そうと努力しながら、待った。

が、長くはかからなかった。

アマンダは信じられない思いで、その獣がトンネルに這い入り、自分の視線の先にしゃがみ込む様子を見つめていた。

〈グレンデルは生きていた〉

グレンデルはまず、巣に頭を入れた。丸みを帯びた頭部の、上寄りについた細長い鼻孔から熱い息が噴き出ている。長く裂けた白い口からは、まだ新しい血が滴り落ちている。

〈コナー……〉

唇はめくれ上がって、剃刀《かみそり》のような鋭い歯が剝き出しになっている。鼻面を上げ、匂いを嗅ぐような仕草を見せながら、ずるずると胴体を引きずるように巣に入り込んだ。巨大だった。体重約半トン。べったりとフロアにつけた身体は、口の先端から尾の終端まで十フィートほどだ。

巣に入り込むと、壁際に沿って回る。用心深いのだ。くねくねとしなやかで、カワウソを思わせる動きだったが、皮膚は白く無毛でつるつるしている。水中を自由に泳ぎ回ったり、狭いトンネルを抜けたりするのに適した身体だ。黒い目を細めて、フラッシュライトからの光を避けるような素振りを見せている。

アマンダが隠れている場所の、すぐそばを通っていった。もっぱら、関心は光の広がりに向けられているようだ。アマンダの足下まで近づいて止まり、頭をぐいと上げて、光源を見つめている。肩の筋肉が隆々として、瘤《こぶ》のように盛り上がっていた。後肢の鉤爪が氷に食い込み、鞭《むち》のような尾が激しくフロアを打ち払って、散らばった古い骨を飛ばした。

と、次の瞬間、獣はフラッシュライト目掛けて前方に身を投じた。まさにライオンのような素速さだった。グレンデルはレイシーの亡骸に降り立ち、フラッシュライトを空中に飛ばした。爪と歯を巧みに使った目を瞠《みは》る早業だった。そのあと、グレンデルは身を翻し光に追いつくと、フラッシュライトを跳ね上げ、あちこちに転がしはじめた。やがてフラッシュライトは氷の塊に激しくぶつかり、消えた。

アマンダは、なお、息を殺していた。

暴力的光景はすべて、完全な静寂の裡《うち》に展開されていた。

いきなり暗くなったせいで、ほんの一瞬、アマンダの目が利かなくなった。が、すぐに、トンネルの向こうから漏れてくる光が見えるようになった。薄暗がりの中で、グレンデルは不気味な影となっていた。

グレンデルが、巣の中をぐるぐると回った。〈ひと回り……ふた回り……〉まだ、アマンダの存在には気づかない様子だった。やがてグレンデルは、巣の中央に落ち着いた。持ち上げた頭を回し、壁を調べている。ほんの束の間、アマンダは、恐怖のせいか、あるいは、どこからか届いた超音波のせいか、項《うなじ》の産毛が震えた気がした。

汗の滴が、額を伝っている。

グレンデルが、アマンダの方を勢いよく振り返った。喘ぎながら、くんくんと匂いを嗅いでいる。まるで自分をじっと睨みつけてきているようだった。

アマンダは叫びだしたい気持を抑えた。

無駄な努力だった。

グレンデルは立ち上がり、威圧するように歯を剥き出しにすると、アマンダの隠れている場所ににじり寄ってきた。

午前十一時三十五分
氷上

まだ生きている。不思議だ……

ジェニファーは氷の上に、父親と横たわっていた。だが父親はずいぶん前から、なんの反応も示さなくなっていた。だが、その冷たい腕は相変わらずしっかりと自分を抱きかかえている。ジェニファーには、もう動く力がなかった。父親の様子を確認する力もなかった。ふたりの衣服は、すでに凍結してくっつき、父と娘をひとつにしていた。まわりをブリザードが吹き荒れている。完全に孤立した状態だった。海軍の男ふたり、フェルナンデスとコワルスキーの姿は、とうに見えなくなっている。

ジェニファーは身体をずらそうとした。だが、四肢の感覚がなくなっている。震えも止まっていた。肉体が、末端にまで血を送ろうという努力を放棄したのだ。すべての器官が、究極の生存モードに入っていた。残された命の灯火《ともしび》を燃やしつづけるためだけに、すべてのエネルギーを費やしているのだ。

寒ささえ感じなくなっている。代わりにやってきたのは、圧倒的な静謐《せいひつ》だった。もう、目を覚ましているのがむずかしい。だが、眠りに就けば、待っているのは死だけだった。

〈パパ……〉声は出せなかった。唇が動こうとしないのだ。もうひとりの人間が思い浮かんだ。思い出したくないはずの名前だった。〈マット……〉

心が痛んだ。胸に鉛を載せられたようだった。

泣きたい気持だった。だが、涙腺さえ、凍りついていた。こんな死に方はしたくなかった。この三年間、取り敢えずは生きてきた。若くして空虚な余生を迎えたように生きてきた。だが今は、生きたくてならなかった。ジェニファーは失われた時を呪った。これまでの半生を呪った。しかし、自然は、希望や夢など気にかけてはくれない。肉食獣のように残忍な決意を持って、ただ殺すだけなのだ。

瞼《まぶた》が、ゆるゆると閉じていく。もう、開けているのが辛かった。

世界が遠のいていき、舞い散る雪の向こうで、光の花が咲く。〈ひとつ、ふたつ、みっつ、よっつ……〉ブリザードの中に輝く、ぼんやりとした光だった。浮かんだまま、前に後ろに揺れる。空中を泳ぐように。〈雪の天使……〉

ジェニファーは、瞼が閉じそうになるのをなんとか堪え、横目でその光を見つめていた。光はだんだん輝きを増していく。そして、また何秒か経ったあと、その光に唸るような音が加わった。音は怒ったように、風を突き破って耳に届いてくる。

〈天使ではなかった〉

吹雪の向こうから、見慣れぬ恰好の車両が近づいて来る。スノーモビールのようだが、それにしては動きが速い。氷の上を、優雅に、そして、通常のスキードゥーでは考えられない速度で滑ってくる。氷上を飛ぶ感じは、むしろジェットスキーを思わせた。

だがそれらの車両は、スノーモビールでもジェットスキーでもなかった。そのぼんやりした影が正体を現し、氷の上を、氷に触れもせず、滑空していく。以前、まだプロトタイプではあったが、見本市で似たものを見たことがある。

ホバークラフトだ。

だが、ずいぶん小さい。せいぜい、ふたり乗りのジェットスキー程度だ。オープントップで、モーターバイクのように跨《また》いで乗るタイプだった。後方に傾斜した凸状のフロントガラスが、ドライバーと乗員を保護するようになっている。そしてジェットスキーと同様に、車体の下にスキーを履いているが、これは車体を傾けて減速するとき以外には、無用のものだろう。一台また一台とスムーズに着氷し、スキーを使って数ヤード滑走したあと停止した。

男たちが降りてきた。全員が白いパーカを着ている。ライフルを水平に構えていた。ロシア語が聞こえた。だが周囲は薄暗く、相変わらずぼんやりとしか見えない。辺りを照らす光と言えば、ホバークラフトのヘッドライトしかなかった。

兵士たちは、フルフェイスマスクを着用していた。まるでスターウォーズのストームトルーパーだった。最初は警戒しながら接近してきたが、やがて緊急事態に気づいたようだった。何人かが、氷が吹き飛ばされて空いた穴を調べ、何人かが、そのままやって来る。ひとりがジェニファーの前で膝をついた。ロシア語で何事かを叫んだ。

ジェニファーは呻き声を上げた。それしかできなかった。

男が手を差し伸べてきた。ジェニファーはそのまま、しばらく気を失った。呻き声を上げるだけで、残った体力を使いきってしまったのだった。次に気がついたとき、ジェニファーはバケットシートに収まっていた。肩と腰を、シートベルトがしっかり固定している。周囲の世界がぼんやりと見えた。飛んでいる。

やがて意識が徐々にはっきりしてきた。前の席に兵士が座っている。パーカ姿ではなく、ざっくりしたグレーのセーターを着ているだけだった。兵士のパーカは自分を包んでいた。毛皮の縁取りがついたフードが、頭をすっぽりと覆ってくれている。

ドリフトステーションに戻ろうとしていた。付属棟のひとつがあった場所には大穴が空き、そこから炎が上がっている。

理解を超えた展開に混乱し、ジェニファーはまた失神した。

意識を回復した瞬間、ジェニファーは苦痛の真っ只中に放り込まれた。身体の一インチ一インチが、焼けつくように痛む。まるで生皮を剝がされているようだった――それも、身体一面に酸をかけられ、苦しめられた揚げ句に。ジェニファーは声にならない悲鳴を上げ、自分を支えている誰かの腕を必死に振りほどこうとした。

「安心なさい、ミス・アラツーク」ぶっきらぼうに言う声が、背中の方から聞こえた。

「もう、大丈夫ですから」同じ声が、ジェニファーの身体を支えている人間に言った。

「少し、水温を上げるんだ」

その瞬間、ショックで、意識がいきなりはっきりした。真っ裸で、誰かに支えられながらシャワーの下にいる。もつれる舌で、ジェニファーは辛うじて言った。「痛い……し、しみる」

「ほんのぬるま湯なんですがね。血液が皮膚に戻っている証拠ですよ。何箇所かに、軽い凍傷があるだけです」腕にちくりと痛みが走った。「今、ほんの少し、モルヒネを注射しました。これで痛みも和らぎますよ」

ジェニファーにも、ようやく、声の主を振り返る余裕が出来た。スーエル少佐だった。ジェニファーは共同シャワー室で、グラスファイバのフロアに座らされていた。海軍の兵士数人が、忙しく動き回っている。他のシャワーからも湯気が上がっている。いくらも経たないうちに、火炙《あぶ》りの刑がただの拷問に変わった。涙が頬を伝い、それが水滴と交ざった。ゆっくりと体温が上がる。身体が、意志とは無関係に震えた。

「父……父はどうなっ……」歯を鳴らしながら、ジェニファーは言った。

「治療中です」スーエル少佐が答えた。「実際、あなたより元気ですよ。もうタオルにくるまってます。言葉は悪いですが、タフなじいさん、てところですかね。鼻に凍傷が少しだけ。全身が氷で出来ているんじゃないですかね」

思わず、笑みがこぼれる。〈パパ……〉

ジェニファーは、身体が震えるに任せた。肉体が、中心部を平熱に上げようと闘っている証拠だった。感覚が戻ってくる。手足を、無数の針先がつついているような感じがした。今度は、磔《はりつけ》の刑を、じわじわと受けているようだった。

やっと、立つことを許された。暖まって、身体もかなり調子を取り戻し、裸でいることに、いささか羞恥心を覚えた。そこら中に、軍服姿の男たちがいるのだ。シャワーから出されるとき、コワルスキーの横を通った。尻を丸出しにしたまま、シャワーの下で震えている。

蒸しタオルで身体を包まれたあと、ジェニファーは訊いた。「フェルナンデスは?」

スーエルは首を振った。「ロシアの連中が、あなたがたのところに着いたときには、すでに死亡していたそうです」

沈んだ気持で、暖房機の前に並べられた椅子に向かってジェニファーは歩いていった。父はすでにそこにいた。コーヒーを啜っている。モルヒネのせいで、少し足がぐらついたが、なんとか椅子に辿り着いた。

「ジェニファー」父が口を開いた。「よく戻ってきたな、生きている者の側に」

「生きているからって、あまり喜べない」ジェニファーは、暗い表情で言った。椅子に腰掛けながらジェニファーは、フェルナンデスのちょっと皮肉っぽい笑顔を思い浮かべた。あれほど生気に溢れた人間が今は死んでしまっていることが、ジェニファーには信じられなかった。それでも、自分は救われたという思いが、身体全体にじわじわと染みわたってきているのも、また事実だった。ひょっとすると、少しはモルヒネの影響もあるのだろうが、自分自身の心がやはり、生の喜びを語っているからだろう。生きているのだ。

暖房機の湿った温風が、顔に当たっている。震える両手を合わせた中に、コーヒーマグが置かれた。

「お飲みなさい」スーエルが言った。「外側からだけでなく、内側からも温めなくちゃいけません。それに、カフェインは身体を元気づけてくれる」

「コーヒーの効能なら、わたしも充分に知ってるわよ、少佐」そう言ってジェニファーは、一口啜った。食道から胃まで、熱いコーヒーが落ちていくのが分かる。身体にぞくぞくっと、歓喜と苦痛半々の震えが走った。

コーヒーのおかげで手と腹が暖まると、ジェニファーは辺りを見まわした。広い共同寝室か何かのようだ。両側の壁に質素な造りのベッドが並んでいて、中央にテーブルと椅子がある。ここにいるのはほとんどが民間人、それも科学者のようだったが、海軍の軍人も何人か交ざっていた。

ジェニファーはスーエル少佐の方を向いた。「何が起こったのか教えてくれない？」

少佐は、ジェニファーをじっと見ながら言った。「ロシア人です。連中にこの基地を占拠されました」

「わたしも、そうだろうとは思っていたけど、なんの目的で？」

少佐は頭を振った。「我々が発見したロシアのアイスステーションと、何か関連があるのは間違いない。あそこに隠されている何かが、連中の狙いでしょう。きわめて計画的かつ能率的に、こちら側の責任者クラスを尋問している。あなたがあそこで救出されたのも、それが理由ですよ。連中は、あなたが何かを持って、あるいは、誰かと一緒に、ここを脱出した可能性がある、と考えている。だから、連れ帰ったのです。あなたの身分については、軍関係者でないことを含め、わたしから伝えてあります」

「いったい何を探しているのかしら？」

「わたしには分かりません。アイスステーションに関することはなんであれ、秘密にされています。ＮＴＫ扱いです」

「NTK？」

「特定関係者のみ開示《Need to know》の準最高機密です」声が強張った。「そして残念ながら、わたしは、知る必要のない人間のひとり、だというわけです」

「で、このあとは？」

「我々にできることは多くない。小規模の守備隊を配置していただけですから」スーエル少佐は、手を大きく回し、部屋の中を示して言った。「あの連中は、わたしの部下五人を殺した。我々はすぐに降伏して、この部屋に閉じ込められた。民間人も一緒にね。奴らは、全員を監視下に置いている。面倒を起こさないかぎり、四十八時間以内に解放する、と言っています」

　毛布にくるまったままの、ジョンが言った。「もう一台のスノーキャットはどうしたかね？　マットとクレイグの乗っていたほうは？」

　ジェニファーは、最悪の場合を予想し、自分が緊張するのが分かった。

「わたしの知るかぎり、ふたりは無事です。我々が拘束される前に、連絡が取れました。アイスステーションに着き次第、ロシアの動きについて警告するよう伝えました」

　ジェニファーはコーヒーを啜った。手の震えがひどくなっている。なぜか、涙が流れそうになった。「残りの人たちは、みんなここに？」

「生存者は、全員」

ジェニファーは、ある顔を探して部屋を見まわした。見つからなかった。「ポマウツーク少尉は？」

スーエル少佐は頭を振った。「この部屋にはおりません。数人の民間人とともに行方不明になっています。詳しくは分からないのです。重傷者に関しては、ロシア側が病院棟に連れていきました。少尉は、もしかすると、そこかもしれません。何につけ、まだ曖昧なことばかりで」

ジェニファーは父親に目をやった。鼻の先が、軽い凍傷のせいで白っぽくなっている。その目は、娘の不安を読み取っていた。ジョンの片手が娘の手を求めて、全身をくるんだタオルから滑り出た。娘が父の手を取った。古い胼胝《たこ》だらけでざらざらしていたが、それでも力強い指だった。絶えず困難に立ち向かい、生き延びてきた者の指だった。その指から、父の力を吸収しつつ、ジェニファーは再びスーエルに向き直った。「連中、四十八時間と言ったのね？　そのとおりにわたしたちを解放すると思う？」

「なんとも申し上げられません」

ジェニファーは溜息をついた。「つまり、ノー、ってことね？」

スーエル少佐は肩をすくめた。「目下のところ、連中の言葉を信じるか否かは、問題ではないのです。占領している側には、こちら側の二倍に当たる人数がいる。それも全員が武装しているんです」

「こっちの潜水艦はどうなっているの？　艦長だっているはずだわ」

「所在は摑んでいませんが、基地外のどこかにいるんじゃないかと思います。だが、あれは調査艦であって武装はしていない。うまく抜け出して、救助を求めに向かってくれれば上出来です。もっともそれだって、連中が無事でいればの話ですが」

「じゃ、どうするつもり？　ただ待っているわけ？　安全は保証するっていう、ロシア人の言葉を信じて」

いつの間にか、頭から爪先までタオルにすっぽりとくるまったコワルスキーが、暖房機組に加わっていた。コワルスキーは、椅子にどさっと腰を下ろし、ジェニファーの質問に答えた。「まさか、そいつはあり得ねえよ」

きっぱりとしたその口調に、三人は沈黙した。誰も異を唱える者はいなかった。

「それじゃ、計画を立てなきゃ」やがてジェニファーが言った。

午前十一時四十五分
グレンデル・アイスステーション

〈ここはもう通ったんじゃないのか、さっき?〉

ロベルト・ブラットは、道に迷っていた。短気なこの少佐には、最悪の展開だった。ヒューズが切れやすいのは血筋で、常日頃からそれをぼやいていた。母親がメキシコ人、父親がキューバ人で、ふたりともガソリン並みに爆発しやすく、年がら年中、大声で喧嘩ばかりしていた。とは言え、この忌々しいトンネルには、あのガンジーだって抵抗するだろう。なにしろ、行けども行けども氷また氷で、どこも同じに見えるのだ。

前方では部下の大尉が、急いで別のトンネルに向かっている。少佐は、砂の撒いてある路面をガリガリ言わせながら、そのあとを追った。「ウォッシュバーン!」ブラット少佐は大声で呼んだ。「おまえ、どこへ行くか分かってるのか?」安定した速足で前を歩いていたセリーナ・ウォッシュバーン大尉は歩を緩めると、フラッシュライトの光を壁に当てた。ペイントスプレーで記された、紫色のマークがある。「少佐、このマークで未調査区域は最後です。更にマークがついていない区域まで探索するとなると、自分たちの足跡を記録するだけでも、ペンキひと缶では足りません」

ブラットは、仕事を続けてくれと、手で合図した。〈立派なもんだ。全くたいした女だよ〉

緊急避難で大混乱する中、ブラット少佐のチームはメガホンを使って、トンネル中に警告を呼びかけた。情報はすぐに伝わり、トンネルからは人々が次々と吐き出された。だが、ロシア人が首に息がかかるほどにまで接近している以上、クロール・スペースを歩いて回り、完全に空にする時間はなかった。

結果、大混乱が取り敢えず収まった時点で、避難をしていない人々がいることが判明した。そしてその中には、オメガの責任者であるアマンダ・レイノルズ博士が含まれていた。

所在不明の人間がいる以上、ブラットにしてみれば、現場を去るわけにはいかない。しかし、驚いたのは、ウォッシュバーン大尉まで、ともに残ると言って聞かないことだった。アイスステーションの保安責任者は自分であって、保護下にある最後のひとりが退去するまで職務を放棄するわけにはいかないと、大尉は主張したのだ。

トンネルを奥に進みながら、ブラットはウォッシュバーンという女性を観察していた。身長は自分より二インチほども高く、女性としては長身であり、引き締まった筋肉質の身体をしている。トラック競技の選手を髣髴《ほうふつ》とさせる体型だった。髪を刈り込みクルーカットにしているが、なぜかそれで女性的魅力が減じるということもない。

肌は艶やかなコーヒーブラウンで、目は大きく、見ていて吸い込まれそうな感じだ。

だが、何はともあれ、目下のところ大尉は完全に仕事モードだった。

それは自分も同じである。ブラット少佐はスイッチを切り換え、トンネルに集中した。自分には任務がある。仲間からはぐれた民間人を発見し、保護するのだ。

口許にメガホンを当て、スイッチを捻る。ブラットの大声が更に大きくなって、トンネル内に響き渡る。「こちらはブラット少佐。これが聞こえたら、声を上げてください！」

ブラットはメガホンを降ろした。耳がガンガンする。応答があっても、しばらくは聞こえない。そもそも、応答があるとは思っていなかった。もう三十分も探し回りがなり立てているのだが、囁く程度の声すら聞こえてこないのだ。だから、ついに誰かが叫ぶ声が聞こえたときも、にわかには信じられない気持だった。

ウォッシュバーンが片方の眉を吊り上げ、ブラットを振り返った。

その叫びが繰り返された。弱くはあるが、トンネルの向こうからはっきりと響いてくる。「こっちだ！」

前方からだった。

ふたりは揃って前に急いだ。ブラットは、身体をくねらせ、走りやすいようにライフルを高い位置に移動した。フィールドジャケットとパーカがひどく重い。潜水艦に戻る部下から弾薬を集めて、詰め込んできたせいだった。ウォッシュバーンのほうも事情は同じだったが、足の運びはずっと軽快だった。

トンネルを抜けると、いきなり大きな氷の洞に出た。作動中の発電機やら、支柱付の照明やら、さまざまな道具があちこちに置いてある。空気は、はっきりそれと分かるほどトンネルより暖かく、湿っている。洞の奥より半分は、氷ではなく、小さな穴が無数に空いた火山岩の壁になっていた。

「なんだ、あいつは？」ブラットは呆れ返った。

パーカを羽織った禿頭《とくとう》の小男が、氷のフロアを滑るようにやって来た。この基地に来ている科学者だ。ふたりの若者が付添っている。

「オグデン博士ですよね？」ウォッシュバーンが、先頭にいる男の氏名を確認した。「こんなときに、ここで何をなさっているんですか？　避難の呼びかけは聞こえましたでしょ？」

「ああ、ああ、聞こえたよ」ふたりに近づきながらオグデンが言った。息を切らしている。「だが、わたしの仕事は、政治にはなんの関係もないんだ。これは科学だからね。わたしの標本が無事保護されるんなら、このアイスステーションが誰に管理されようと、全然構わない。それに、危険であろうとそうでなかろうと、あの標本を置いていくわけにはいかない。ましてや、今が大事なときなんだ。解凍が完了しかけているんだよ」

「標本？」ブラットが言った。「解凍？　あんた正気か？」

「是が非でも、守らなくちゃならないんだ」オグデンは譲らなかった。「あんたには分からないだろうがね、標本をだめにする危険は冒せないんだよ」

ブラットは気づいた。大学院生と思しき若い助手ふたりが、落ち着きなく足を動かしたり、手を揉んだりしている。師匠ほどには覚悟が決まっていないらしい。

「きみたちも見なさい。見たら分かるよ！」オグデンは言った。「脳電図《EEG》を捉えたんだぞ！」オグデンは来た道を戻り、岩肌の方に歩いていった。

ウォッシュバーンがあとを追いかける。「レイノルズ博士もここに？」

ブラットは、その答を聞くために、ふたりのあとを必死に追いかけた。〈所在が分からない人間が、皆ここにいてくれるなら……〉

だがオグデンの返事は、期待をうち砕くものだった。「アマンダ？　いや、どこにいるのかは知らないな」オグデンが視線を返してきた。心配そうに眉根を寄せている。「なぜ？」

「レイノルズ博士も、クロール・スペースのどこかにいるんです」ウォッシュバーンが答えた。「おそらく、マクフェラン博士と一緒です。行方が分からなくなったメンバーを捜しに行ったとか」

オグデンは凍りついた口髭を撫でた。「そのことについては何も知らないな。生物学チームと、ひと晩中ここにいたからね」

岩壁の近くまで来たとき、ブラットは足下で水が跳ねるのに気づいた。壁にある割れ目から流れ出ている。オグデンが先頭に立って割れ目の奥に入っていった。だが、ほんの二、三歩行ったところで、更に奥から、新顔が水を跳ね上げながら、ブラットたちに向かって走ってきた。

別の学生だった。二十代前半の若い女性だ。慌てて足を滑らせるのを見ながら、ブラットは思った。〈この期に及んで、いったい何人の阿呆がここに残っているんだ？〉

「教授！　へへ、へんなんです！」どもっていた。

「何が？」

女子学生は奥を指差した。喋ろうとするが、どうにもならない。目つきが尋常ではない。

オグデンが、奥に向かって、すっ飛んでいった。

残りの者も全員、博士のあとを追った。十歩進んだところで、小さな空間に出た。外より車二台を停められるガレージ、といったサイズだ。岩の中に出来た空洞だった。外よりたくさんのライトが、煌々と照らされていて、装置類がそこら中に山と積まれている。

ブラットは、その光景に、そしてその臭気に、息を呑んだ。昔、夏場に、モントレーの海産物処理工場で働いたことがある。熱気、腐った内臓、血の臭い——ここも同じだ。違うのは、その悪臭の元凶が魚ではないということだった。

腹を開かれ、内臓を抜き取られた蒼白い生き物が、壁際に転がされている。シロイルカのような感じだが、四肢がある。これ一体だけではなかった。ほかに、六体の標本が床の上で身体を丸めている。これらは無傷で、もっと生きがいい感じだ。蒼白い身体には、まだ大小の氷片が解けきらずにくっついていた。うち二体には、色のついたリード線がテープ留めされていて、それがモニタ付の装置に繋がっている。モニタには、細かな正弦波が映っていた。

オグデンは、部屋中を見まわした。「分からんな」パニックを起こしている女子学生に顔を向けた。「いったい、どうしたんだ？」

訊かれた女子学生は、六体のうち、一体を指差した。開腹された仲間の、一番近くにある標本だった。「そ、それが……動いたんです」

オグデンは口をへの字にして、話にならんと言うように手を振った。「ばかを言うのも休み休みにしてくれ。影でも見たんだろう。照明が揺れでもしたんだよ」

女子学生は両腕で自分を抱きかかえるようにしている。納得できない様子だった。すっかり怯えきっている。

オグデンが、ブラットとウォッシュバーンの方に視線を戻した。「その装置で脳電図《EEG》を取ってるんだが、経験不足の連中には、どうも気持が悪いもんらしい」

「脳電図って、脳波のような？」ブラットは、モニタに流れている波線を見つめながら訊いた。

「ああ、同じだ」オグデンは言った。「解凍中の標本から、生命活動の記録を取っている最中なんだ」

「まさか、生きてるってことじゃ？」

「もちろん、そうじゃない。五万年も前の生き物だからね。だが、生きたまま急速に凍結されて、ゆっくりと解凍された場合には、こういう現象が起こるのもそう珍しいことじゃないんだ。標本が死んでいても、脳内化学物質が溶けて流れ出す。で、化学ての は常に化学で、期待を裏切らないものなんだ。つまり、ある種の神経化学的機能が、改めて始まるという仕掛けだ。だが、時間の経過とともに、それも消失していく。なにしろ、血液が循環していないわけだから。つまり、消失前にデータを取るってことが重要なんで、だからこそ、退去するわけにはいかないと言っているんだ。我々は、五万年間人の目に触れぬまま来た生命活動を、目の当たりにしているんだよ！」

「まあ、なんであれ」ブラットは言った。「この連中は、死んでるってわけだ」

まるでその言葉を聞いたかのように、一体が痙攣《けいれん》した。丸まった身体から勢いよく伸ばされた尾が、照明を打ち壊す。

皆、飛び退いた。しかし、オグデンだけはそうせず、信じられないと言うように目を見開いていた。

標本は、更に丸めていた胴体を伸ばし、S字を描きながら激しく身体を捩らせて、釣り上げられた巨大カジキのようにのたうち回りはじめた。骨格の激しい軋《きし》みが、衝撃波として伝わってくる。

オグデン博士が驚愕した表情のまま、片方の腕を伸ばしながら、一歩一歩近づいていく。その手に触れてみないかぎり、現実とは思えない——まるで、そう考えているように見えた。「生き返ろうとしている」

「博士……」ブラットは、近づくな、と言おうとした。

獣はオグデンに向かって飛び掛かった。ぱっくりと開けた口から、鮫のようなぎざぎざの歯が露出している。獣は闇雲に嚙みつこうとし、博士の指からわずか数インチのところを、その口が掠めた。オグデンは、まるで実際に食いちぎられたかのように、指を押さえながら後じさった。

もうたくさんだった。ブラットは前に進み出てオグデンを強引に引き戻すと、両手でライフルを持ち、残りの者たちに自分の後ろに回るよう命じた。

オグデン博士はよろけながら、ブラットの隣に来た。「すごいことだよ、これは！」

ブラットは口を開きかけたが、そのとき、耳の後ろから甲高い唸りが聞こえた。顎が音叉《おんさ》のように震える。馴染みの感覚だった。潜水艦乗りは、四六時中、強力なソナーと付合っている。ブラットには、その唸りがなんであるか分かっていた。

他の者たちもそれを感じていた。しきりに耳元を撫でている。

〈超音波だ……〉

「これ見て！」学生のひとりが、ＥＥＧ測定器を指差しながら言った。

ブラットは、測定器に目をやった。ゆっくりとしていた正弦曲線が、今や、尖った波形に変わり、驚くほどの速さで流れている。リード線に繋がれた二体の標本が、震えはじめていた。その一体から、先程と同じように、尾が伸びた。

皆が、割れ目の出口まで退いた。

「信じられん」指を一本、耳の穴に差し入れながら、オグデンが言った。「最初の奴が、あとの奴らを呼んだんだと思う」

「超音波を発信して？」ブラットが、顎を震わせながら訊いた。

「〈鯨の歌〉の原型、と呼ぶべきだろう」生物学博士が訂正した。「アンブロケトゥスは、現在の鯨目《もく》生物に共通の祖先だ。超音波は、ある種の生物学的引鉄《トリガー》として働いたにちがいない。群にいる仲間の目を覚ますとかね。ひょっとすると、他の個体を群に呼び込む役にも立ったかもしれないな。一種の防御システムだ。これのおかげで、互いに身を守りやすくなるわけだよ」

傍若無人ぶりは、留まるところを知らなかった。装置、機械の類が破壊され、超音波はますます強くなってくる。

壁際で、最初の獣が喘いでいた。大きく口を開けて空気を貪っている。と、いきなり、身体を丸めた。落ち着きなく震えている。寒いのだ。

「誰か、あいつらを撃ち殺して！」先程の女子学生が甲高い声で言った。

ブラットは、ライフルを上げた。

オグデンは、銃口に目をやり、そこから震えている獣に向かって視線を移動させた。

「あんた、正気か？　こいつは世紀の発見なんだぞ……それを殺す？　逆だよ、守らなくちゃいけないんだ」

ブラットは、礼儀を弁えつつも、きっぱりと言った。「博士、こいつは、動物愛護うんぬんって場面じゃないんです。今、わたしが守んなくちゃいけないのは、人間のほうなんですよ」ブラットは博士の肘を摑み、通路の奥に押しやった。「それに、念のため言っておきますが、わたしの目には、こいつら、人食い鮫みたいに見えます。とてもじゃないが、プランクトンをくちゃくちゃ食っている可愛い奴には見えない。守ってやんなくたって、自分たちだけで充分にやっていけますよ」

オグデンは抗議しはじめたが、ブラットは無視してウォッシュバーンの方を向いた。

「大尉、この人たちを誘導してくれ」

ウォッシュバーンは、目の端で暴れまわる怪物たちを窺いながら、頷いた。

ブラットは、全員を自分の背後に集め通路の出口に向かって後退した。割れ目から出るとすぐに、一目散に氷のフロアを横切る。

「ロシア人は、この事実を知っていたにちがいない」オグデンが独《ひと》り言《ご》ちた。「それが、この基地を占拠したがっている理由だ。栄光を我がものにしようとしているんだ」

それは博士の誤解だった。ブラットには、それが分かるのだ。少佐は、第四階層の研究室に何が隠されているかを知っている数少ない人間のひとりだった。ロシア側は栄光など全く求めていない。求めているのは、沈黙と隠蔽なのだ。

向かい側に辿り着いたとき、ウォッシュバーンが、数歩後方から叫んだ。「少佐！　仲間がそこに！」

ブラットは、素速く振り返った。

先程の割れ目から一頭が氷上に滑り出た……そして、また一頭……そしてまた一頭……

よろけながらも、足で立って歩いている。不安定ではあるが、強い意志を感じる動きだった。そしておそらく確かなのは、五万年の眠りから覚めた獣たちがこの上なく腹を空かしているということだった。

「これほど次々と目を覚ますとは！」オグデンが言った。すっかり感心している。

ブラットは、氷洞の出口を手で示しながら、大声で言った。「脱出するんだ！　止まるな！」

氷の向こうから三頭が、その声を聞きつけてやって来る。また超音波が襲ってくる。

〈怪物の野郎、音波でおれを倒そうとしてやがる〉

「ちっくしょう！」ブラットは声に出してそう言うと、後退しながらライフルを上げた。〈このままじゃ、奴らの餌食だ！〉

例の割れ目から、また二頭が滑り出してきた。

「ウォッシュバーン、ひとり残らず、外のトンネルに出して移動させるんだ。急げ！　行き方はよく知ってるだろう。こいつらは、おれが食い止める」

ブラットは、ライフルを構えた。

「やめてくれ！」オグデンが懇願の声を上げた。

「先生、ディベートごっこしてる暇はないんだ」

午前十一時五十八分

氷上

もう背骨がぐちゃぐちゃで、ゼリー状になっているのではないかと思えた。マットを乗せたスノーキャットのドライバー、フランク・オドネル伍長は、キャタピラを履いたこの車を、路面の凸凹など全く顧みずもう優に一時間以上トップスピードで疾駆させていた。マシンガンの上に座っているようなものだった。身体中の骨が揺すられ壊されている気がした。

マットは吹き荒れる雪を見つめた。車に強風が吹きつけている。海軍の連中を説き伏せて車をUターンさせるのは、とうに諦めていた。唯一引き出した譲歩は、五分ごとにジェニファーのスノーキャットを無線で呼び出す努力を続ける、ということだった。

が、これまで応答はなかった。

オメガ・ドリフトステーションを、短波回線を通じて呼び出す努力も続けたが、これも徒労に終わっていた。吹雪の中に、このスノーキャット一台が取り残された感じだった。

ジェニファーを心配する気持が耐えられぬほど大きくなり、自分の置かれた状況を検討する余裕がなくなっていた。

「アイスステーションが見えるぞ！」オドネル伍長が、真正面を指差しながら、振り返って言った。ほっとしたらしく、いくらか明るい口調だった。「ありがたい、少なくとも明かりだけは点けっぱなしのようだな」

マットも身を乗り出した。心配事から気を逸らせてくれるのはありがたかった。クレイグが、マットを見た。目が輝いている。

前方に巨大な氷丘脈がそそり立っていた。そこから水平に吹きつけてくる雪が視界を妨げ、周辺の様子がよく分からなかったが、氷丘脈の麓に明かりが点った場所がある。昼とは言え薄暗い世界で、その輝きは際立っていた。

「ステーションらしきものなんて見えないが」クレイグが言った。

「氷の下なんでね」オドネルが言った。「基地全体が」

誘導灯も点灯していた。スノーキャットは、氷の起伏を越えながら、その光を目標に進んだ。マットは、他にも車両があるのに気づいた。半ば雪に埋もれたまま、氷の谷間に停められている。帆を下ろしたアイスボートもある。スノーキャットはそれらの前を通り過ぎ、ひたすら、煌々と光の点った基地入口へと急いだ。

「ちっくしょう！」グリア大尉の怒鳴り声に、皆、腰を抜かしそうになった。

全員の目が、側窓に顔を押しつけた大尉の視線を追った。吹き荒れるブリザードの向こうに、マットは信じられないものを見た。氷を粉砕し、湯気を上げ、ざあざあと水を流れ落としながら、潜水艦の司令塔が姿を現そうとしている。

「ロシア野郎だ！」パールソンが、息を殺して言った。「先回りされたんだ！」

マットは潜水艦が浮上したポリニヤに注目していた。小さい――大型のロシア原潜が浮上するには小さすぎる。司令塔が抜けるだけで、いっぱいいっぱいだ。

「どうする？」マットが訊いた。

「もう燃料がない」オドネルが言った。

責任者のグリア大尉は、躊躇せず判断を下した。「このままアイスステーションに向かえ！」

マットは頷いた。口には出さなかったが、同じ考えだった。隠れる場所が要るのだ。このまま外に身を晒しているのは自殺行為だった。潜水艦の水中聴音機は、間違いなく、氷上をガタゴトと走るスノーキャットの音を捕捉しているだろう。マットたちが今ここにいることを、ロシア人は把握しているのだ。

オドネルは、アクセルを大きく踏み込み、減速していたスノーキャットを急加速させた。車が特大の隆起を乗り越え、マットがルーフに頭をぶつけた。

「しっかり掴まっていてくれ！」オドネルが言った。

マットは、頭のてっぺんをさすりながら座り直した。〈そういうことは、先に言え

って……〉

グリアが、フロントシートの背を掴んだ。「オドネル……」

「見えてます、大尉」

マットは潜水艦に目をやった。白いパーカ姿の兵士が数人、司令塔の頂点に登っていた。武器がこちらに向けられている。

スノーキャットは急角度でターンし、基地入口に向かってフルスピードで突進した。

「もっとゆっくり走ってくれ！」フロントシートのクレイグが、ダッシュボードにすがりつきながら叫び声を上げた。

マットは目を見開いた。オドネルの意図が分かったからだ。「おい、冗談だろう……」

オドネルには、前進あるのみだった。スノーキャットは、そのまま、トンネル目掛けて突進した。

突然、銃声が起こった。銃弾が車体最後部に命中し、まるでトランク内に大量の爆竹が放り込まれたような音がした。聴力が麻痺した。リアウィンドウが砕け散る。

叫び声を上げた――かもしれない。だが、マットにはそのことすら分からなかった。

その瞬間、スノーキャットは入口に突入した。

オドネルはシフトダウンし、思いきりブレーキを掛けたが、ドライバーの踏ん張りより車の勢いが勝《まさ》っていた。車は、ほとんど逆立ちした姿勢で階段を落下した。通路の天井にぶつかり、キャビン後部がグシャリと潰れたあと、車体は跳ね返り、キャタピラをキーキー言わせながら、また階段に叩きつけられた。

マットもクレイグも手足をばたつかせ、もんどり打った。ガラスがまた、雨霰と降りかかってくる。

一瞬、マットの目が、ヘッドライトを反射しているスチールドアを捉えた。

その瞬間、車がドアに激突し、その反動で全員がつんのめった。マットが、前のシートを越えて、フロントガラスに肩をしたたか打ちつける。その衝撃でガラスがフレームから外れた。マットは、強化ガラスを半身に纏った状態でボンネットに転がり出、そのまま滑って、車の前に無様な恰好で着地した。

取り敢えず、停まることはできたわけだった。

「大丈夫か?」やっと立ち上がったマットに、クレイグが訊ねた。本人の身体も、半分車から飛び出している。頭の傷口が開き、血が顔面に糸を引いている。

「あんたよりましだよ」自分の言葉が嘘ではないことを確かめるように、マットは手足を動かしながら答えた。

オドネルが横腹に手を当てながら呻いている。ステアリングにしたたかぶつけて、肋骨を打撲したようだ。リアシートでは、グリアとパールソンがすでに起き上がって、割れたリアウィンドウから、後ろを注視していた。ロシア人が来やしないかと見張っているのだ。

マットは車の状態を調べた。潰れたスノーキャットが、戸口に突っ込んでいる。雨水管に詰め物をしたような有様だ。「到底、宅配便を配達しに来たようには見えんな」

「みんな、出ろ！」グリアは床からライフルを拾い上げ、リアシートから命令した。スチールのドアとマットの方を指差している。スノーキャットのドアは、車体が通路にはまり込んでいるために開かなかったが、フロントウィンドウのガラスがなくなっていることが、このときばかりは幸いした。ボンネットを越えてくる仲間に、マットは手を貸した。

「どんどん奥に行くんだ！」最後に車を脱出したグリアが、急《せ》かすように手を前に振りながら言った。「スノーキャットが、ロシア人の足留めをしてくれるだろうが、どこまで時間を稼げるかは分からない」

全員がまとまって、通路を急いだ。グリアがマットの横に来ると、九ミリ口径のベレッタを差し出した。「使い方は知っているか？」

「元グリーンベレーだ」

グリアは目に驚きの色を浮かべた。見直した、ということだろう。グリアは銃をマットの掌に押しつけた。「そりゃ、よかった。自分の爪先を吹っ飛ばす心配はないわけだな」

マットは重さを確かめるように、銃を持ち上げた。「爪先を吹き飛ばしたくらいでこのごたごたとおさらばできるんなら、いつでもやるがな」

数ヤード進んだところで、アプローチのトンネルは終わり、円形の広い空間に出た。まわりをぐるりと部屋の入口が取り囲んでいる。中央が階段になっていて、その周囲にテーブルと椅子が並んでいた。いくつかのテーブルには、食べかけの料理が残っている。マットたちは銃を構えて先に進みながら、急いで周囲の状況を確認した。

誰もいない。

「みんな、どこにいるんだ？」

グリアを先頭に階段を駆け下りる。第二階層も同じくもぬけの殻だった。

「みんな、消えちまった」パールソンが言った。ショックを隠せぬ口調だった。

「避難したんだ」グリアが言った。「ポーラー・センティネルが、攻撃の先手を打ってここに直行し、全員を避難させたにちがいない」

「上出来だな」マットが言った。「買い物に来てみたら、もう店仕舞いしてたってわけだ」

「このあと、どうする？」クレイグが訊いた。顔の半分が血にまみれ、もう半分が血の気を失っていた。

グリアは基地を降りつづけることを選択した。「第三階層に、昔の武器を収納したロッカーがあるんだ。手榴弾や旧式のライフルなんかが入っている。とにかく、持ち出せるだけ持ち出そう」

「そのあとは？」

「隠れるんだ。そして生き延びる」

「その、最後の奴だけはちょいと魅力的だな」マットが言った。

第三階層に着くや否や、いきなり銃声が聞こえた。どこからか反響してくる感じだった。上からではない——下だ。

「まだ残っている人間がいるんだ」クレイグが目を大きく開けていった。

「すぐ下の階から聞こえた気がします」パールソンが言った。

「行こう！」グリアが先頭に立って駆けだした。

駆けだすと同時に、上からも爆発音が聞こえはじめた。皆、再び凍りついた。

「ロシア人だ」マットが言った。

「急げ！」グリアが、階段を駆け下りながら命令した。

上の方から声が聞こえる。ロシア語で何やら命令している声だ。足音も聞こえる。

クレイグとマットは、グリアに続いて階段を駆け下りた。パールソンとオドネルが、走ってくる。

後ろの守りを担っている。第四階層に着いた。この階は、空間が広がっている他の階とは違って、いきなり、長い通路に出る。

通路もやはり空だった。だが、観音開きのドアが、通路の突き当たりにある。

「あの先が、クロール・スペースだ」後ろにいるパールソンが言った。

「隠れるには好都合だ」グリアが言う。「すごい迷路なのさ。しっかりついて来いよ！」

「それにしても、銃を撃っているのは誰なんだ？」クレイグが走りながら訊いた。

マットも、気になっていたことだった。

グリアが、眉根を寄せながら怒鳴った。「味方だといいがな！」

大尉のその言葉には、感ずることがあった。確かに、味方は欲しい。だが、当然のこととして、次の疑問に突き当たるのだ。

〈味方だと言うなら、誰を相手に撃っているのだ？〉

第九章　行き止まり　ᐅᒥᒃᓯᒪᔪᒃ ᓄᖑᐊᓂ

四月九日、午後〇時二分
グレンデル・アイスステーション

　骨が散乱した巣の暗闇を、巨大な獣が這っている。アマンダが隠れている場所に近づいてくる。何かを感じている——怪しい何かを。だが確信は持てないらしい。大きく開いた口からは、血で汚れた歯が剝き出しになっている。鉤爪には、今なお、レイシーの千切れた服が引っ掛かっていた。

　アマンダは、亀裂になお強く身体を押しつけた。顎が、歯のつけ根が、そして項の産毛が、振動する。グレンデルが超音波を発しているのだ。身体が、ヘッドライトを浴びた兎のように、凍りつくのを感じた。

〈あっちへ行って〉アマンダは心の底からそう願った。あまりに長いあいだ呼吸を止めていたせいで、視野にちかちかと星が飛びはじめていた。息を吐くことなど、怖くてできない。冷や汗が、露出した頰を滴り落ちている。

〈お願いだから……〉

グレンデルは、アマンダから一フィート足らずのところまで来ていた。その姿は、トンネルの奥から漏れてくる光を背後に受けて、影になっている。ただふたつの目だけが、氷の壁に反射した光を受けて不気味に光っているのが見えた。

〈赤く血走った目……氷のように冷たい、感情のない目……〉

その目と、視線が合った。これまでだ、とアマンダは悟った。

と、そのとき、グレンデルがいきなり頭を鞭のようにしならせ、トンネルの方を振り返った。その急な動きに動揺したアマンダは、思わず息を漏らした。もう呼吸を止めておくことはできなかった。これで完全に、居場所を知らせたようなものだ。

だがグレンデルはアマンダを無視し、身体を反転させてトンネルと正対した。上げた首を左右に傾げる。音を探っているのだ。

いったい何を聞いているのか、アマンダには皆目分からなかった。誰かが来るのだろうか？　マクフェランが生きていて、大声で助けを求めているのだろうか？

それがなんであれ、グレンデルは尾を数回振り回したあと、トンネルに向かって突進し、低い体勢のまま中に飛び込んだ。あっと言う間の出来事だった。

アマンダは、束の間、隠れ場所に留まったあと、体を震わせながら巣に出た。そのまま、覚束ない足取りでトンネルに向かう。視野には相変わらず、ちかちかと星が飛んでいる。酸素不足からというより、恐怖からかもしれない。腰を屈め、トンネルの奥を窺う。グレンデルの大きな影が、トンネルを抜け出て、洞の氷壁に向かおうとしているところだった。

グレンデルより、得体の知れない静寂をむしろ怖れながら、アマンダは側溝のようなトンネルを登った。アイゼンを利かせ、滑りやすい斜面を登り、天井が低くなったところで頭を下げる。一番奥まで辿り着くと、アマンダはまず、頭を出した。視界の隅に、氷壁をよじ登っているグレンデルが見えた。家の壁を駆け上がるヤモリのような速さだった。あっと言う間に登りきった。間違いない。獲物を探しているのだ。

アマンダの視線は、崖の上から下がったままの青いナイロンロープに向けられた。アマンダはそのロープを見つめた。

文字通り、唯一の生命線だった。

アマンダはトンネルから転がり出て立ち上がると、崖下に急いだ。ロープの先がまだ、マクフェランの身体に——あるいはその一部にでも、繋がっていてくれることを祈るような気持だった。アマンダが最後に見たとき、マクフェランはロープを胸に巻きつけていたのだ。

崖下に着くとアマンダは、手袋をした手でロープを摑んだ。

〈神様……〉

アマンダはロープを引いた。大丈夫そうだった。身体を反り返し、自分の体重に耐えられるか試してみる。それでも大丈夫だった。

壁を登りはじめる。目から涙が溢れてくる。右手、左手、右手、左手――手を順に送りながら、壁をよじ登っていく。アイゼンが氷をしっかりと捉えている。恐怖が持久力を与えていた。疲れを感じることなどあり得なかった。アマンダは崖の上を目指し、アイゼンで氷を摑み、足を蹴りつけるようにして、登りつづけた。

上の縁まで達すると、アマンダは身体をぐいと持ち上げ、登りきった。着地したのは、コナー・マクフェランの変わり果てた姿から、わずか数インチのところだった。ヘルメットライトは天井を照らしていた。これが、暗いトンネルで唯一の道標となってくれたのだ。

アマンダは身体を捩り、亡骸に背を向けた。無残に破壊された遺体から目を逸らそうと、這ったまま足をばたつかせた。レイシーと同じように、腹を切り裂かれたまま、血溜まりの中に身を横たえている。そしてその血は凍りついていた。崖を登りきることができたのは、まさにそのお陰だった。下にいるあいだに、遺体は通路のフロアに凍りつき、それが錨《いかり》となって、アマンダの脱出に手を貸したのだ。

アマンダは手で口を覆い、小さく、ごめんなさい、と言いながら、腰を屈めマクフエランのヘルメットを取った。どうしても明かりが必要だった。ヘルメットのストラップを外す以上、どうしても顔を見ないわけにはいかなかった。左目と鼻は、鉤爪に根こそぎ持って行かれている。頸部は、鎖骨のところで裂かれている。口髭が血の塊と化していた。

やっとの思いでヘルメットを外しおえた。すすり泣きが漏れるのを、どうしても止められなかった。

やがてアマンダは立ち上がり、ヘルメットを着けた。大きすぎて安定しないが、取り敢えずストラップで調整する。アマンダは前方に延びる長いトンネルに身体を向けた。グレンデルがいる気配はない。

足を踏み出し、その場を離れようとしたとき、何かがきらりと光った。そちらに目を向けると、氷の上に小さな手斧《ておの》があった。マクフエランのものだった。ベルトに差していたものだ。身を守ろうとして、それを使ったにちがいない。

アマンダは急ぎ足で手斧を取りに行った。ささやかな武器に過ぎないが、それでも、いくらかの安心感は与えてくれそうだった。

アマンダはまたトンネルに向き直り、覚悟を決めた。何が起こるとも知れぬ恐怖の旅に、いよいよ出発するのだ。だが手斧の柄《つか》に触れたことが引鉄となって、アマンダは、また別のことに思い当たった。単独でレイシーを探しに行こうとするのを止めたとき、マクフェランは手を横に振って、アマンダの心配を斥けた。皆、忙しいから、と、そう言っていた。だが同時に、何か別のことも言っていたのだ。それを、ようやく思い出した。

〈それに、トランシーバを持ってるから〉

アマンダは、再び、崖の方に向き直った。

再び、マクフェランの遺体にすがりつき、羽毛がこぼれるのも構わず破けたダウンジャケットを探って、小さなトランシーバを見つけた。

膝をついたまま、スイッチを入れる。小さな赤いランプが点灯した。口許に近づける。「こちら、アマンダ・レイノルズ」声を潜めるのに苦労した。囁き声で話そうとしたが、あまりに小さければ、誰にも聞いてもらえないだろう。「聞こえますか？　現在クロール・スペース内。位置は不明です。トンネル内を、巨大な肉食獣が獲物を求めて徘徊《はいかい》中です。レイシー・デヴリンとコナー・マクフェランはこの獣に殺害されました。獣の現在位置は不明です。これから、上に向かいます。これを聞いている人は、必ず武器を携帯してください。地図上に記載されたトンネルに着き次第、再度連絡します。以上」

トランシーバのスピーカに指先を置く。〈お願い、誰か聞いていて!〉スピーカに振動が伝わって来はしないかと、誰かと繫がった気配がありはしないかと、アマンダは待った。が、何も反応はなかった。

アマンダはまた立ち上がり、暗いトンネルに身体を向けた。ヘルメットからの明かりが、真っ直ぐ前を照らす。片手にはトランシーバを、もう片手に手斧を握りしめている。

クロール・スペースを脱出するのだ。

そうすれば安全だ。

午後〇時十五分
ロシア原子力潜水艦ドラコン

部下は完璧に行動した。

艦長、アントン・ミコフスキー大佐は、両手を後ろに組みながら、潜望鏡台に立っていた。大佐は、グリーンの詰め襟とズボンという通常勤務服を着用していた。ズボンの裾はブーツの中にたくし込んである。各部署から次々と報告が入ってくる。

準備は完了した。あとは命令を出すだけだった。

冒険をする気はなかった。上陸チームの報告によれば、グレンデル・アイスステーションはすでに確保済みだが、雪上車で基地のドアに衝突したアメリカ人たちは、いまだに行方不明ということだった。五人の男から成るこのグループは、怯えた兎のように穴の中に逃げ込んでしまい、基地の奥深く姿を消したらしい。だが、この男たちが発見されるのも時間の問題だ。このグループを例外とすれば、ステーションは空だった。一時間足らず前に爆発音を聞きつけた潜水艦が、全員を避難させたのだ。

ミコフスキー大佐は、何を相手にしているかを知っていた。アメリカの調査用潜水艦、ポーラー・センティネルだ。脅威とはとても呼べない相手だった。試作モデルである上に、非武装の艦である。今頃は間違いなく、避難民を乗せて逃げているところだろう。ミコフスキーは、追跡無用の命令を受けていた。

大佐の最優先任務は、アイスステーションを占領、確保し、通信基地を設置したのち潜航して、真の脅威となるものに対する警戒を行う、というものであった。北極海においては、敵とはすなわち、氷床下を絶えず巡回している高速攻撃型潜水艦にほかならない。

この任務に与えられた時間は十二時間ちょうど。まさに急襲、即撤収の典型だ。プルドーベイでの混乱は、敵の動きを妨害しようという目論見だった。

「艦長」当直の無線員が、落ち着いた足取りでやって来る。「オメガ基地の呼び出しに成功しました」

「よくやった」ミコフスキーは潜望鏡台を降り、通信デスクに向かった。無線員がヘッドフォンを寄越す。「ミコフスキー大佐だ。ペトコフ提督と話したい」

雑音のせいで、音声が途切れ途切れになる。「すぐにお繫ぎします、大佐。提督もご連絡を待っておられました」

相手が出るのを待ちながら、ミコフスキーは、言う台詞《せりふ》を準備していた。ペトコフはオメガに残った。捕虜を尋問すると同時に、基地を調査するためだった。アイスステーション内でロシア政府が入手しようとしているものがなんであるにせよ、それがオメガにあるアメリカ側研究施設にまだ移送されていないということ、それを提督は確認したいのだ。ミコフスキーは、これほど激情に駆られながら、同時に、これほど冷静でいられる人間というものを見たことがなかった。ミコフスキーにとっては、それが堪らなく不安だった。ペトコフの心には、北極海の氷より冷たい何かが宿っている。〈白い幽霊〉というニックネームは、怖ろしいほどよく当たっていた。一週間前はじめて、旗艦クラスの、それも北部艦隊提督が乗るという、原潜の艦長に任じられたとき、ミコフスキーは光栄に思い、身の震えるような興奮を覚えたし、同期の将校仲間には妬《ねた》まれさえしたのだ。しかし今は……提督が艦を離れていることだけで気が安らぐのである。

遠くから、心の声を聞いていたかのように、ペトコフの声が聞こえてきた。冷たい無感情な声だった。「艦長、現況を報告してくれ」

ミコフスキーはごくりと唾を呑んだ。想定外の質問に虚をつかれたのだ。「グレンデルは確保しました。提督の見込みどおり避難したようですが、予想外の敵が五名侵入しました」ミコフスキーは、スノーキャットが基地に突っ込んできた様子を、手短に説明した。「迎撃チームの人員を倍にして、二十人で追跡しています。各階層をひとつずつ、隅から隅まで調べるよう指示してあります。ご到着までには、すべて終了しているはずです」

「今そっちに向かうところだ。核起爆装置は、もう降ろしただろうな？」

「は、はい」ミコフスキーは直径一メートルほどのチタン製球体を目に浮かべた。命令されたとおり、第五階層のフロアにボルトで留めてある。「しかし提督、完全に確保が完了するまで、こちらにお越し願う必要もないと思いますが。現在すべて順調に――」

「そのアメリカ人が見つかろうが見つかるまいが、そんなことはどうでもいい。とにかく基地を封鎖しろ。特に第四階層をだ。ホバークラフト・チームを連れてそっちへ向かう。直ちに深く潜航して、巡回していてくれ。一六〇〇時に、グレンデルでランデブーだ」

「イエス・サー」ミコフスキーは腕時計に目をやった。〈四時間足らずしかない〉「一六〇〇時ちょうどに、ドラコンは現在と同じ位置に再浮上します」

「よろしい」白い幽霊が気配を消すと同時に、通信ノイズも消えた。

ミコフスキーは無線係に顔を向けた。「攻撃チームの責任者を呼び出してくれ」

「イエス・サー」

ソナーステーションの方で、ざわめく声がする。「どうした?」

ソナー主任がさっと振り返った。「異常を感知したんですが、どう考えても腑《ふ》に落ちなくて」

「どんな異常だ?」

「アクティブ・ソナーからの信号を、複数、捉えているんです。非常に弱くはありますが」

「どこから出ているんだ、その信号は?」ミコフスキーは、可能性のある発信源を頭の中で素速く羅列した。ポーラー・センティネルか、それとも敵の高速攻撃型潜水艦が接近しているのか、あるいは、氷床の近くを航行する通常船舶か。だが主任からの答は、それより遥かに大きな不安をもたらすものだった。

主任はミコフスキーを見上げて言った。「信号は、アイスステーション内部からです」

午後〇時二十二分
グレンデル・アイスステーション

ピストルを手に、マットはグリア大尉に続いて、クロール・スペース入口の二枚扉を抜けた。アイスステーションの秩序ある構造を出て、縦横に走るトンネルと突如姿を現す崖や洞から成る、混沌とした氷の世界へと足を踏み入れたのだった。クレイグがマットの横にぴたりとつき、後ろに、無表情なパールソンとやや怯え気味のオドネルが続く。五人は迷路の奥へと進んで行った。

フラッシュライトを持っているのは、グリアだけだった。入口にあったものを持ってきたのだ。その光がグリアの足取りに合わせて壁面を躍るたびに、暗い氷が蒼白く輝く。氷像の腸《はらわた》を駆け抜ける——そんな感じだった。

「どこへ向かっているのか、分かっているのか?」クレイグが訊いた。

「誰かが下にいる」グリアが言った。「合流するんだ」

「このクロール・スペースってのは、どれくらいデカいんだ?」マットが訊いた。

「とにかくデカイ」それが答だった。

ひたすら先を急ぐ。ロシア人がすぐ背後に迫っていることは分かっていた。どちらに向かうかより、どれくらい進むかのほうが、この際、重要だった。

ジグザグのトンネルを進みつづけ、氷島の底深くへと逃げてゆく。トンネル同士が交差している場所に達したとき、再び銃声が聞こえた。自動ライフルの銃声だった。前方から聞こえた。だが、どちらのトンネルからだろう?

全員足を止めた。

「どっちだ?」パールソンが訊いた。

答は、一瞬後に得られた。右のトンネル奥に光が揺れた。忙しく上下に揺れている。また銃声。閉じられた空間で、耳を劈《つんざ》くほど大きく反響する。

「面倒なことになりそうだな」マットはそう言いながら、ベレッタの銃口をトンネルの奥に向けた。

叫び声も聞こえるようになった。

海軍の三人も、武器を構えた。

トンネル奥の曲がり角近くで光が強くなり、走ってくるひとつの人影を浮かび上がらせた。若い男が姿を現した。路面には砂を敷いてあるが、それでも足を滑らせてあたふたとよろめき、助けを求めるように両腕を広げたまま、大慌てでやって来る。肩まで伸ばした茶色の髪、ノースフェイスのパーカに断熱素材《シンサレート》のドライパンツという恰好から見ても、兵士でないことは明らかだった。

男は、五人に向かって倒れかかってきた。マットは、てっきり、助けを求められるのだろうと思ったが、若者はすれ違いざま、「逃げろ！」と叫ぶと、そのまま脇を通り過ぎて行った。

次々に人影が現れた。全速力で駆けてくる。頭の禿《は》げた年配の男、二十代の女性、そして若い男がもうひとり――その先頭に立っているのは、紺の海軍軍服に身を包んだ、長身で際立った容姿の黒人女性だった。

「ウォッシュバーン大尉！」その姿を目にしたオドネルが大声を上げた。

「ぼさっとしてないで、さっさと逃げるのよ！」ウォッシュバーンが怒鳴り返した。

その背後でまた銃声が鳴った。銃火が最後尾の人影を浮かび上がらせた。兵士だった。片膝をつき、奥の方に向けて連射している。フラッシュライトの光を反射して輝く奥のトンネルは、氷の底を目掛けてのたうつ、青い蛇のようにも見えた。

「何があったんだ？」グリアが訊いた。

膝立ちでライフルを連射している男の向こうから、影が迫ってくることにマットは気づいた。

〈いったいあれは？〉

ウォッシュバーンは民間人を引き連れて、マットたちのところまで来ると、銃声に負けぬよう大声を張り上げて言った。「トンネルから脱出するのよ、今すぐに！」「無理だ」ウォッシュバーンの体当たりを受けながら、グリアが言った。「ロシア人が――」

「ロシア人なんて、タマを蹴飛ばしてやればいいの！」ウォッシュバーンが、喘ぎながら言った。「後ろから、もっとすごいもんが追っかけてきてるのよ」ウォッシュバーンは、後ろの一団に手で合図して、前に行かせた。

銃声が収まった。軍服の男が立ち上がり、全速力で駆け寄ってくる。大慌てで空のマガジンを外しながら叫んだ。「行け、行け、行け！」

グリアはオドネルとパールソンに指先を向け命令した。「おまえたちは、民間人の後ろについて保護しろ」

オドネルは頷くと、クレイグの肘を摑み、他の一団とともに移動を開始した。マットは、自分に同じことをしようとするパールソンの手を振り払った。

パールソンは肩をすくめ、自分だけで移動しはじめたが、肩越しにグリアを振り返って、質問するのを忘れなかった。「大尉、ロシア人のことはどうなってるんですか？」

〈ロシア人なんて、タマを蹴飛ばしてやればいいの！〉あの女性将校の台詞が、まだマットの耳に残っていた。

グリアの言葉は、もっと実践的だった。「とにかく、民間人をクロール・スペースの出口まで連れていくんだ。そこでおれたちを待て！」

パールソンは踵を百八十度回転させた。了解の意思表示は、それだけだった。一団は慌てふためいてトンネルを登っていく。

最後尾の兵士が、マットたちに追いついた。

「ブラット少佐」グリア大尉が言った。驚いた様子だった。

「掩護射撃の準備をしろ」そう言うが早いか、ブラットは背後に向き直り、片膝をついた。上着から新しいマガジンを取り出し、ライフルに叩き込む。

グリアは命令に従い、フラッシュライトをマットに手渡すと、ブラットの背後に立ち、その肩越しに狙いを定めた。

マットの視線は、退却していくグループと、銃を構えたふたりのあいだを彷徨《さまよ》った。行くべきか留まるべきか――葛藤があった。もうひとつ選択肢があるとすれば、別のトンネルを闇雲に進んで逃げることだろうが、道に迷うのが関の山だろう。どの選択肢も、五十歩百歩に思われた。むずかしく考えるのはやめよう。

マットは、ブラットの背後、グリアとは反対側に立った。

ブラットは、ちらりとマットを見上げ、そして目を逸らした。「あんた、いったい、誰だ？」

マットはピストルを上げ、ブラットの肩越しに狙いをつけた。「今、あんたのケツを守ってる男だよ」

「そういうことなら、温かく迎えてやるよ」ブラットが、ぼそりと言った。

「何がやって来るんです？」反対側にいるグリアが訊いた。

「悪い夢を見てると思うさ。だが夢じゃない」

フラッシュライトの明かりが届くか届かない地点で、赤い目が光るのが見えた。頭の中で、ぶんぶんと音が鳴る。頭蓋骨の内側を蚊が飛びまわっているようだ。

「さあ、来たぞ！」ブラットが、大きく息を吸い込みながら、言った。

雪のように白い皮膚の大きな生き物が、いきなりマットの視界に入った。体表に赤い縞模様がついている……血糊だ。トンネルを塞ぐほどの大きさだった。何発も銃弾を受けたせいで、赤い血を流している。足下の氷が掘られて、轍を作っていた。顔は銃創で、火を通す前のハンバーグのようになっている。だが、それでも、いまだに前進を続けている。

〈こいつは、いったいなんなんだ？〉

その奥を見る。更に複数の影がある。

先頭の獣が、マットたちに攻撃を仕掛けようとしている。鉤爪が氷を激しく掻く。

蚊の羽音が更にひどくなる。

その瞬間、ライフルが連射された。その音に驚いたマットも、すかさず反応する。しかし、九ミリ口径のベレッタで狙いをつけつつも、すでに、その銃では役に立たぬことが分かっていた。アラスカのグリズリーを相手にするときと同じだ。こんなちゃちな鉄砲では、この獣を倒すことなんてできっこない。怪物の眉間に新たな弾痕が出来る。

だがそれでもなお、丸い頭を下げ、闘牛のように獣は迫ってきた。ゴムのような皮膚と厚い脂肪層の防弾ベストを着けた、巨大なハンマーが近づいてくる。

マットは引鉄を絞った。殺せると本気で考えたわけではない。むしろ、恐怖心を紛らわせるためだった。

「ちくしょう、くたばらねえ！」ブラットも同じことを考えているようだった。

マットは、また撃った。撃ちつづけた。やがて、遊底《スライド》がロックされた。

〈弾がない〉

グリアがそれに気づいた。「逃げろ！」もう姿が見えなくなった退却グループの方を頭で指しながらそう命じると、グリアは、マットにトランシーバを手渡しながら言った。「四チャンネルに合わせておくんだ」ライフルの反動で、声が細かく震えている。

マットはトランシーバを受け取った。あとは逃げるだけだ。

そのとき、先頭の獣が氷に衝突した。足を滑らせたのか、よたよたとしている。獣は、鼻面を氷に触れたまま、そのまずるずると滑り、やがて止まった。赤い目は相変わらずこちらに向けられ、フラッシュライトの光を反射している。だが、その目には、先程までの生気がない。

〈死んだ〉

頭の中でブンブン鳴っていた音が弱くなっていき、今は、耳の後ろをくすぐられている程度にまでなった。

ブラットは立ち上がった。「後退するぞ」

巨大な死体が、後ろに続く獣たちの進路を阻んでいた。だが、傷だらけになった巨体の先で、他の獣たちがうごめいているのは見える。

マットとふたりの海軍将校は、次にトンネルが交差する地点まで後退した。ライフル二挺は、今なお、通路を塞いでいる死体に向けられている。

「しばらくは、あいつが足留め役をやってくれるだろう」グリアが言った。

死体は大きく揺すられてほんのわずか前進し、そのままの恰好でこちらに滑ってきた。そして再び停止した。

「希望的観測ってやつだな」じりじりと後ろに下がりながら、マットが呟いた。

グリアが作り笑いを浮かべた。「なんか言ったか？」

死体がまた滑った。

「他の奴らが後ろから押していやがる」ブラットが言った。怖れているというより、驚いている様子だった。「なんて奴らだ！」

頭の中で、やんだばかりのノイズが、また鳴りだした。だが、今までとは違う方向から聞こえてくる。肩口から誰かに覗き込まれているような感じがある。マットは慌てて、横に延びていくトンネルの方を向いた。

向きを変えたフラッシュライトの光が、マットを見つめているふたつの赤い目を捉えた。

ほんの十ヤード先だった。

獣が向かって来る。マットはピストルを上げた。条件反射だった。

マットは目の片隅で、空いたままロックされているスライドを見た。

〈そうか、弾切れだったんだ〉

午後〇時四十九分

　何に惹き寄せられたのかが分からない以上、グレンデルが今どこにいるのかを知る手掛かりはなかった。あみだに被ったヘルメットからの光が、トンネルの闇を斜めに照らしている。やがて光の中に、壁にペイントスプレーで記されたオレンジ色のマークが見えた。

　レイシー・デヴリンが描いた、滑走ルートの目印だった。

　アマンダは、その壁沿いを更に進んでいった。〈うまくいって、お願い……〉

　青く光る氷壁に、またひとつマークがあった――グリーン・ダイアモンド。レイシーの滑走ルートが、ついに別のトンネルと交わったのだ。アマンダの口からすすり泣きが漏れた。クロール・スペースの地図に記された場所に、やっと辿り着いたのだった。

　アマンダはトランシーバを持つと、交信ボタンを押した。「こちら、アマンダ・レイノルズ。聞こえますか？　先程とは別のトンネルに出ました。グリーン・ダイアモンドのトンネルです。このまま前進します。過去一時間、獣の気配はありません。どうか救助をお願いします。以上」

　アマンダは、バッテリを節約するために電源を切り、祈った。誰かが聞いてさえいてくれたら……

完全な静寂の中で、アマンダは歩を速めた。

グリーン・ダイアモンドの道標を追いながら、アマンダは、研究者の出入りがある洞窟群に近づいていると判断した。手を上に伸ばし、思いきって、唯一の光源であるヘルメットライトを切ってみる。

暗闇が身近に迫ってきた。息苦しく、閉所恐怖症を起こしそうだった。

これで耳も目も利かないのだ。

三十秒ほど経過して、目が周囲の闇に慣れてきた。辺りをさっと見まわす。最初は目だけを動かし、続いてゆっくりと首を回す。

探していたものが、やっと見つかった。

頭上に、氷の中で輝く微かな光が見えた。ぼやっとした、光の輪だ。誰かがフラッシュライトを持って降りてきているのだ。

じっと立ったまま見つめていると、光が突然、ふたつの小さな星に分かれた。ますます弱い光になったが、それでもはっきりと見える。ふたつの光は、急速に離れてゆく。

ひとつのほうは、上を向いたまま、去っていく。どんどん小さくなり、やがて消えた。

もうひとつの光が、アマンダの方に向けられた。大きくなってくる。急いで移動しているのだ。

〈自分を捜している……きっと声が届いたのだ〉

大声で呼ぶのは怖かった。この暗いトンネルに潜んでいるものの正体を知っていれば、尚更だった。せいぜいできることと言えば、動く光源と自分との距離を縮めることぐらいだった。アマンダは、ヘルメットライトを点灯した。

豆電球の明かりで、動く光源は見えなくなった。ひとつしかない希望の光が消えてしまうのは堪らなかったが、暗闇の中で氷の迷路を移動する危険は冒せないし、ダイアモンドの道標を見失うわけにもいかない。もし救助隊がアマンダの声を聞いたのだとしたら、その道標に沿って自分を捜すはずなのだ。

アマンダは急いで前進した。一分おきにライトを消し、救助隊と自分との相対的位置を測る。

そして足を止めるたびに、もうひとつ、それとは別にやることがあった。

午後〇時五十二分

〈こちらアマンダ・レイノルズです。現在も、グリーン・ダイアモンドに沿って進んでいます。レイシー・デヴリンとコナー・マクフェランを殺害した獣は、今なお、この辺りのトンネルを徘徊していると思われます〉

マットのポケットに入ったグリアのトランシーバが、再三、行方不明の女性からの報告を伝えてくる。呼び出そうとはしてみたが、こちらからの信号を拾えずにいるせいか、あるいは、機械になんらかの故障があるせいか、交信ができずにいた。その理由はともかくとして、マット本人も問題を抱えていた。

マットは、片手に弾切れのピストル、片手にフラッシュライトを持って、相変わらず、トンネルの奥へ奥へと、当て所《ど》ない逃走を続けていた。

五分前のことだった。別方向から姿を現した獣は、トンネルの交差する地点に飛び込んできて通路を塞ぎ、マットとふたりの兵士を引き離した。ふたりは発砲して、マットに退却する時間を与えようとした。

だが、その目論見は外れた。

一瞬戸惑ったあと、獣はマットに狙いをつけた。まるで、羚羊《ガゼル》を追う牝《めす》ライオンだった。空のピストルだけを手に、マットは、滑る急斜面に足を取られつつ、一目散にトンネルを走った。事実、足が地についていないも同然だった。壁面や出っ張りに、両肩をしたたか打ちつけても、減速するわけにはいかなかった。あの獣が、たとえ弾丸で穴だらけになっていても、どれほど速く移動できるかは分かっている。無傷の健康体だったらどれほどのものか、考えてみるだけで怖ろしかった。

ずいぶんと長い時間が経った気がするが、少なくともこの数分間、怪物の気配が消えていた。追跡を諦めて、どこかに行ったのかもしれない。頭の中に感じた不自然な振動も静まっている。あの獣たちは、人間の聴力を超える周波数の音波を発信しているようだった。

それが、今は消えているのだ。

それと一緒に、獣も消えたと、考えていいものだろうか？

トランシーバがまた音を立てた。「どうか……これが聞こえたら、救助をお願いします。武器を携帯してください。わたしは現在も、グリーン・ダイアモンドのトンネルにいます」

いったい、どういう意味だ？〈グリーン・ダイアモンド？〉まるで、ラッキー・チャーム・シリアルのコマーシャルに出てきそうな名前だ。

「この四十五分間、グレンデルの気配はありません。姿を消したようにも見えます。逃げたのかもしれません」

マットは眉根を寄せた。〈グレンデルだって？〉それが、自分たちを襲ってきた奴らの名前なのか？　もしそうであるなら、この女性は他の誰より、このクロール・スペースとやらに、何があるのかを知っているはずだ。

マットは、踵を滑らせ、スピンするように大急ぎでコーナーを回った。前方でトンネルがふた叉《また》に分かれている。フラッシュライトの光が、一瞬、氷にカラーペイントで描かれた特徴ある目印を照らし出した。右の入口には青い円、左の入口には緑色のダイアモンドが描かれている。

道標だ。

やっと、分かりかけてきた。マットは左のトンネルを選び、走りつづけた。なお後ろを振り返りながらも、次のグリーン・ダイアモンドを探す。

〈どっちなんだ？　おれは逃げてるのか？　それとも、ここで何が起こっているのかを知っている人間に会おうとしているのか？〉

マットは、くねくねとしたトンネルを、走りつづけた。つるつるの下り斜面を、重力に引き寄せられるまま、深みへ深みへと滑り落ちてゆく。声の女性は、まだ現れなかった。氷に囲まれた闇の世界が、際限なく続いている。ただひとつの光が作る青い輪の中を、マットは進んでいった。

「ここよ！」その声は、トランシーバからではなく、トンネルの奥から聞こえてきた。

マットは、壁に手を添えてバランスを取りながら、次のコーナーを曲がった。フラッシュライトが、奇妙な姿を照らし出した。長身でスタイル抜群の女が裸で立っていた。全身を青く塗っている。イヌイットの女神か何かのように見えた。

マットは、横滑りで減速しながら近づいた。女は裸ではなかった。身体にぴったりと張りつくような、薄青色のフード付ユニタードを着用しているのだ。鉱山用ヘルメットを、あみだに被っている。それについたランプの光が、マットの目を射る。

「来てくれたのね！」女はそう叫ぶと、マットに近づいてきた。

ヘルメットライトを切ってくれたお陰で、顔立ちがはっきりと分かる。目に浮かんだ困惑の表情が、やがて顔いっぱいに広がった。

「あなた、どなた？」その目が、マットの背後に向けられた。「他の人たちは？」

「救助隊のことを言っているなら、ぼくひとりで我慢してもらわなくちゃならない」

マットは弾切れのピストルを掲げて見せながら言った。「もっとも、たいした役に立つとも思えないんだが」

「で、あなたは？」再度の質問だった。やや滑舌が悪く、声が必要以上に大きい。酔っているのだろうか？

「マット・パイク。アラスカ魚類野生動物庁で働いている」

「魚類野生動物庁？」ますます混乱したようだった。「フラッシュライトを下げてくださらない？　わたし……耳が不自由なの。だから光を直接当てられると、唇が読めなくて」

マットは、光を下げた。「そうとは知らずにもうしわけない。オメガの基地からやって来たグループのひとりなんだが」

女は頷いた。理解したようだったが、それでも、分からないことだらけのようだった。「いったい何が起こっているの？　みんなはどうしたの？」

「ここの人間は避難した。ロシアがオメガを攻撃したんだ」

「なんてこと……わたしにはさっぱりわけが分からないわ」

「そして現在、ロシア人たちは、ここも占拠しようとしている。それにしても、きみ自身のことはどうなんだい？　いったい誰で、どうして、こんなところにひとりで？」

女は更に近づいた。だがその目は相変わらず、マットとその背後の中間に向けられていた。「アマンダ・レイノルズ博士。オメガ・ドリフトステーションの責任者よ」

アマンダ・レイノルズは、研究者が殺害されたことと、巨大肉食獣が攻撃してきたことの経緯を、かいつまんで物語った。

「トランシーバでは、その動物のことを、グレンデルと呼んでいたが」血腥《ちなまぐさ》い話を聞きおえたあと、マットが訊ねた。「その獣に関して、知っているようだね」

「凍結した標本を発見したの、奥の大氷洞で。だいたい五万年前のもの、つまり最後の氷河期辺りのものだ、ということだったわ。絶滅種ということね」

〈絶滅が聞いて呆れる〉マットはそう思いつつ、油断なくフラッシュライトをトンネルのあちこちに向けながら、ロシア側の攻撃以来自分が経験したことを、はっきりと口を開けて話した。

「要するに、グレンデルはあの一頭だけじゃない……」アマンダは、ほとんど声にならない声で呟いた。「それはそうよね。でもなぜ、これほどまでに長いあいだ、隠れつづけていられたのかしら？」

「重要なのは、今は隠れちゃいないということだ。これが氷の巣なら、ここにいるのは危険極まりない。氷の上に出るルートを他に知らないか？　グレンデルに追いかけられながら、降りてきたんだ。グリーン・ダイアモンドのルートからは外れて、別ルートを行ってみたほうがいいだろう」

アマンダは前を、すなわち、マットの背後を、指差した。「このまま行けば、他のトンネルとぶつかるはずよ。もっとも、クロール・スペースには、あまり詳しくないの。でも、この先で交わるトンネルは、どれも最終的には出口に着くと思うわ」

「そう願うとしよう。さあ、出発だ」マットは、今回はゆっくりと、用心深く、もと来たルートを戻りはじめた。「グレンデルのいた痕跡は、絶対見落としちゃならない──足跡とか、氷を引っかいた痕とか、だ。あれば、そのルートを避けるんだ」

アマンダは頷いた。マットはこの女性に尊敬の念を禁じ得なかった。あの獰猛《どうもう》な獣に、たったひとりで立ち向かい生き延びて、今は、トランシーバと小さな手斧だけを持って、逃げきろうとしている。それも、耳からの情報が何もないというハンディキャップを抱えながら。

「運がよければ」アマンダは言った。「もう出くわさなくてすむかもしれないわ」

マットは振り返った。また、例の音が頭蓋を通って入り込み、三半規管を揺らしている。

肘をいきなり強く摑まれた。アマンダがすぐそばに寄ってくる。耳は聞こえないにしろ、音波の残響は感じ取れたにちがいない。アマンダの指が上腕にぐいと食い込んでくる。その残響の意味もまた、知っているのだ。

ふたりの運も、まさに尽きようとしていた。

◉訳者紹介　遠藤宏昭（えんどう　ひろあき）
1952年神奈川県生まれ。早稲田大学第一文学部卒、ブリティッシュ・コロンビア大学大学院修士修了。専攻は言語教育。
訳書に、ギビンズ『アトランティスを探せ』、スパロウ『真冬の牙』（以上、扶桑社ミステリー）、ライアル『誇りは永遠に』など。

アイス・ハント（上）

発行日　2013年4月10日　第1刷

著　者　ジェームズ・ロリンズ
訳　者　遠藤宏昭

発行者　久保田榮一
発行所　株式会社 扶桑社
〒105-8070　東京都港区海岸1-15-1
TEL.(03)5403-8870(編集)　TEL.(03)5403-8859(販売)
http://www.fusosha.co.jp/

印刷・製本　株式会社廣済堂
万一、乱丁落丁(本の頁の抜け落ちや順序の間違い)のある場合は
扶桑社販売宛にお送りください。送料は小社負担にてお取り替えいたします。

ISBN 978-4-594-06790-8 C0197
Printed in Japan(検印省略)
定価はカバーに表示してあります。